귀여운 여인

세계문학의 숲 035

Душечка

귀여운 여인

안톤 체호프 지음
김규종 옮김

시공사

일러두기

1. 이 책은 1899년 잡지 《가족(Семья)》에 발표된 안톤 체호프(Антон Чехов)의 〈귀여운 여인(Душечка)〉을 우리말로 옮긴 것이다. 함께 실린 단편 〈관리의 죽음(Смерть чиновника)〉(1883), 〈뚱뚱이와 홀쭉이(Толстый и тонкий)〉(1883), 〈카멜레온(Хамелеон)〉(1884), 〈우수(Тоска)〉(1886), 〈상자 속에 든 사나이(Человек в футляре)〉(1898), 〈구스베리(Крыжовник)〉(1898), 〈사랑에 관하여(О любви)〉(1898), 〈약혼자(Невеста)〉(1903)와 중편 〈6호실(Палата No.6)〉(1892)은 체호프의 작품 경향을 볼 수 있는 주요 시기의 작품들로, 《4권으로 된 А. P. 체호프 전집》가운데서 옮긴이가 선별한 것이다.
2. 번역은 1984년 진실출판사에서 출간된《4권으로 된 А. P. 체호프 전집(А. П. Чехов, Сочинения в четырех томах)》을 대본으로 삼았다.
3. 본문의 주는 모두 옮긴이 주이다.

차례

제1부 7
관리의 죽음
뚱뚱이와 홀쭉이
카멜레온
우수

제2부 37
6호실

제3부 135
상자 속에 든 사나이
구스베리
사랑에 관하여

제4부 197
귀여운 여인
약혼자

해설 러시아 중단편소설의 정수를 만나다 255
안톤 체호프 연보 279

제1부

관리의 죽음
(1883년)

어느 멋진 밤, 아니오큼 멋진 회계검사관 이반 드미트리치 체르뱌코프*는 둘째 줄 안락의자**에 앉아서 오페라글라스로 〈코르느비유의 종〉***을 보고 있었다. 그는 공연을 보면서 열락의 정점에 있는 기분이었다. 그런데 갑자기…… 소설에서는 "그런데 갑자기"라는 말이 자주 나온다. 작가들이 옳다. 왜냐하면 인생은 느닷없음으로 가득 차 있기 때문이다! 그런데 갑자기, 그의 얼굴이 일그러지더니 두 눈이 아래로 굴러들어가고 숨이 멎는 것이었다…… 그는 오페라글라스를 벗고 고개를 숙였다. 그러고는…… 에취!!! 보시다시피 재채기를 한 것이다. 어느 누구든 어디에서나 재채기를 할 수 있다. 농사꾼도, 경찰총

---
*벌레나 구더기를 뜻하는 '체르비'에서 나온 말로 '보잘것없는 인간'을 의미한다.
**이것은 주인공 체르뱌코프가 자신의 직위에 비해 매우 호사스러운 자리에 앉아 있음을 의미한다.
***프랑스 작곡가 로베르 플랑케트(1848~1903)의 인기 오페레타.

경도 재채기를 하고, 때로는 3등관도 재채기하는 법이다. 누구나가 재채기를 한다. 체르뱌코프는 조금도 당황하지 않고 손수건으로 얼굴을 닦았다. 그러고는 예의바른 인간으로서 주위를 돌아보았다. 혹여 재채기를 함으로써 누군가에게 폐를 끼치지는 않았는지 해서 말이다. 하지만 순간 그는 당황해하지 않을 수 없었다. 그의 앞자리 첫째 줄 안락의자에 앉아 있던 작은 노인이 손수건으로 대머리와 목을 열심히 닦으면서 무엇인가 중얼거리는 것을 보았기 때문이다. 체르뱌코프는 그 노인이 교통 관련 부서에서 근무하고 있는 칙임문관* 브리즈잘로프**라는 것을 알아차렸다.

체르뱌코프는 생각했다. '저 양반한테 침을 튀겼군! 직속상관은 아니지만, 어찌 됐든 난처하게 됐는걸. 사과해야 해.'

체르뱌코프는 헛기침을 하고서는 상체를 앞으로 숙여 칙임문관의 귀에 속삭이기 시작했다.

"용서하십시오, 각—하. 침을 튀겼습니다…… 뜻하지 않게……"

"괜찮아요, 괜찮아……"

"제발 용서해주십시오! 보시다시피…… 그럴 뜻은 없었습니다!"

"어어, 앉으시오. 제발! 공연 좀 들어봅시다!"

체르뱌코프는 당황스러웠다. 그는 바보처럼 미소 짓더니 다

---

*1917년 사회주의 혁명이 일어나기 전까지 러시아에 있었던 고위직 명칭.
**날카로운 바람을 뜻하는 이름.

시 무대를 바라보기 시작했다. 공연을 보고 있지만, 열락은 이미 느낄 수 없었다. 불안이 그를 괴롭히기 시작했다. 중간휴식 시간에 그는 브리즈잘로프에게 다가가서 주위를 맴돌았다. 크게 용기를 내서 그는 중얼거렸다.

"제가 침을 튀겼습니다, 각—하…… 용서하십시오…… 아시다시피 저는…… 그러려고 한 게 아닌데……"

"거 참, 됐어요…… 나는 벌써 잊어버렸는데, 당신은 여전히 같은 말만 하는구려!" 그렇게 말하더니 칙임문관은 초조한 듯 아랫입술을 달싹이는 것이었다.

미심쩍은 눈으로 칙임문관을 바라보면서 체르뱌코프는 생각했다. '잊어버렸다더니 눈에는 악의가 차 있군. 말도 하고 싶지 않은 거야. 내가 일부러 그런 게 아니었다고…… 이건 자연법칙이라고 설명해야만 해. 안 그러면 고의로 침을 뱉었다고 생각할 거야. 지금은 그렇게 생각하지 않을지라도 나중에는 그리 생각할 거야!'

집으로 돌아온 체르뱌코프는 아내에게 자신의 무례함에 대해 이야기했다. 그가 보기에 아내는 사건을 너무 가볍게 생각하는 것 같았다. 놀라는 듯싶더니 브리즈잘로프가 '다른' 부서에 있다는 것을 알고 난 다음에는 이내 안심하는 것이었다.

그녀는 말했다. "그래도 들러서 사과해요. 당신이 공공장소에서 예의바르게 행동할 줄 모른다고 생각할 수도 있으니까요."

"그래, 그래, 내 말이 바로 그 말이야! 사과를 했지만, 그 양반 어쩐지 이상해…… 확실한 말은 단 한 마디도 하지 않았어.

게다가 길게 이야기할 겨를도 없었고 말이지."

이튿날 체르뱌코프는 새 제복을 입고, 이발까지 한 다음 브리즈잘로프에게 해명하러 갔다…… 접견실에 들어서니 청원자들이 잔뜩 모여 있었다. 그 사이로 벌써 접견을 시작한 칙임문관이 보였다. 몇몇 청원자들의 접견을 마치고 나서 칙임문관이 체르뱌코프를 올려다보았다.

"어제 '아르카디아 극장'에서, 기억하실지 모르겠습니다만, 각―하." 회계검사관이 보고를 시작했다. "제가 재채기를 하고 말았습니다…… 뜻하지 않게 침을 튀기는 바람에…… 부디 용서……"

"무슨 쓸데없는 소리요…… 귀신 씨 나락 까먹는 소리를! 무슨 일입니까?" 칙임문관은 다음 청원자에게 말을 돌렸다.

얼굴이 창백해지면서 체르뱌코프는 생각했다. '말도 하고 싶지 않은 거야! 화가 난 거라고…… 아니지, 이걸 이대로 놔둘 수 없지…… 해명을 할 거야……'

칙임문관이 마지막 청원자와 이야기를 마치고 내실로 들어가려고 하자 체르뱌코프는 그의 뒤를 따라 걸음을 옮기면서 중얼거렸다.

"각―하! 감히 각―하께 폐를 끼쳐드리게 됐습니다만, 후회하고 있다는 것만은 진심으로 말씀드릴 수 있습니다! 고의가 아니었음을 알아주셨으면 합니다요!"

칙임문관이 울상을 지으며 손을 내저었다.

"이보시오, 정말 누굴 놀리는 거요!" 문 뒤로 자취를 감추면서 그가 말했다.

'놀리다니?' 체르뱌코프는 생각했다. '대체 뭘 조롱했다는 거야! 칙임문관씩이나 되면서 사람 말도 못 알아먹나! 저런 건방진 놈한테는 이제 사과하지 않겠어! 빌어먹을! 편지는 쓰겠지만, 사과하러 다니진 않을 테다! 정말이야. 안 한다고!'

집으로 걸어오면서 체르뱌코프는 그렇게 생각했다. 그는 칙임문관에게 편지를 쓰지 못했다. 생각하고 또 생각했지만, 그 편지라는 게 도무지 써지지 않았던 것이다. 다음 날 그는 다시 해명하러 가지 않을 수 없었다.

칙임문관이 묻는 눈길로 올려다보자 그는 중얼거렸다. "어제는 각—하께 폐를 끼치고 말았습니다만, 각하께서 말씀하신 것처럼 조롱하려는 것이 아니었습니다. 재채기를 하면서 침을 튀기게 된 점에 대해 용서를 빌고자 합니다요…… 조롱한다는 것은 생각지도 못할 일입니다. 감히 어떻게 조롱한단 말씀입니까? 절대 그런 일은 없을 테지만, 조롱한다는 것은 사람들을…… 존중하지 않는다는 것이지요……"

"꺼져!" 퍼렇게 질린 칙임문관이 몸을 떨면서 버럭 소리를 질렀다.

"뭐라 굽쇼?" 겁에 질린 체르뱌코프가 기어들어가는 목소리로 물었다.

"꺼지라니까!" 두 발을 구르면서 칙임문관이 다시 소리쳤다.

체르뱌코프의 뱃속에서 무언가가 끊어졌다. 아무것도 보지 못하고, 아무것도 듣지 못한 채 그는 문 쪽으로 뒷걸음질 쳤다.

거리로 나가서 계속 걸었다…… 기계적으로 집으로 돌아온 그는 제복도 벗지 않은 채 소파 위에 누웠다. 그러고는…… 죽어버렸다.

뚱뚱이와 홀쭉이
(1883년)

니콜라이 철도 정거장에서 두 친구가 만났다. 한 사람은 뚱뚱이고, 다른 한 사람은 홀쭉이다. 뚱뚱이는 방금 전에 정거장에서 식사를 했다. 그래서 기름이 살짝 덮인 그의 입술은 무르익은 버찌처럼 반들반들했다. 그에게서는 셰리주(酒)*와 오렌지 꽃 냄새가 났다. 홀쭉이는 방금 전에 열차에서 내렸는데, 여행 가방과 꾸러미 그리고 상자들을 잔뜩 들고 있었다. 그에게서는 햄과 커피 찌꺼기 냄새가 풍겼다. 그의 등 뒤에서 긴 턱을 가진 마른 여자가 엿보고 있었는데, 그의 아내였다. 한쪽 눈을 가늘게 뜨고 있는 키가 큰 중학생은 그의 아들이었다.

"포르피리!" 홀쭉이를 알아본 뚱뚱이가 고함을 질렀다. "이게 누구야? 이보게 친구! 이게 얼마 만인가!"

*발효를 마친 포도주에 브랜디를 첨가하여 알코올 도수를 높인 에스파냐 산 백포도주.

"이럴 수가!" 홀쭉이가 깜짝 놀란다. "미샤! 내 죽마고우! 어디서 느닷없이 나타났나?"

두 친구는 뺨에 세 번 입을 맞추었고, 눈물이 그렁그렁한 눈으로 서로를 뚫어져라 바라보았다. 그렇게 두 사람은 기쁨에 겨워 깜짝 놀라는 것이었다.

"이보게!" 입을 맞춘 다음, 홀쭉이가 말을 시작했다. "정말로 뜬금없구먼! 참 놀라운 일이야! 자, 나를 좀 찬찬히 보게! 여전히 미남이지 않나? 이 얼마나 매력적인 멋쟁이인가! 아아 이보게, 정말이지! 그래, 자넨 어떤가? 부자야? 결혼은 했고? 보다시피 난 이미 결혼했다네…… 바로 이 사람이 아내야. 반첸바흐* 집안의 루이자…… 루터교도지…… 그리고 얘는 중학교 3학년 다니는 아들 나파나일이고. 나파냐**, 이분은 아빠 어릴 적 친구란다! 중학교에서 함께 공부했지!"

나파나일은 잠시 생각하더니 모자를 벗었다.

"중학교에서 함께 공부했어!" 홀쭉이가 말을 이었다. "자넬 뭐라고 놀렸는지, 기억나나? 자네가 국유재산인 책을 궐련으로 만들어 태워 없앴기 때문에 헤로스트라투스***라고 놀려댔

---

*성으로 보건대 게르만 계통의 여인이다. 도이치어로 'Wanzenbach'인데, 이것은 'Wanze(빈대)'와 'Bach(개천)'를 합성한 것이다. '빈대의 개천'이란 뜻의 이 성은 홀쭉이의 아내가 비천한 가문 출신임을 암시하고 있다.
**나파나일의 애칭.
***기원전 356년 에페수스에 있던 아르테미스 신전을 불태운 희대의 방화범. 신전은 20미터 높이의 이오니아 풍 대리석 기둥을 127개나 가지고 있었으며, 완성되기까지 120년이 걸렸다고 전해진다. 그리스 역사가 헤로도토스는 이 신전을 보고 이집트의 피라미드에 버금가는 건축물이라고 찬미했다. 그런데 헤로스트라투스가 자신의 이름을 후세에까지 남길 요량으로 신전을 불태웠다고 한다.

지. 나는 중상모략하는 걸 좋아했기 때문에 에피알테스*라고 놀림을 받았고. 하하…… 그런 때가 있었어! 무서워할 거 없어, 나파냐! 좀 더 가까이 가봐…… 그리고 이쪽은 아내야. 반 첸바흐 집안에서 태어났고…… 루터교도야."

나파나일은 잠시 생각하더니 아버지 등 뒤로 숨어버렸다.

"그런데 어떻게 지내는가, 친구?" 기쁨에 넘쳐 친구를 바라보면서 뚱뚱이가 물었다. "일은 하고 있나? 승진은 어디까지 했고?"

"하고 있지, 이 사람아! 벌써 이태 째나 8등관으로 일하고 있네. 스타니슬라프 훈장도 받았고. 봉급이 박해…… 뭐, 어쩔 수 없지! 아내가 음악 교습을 하고, 나는 부업으로 나무를 가지고 시가 상자를 만들고 있다네. 기막히게 좋은 시가 상자야! 하나에 1루블씩 받는데 열 개나 그 이상을 사면 할인도 해준다네. 우린 그럭저럭 살고 있네. 정부 부서에서 근무했는데, 지금은 동일한 업무를 다루는 관청의 계장으로 이곳에 전근 왔다네. 여기서 근무하게 될 걸세. 그런데 자넨 어떤가? 벌써 5등 문관인가? 그래?"

"아니야, 이 사람아. 좀 더 올려보게." 뚱뚱이가 말했다. "이미 3등 문관으로 승진했네. 훈장은 두 개를 받았지."

---

*기원전 500년부터 449년까지 진행된 그리스-페르시아 전쟁 때 페르시아 병사들에게 테르모필레 통로를 우회할 수 있는 오솔길을 가리켜줌으로써 그곳을 지키고 있던 스파르타 병사들을 몰살시킨 인물이다. 이제 그 이름은 반역자를 의미하는 보통명사로 쓰이는데, 만화와 영화로 큰 인기를 얻은 〈300〉은 이것을 모티프로 한 것이다.

홀쭉이는 갑자기 창백해지더니 돌처럼 굳어버렸다. 하지만 그의 얼굴은 사방팔방으로 퍼져나간 미소 때문에 금방 일그러졌다. 그의 얼굴과 두 눈에서 불꽃이 쏟아져 나오는 것처럼 보였다. 하지만 정작 그 자신은 몸이 웅크려들고 등이 굽고, 작아졌다…… 그의 여행가방과 꾸러미와 상자들도 몸을 웅크리고 얼굴을 찌푸리는 것이었다…… 아내의 긴 턱은 훨씬 더 길어졌다. 나파나일은 똑바로 서더니 교복의 단추를 죄다 채웠다……

"저는 각하…… 매우 기쁩니다요! 어릴 적 친구라고 할 수 있는 분이 그런 고관이 되셨다니요! 히히."

"뭐, 됐네!" 뚱뚱이가 얼굴을 찌푸렸다. "무슨 말투가 그런가? 자네와 난 죽마고운데, 그리 상전 대하듯 하다니!"

"용서하십시오…… 각하께서는……" 홀쭉이가 한층 더 몸을 웅크리면서 히죽히죽 웃기 시작했다. "각하의 너그러운 배려가…… 마치 화주(火酒)처럼…… 이것은 제 아들 나파나일입니다, 각하…… 아내 루이자는 루터교도입니다, 어느 정도……"

뚱뚱이는 무엇인가 이의를 제기하려고 했다. 그러나 홀쭉이의 얼굴에는 3등 문관이 구토할 정도의 공경과 달콤함 그리고 예의바른 떨떠름함이 나타나 있었다. 그는 홀쭉이에게서 얼굴을 돌리고서 작별의 뜻으로 손을 내밀었다.

홀쭉이는 손가락 세 개를 쥐고는 90도 각도로 절을 하더니 중국인처럼 '히히히' 하고 웃기 시작했다. 아내는 미소 지었다.

나파나일은 예의의 표시로 한쪽 다리를 다른 다리에 가져다대다가 모자를 떨어뜨렸다. 세 사람 모두 기분 좋게 망연자실한 표정이었다.

카멜레온
(1884년)

경찰서장 오추멜로프*가 새 외투를 입고 한쪽 손에는 보따리를 들고 시장 광장을 지나가고 있다. 압수된 구스베리가 수북하게 차 있는 소쿠리를 든 붉은 머리 순경이 그의 뒤를 따라 발걸음을 옮긴다. 사위(四圍)는 고요하다…… 광장에는 사람 그림자도 없다…… 가게와 선술집의 열린 문들이 굶주린 목구멍처럼 음침하게 이 세상을 내다보고 있다. 그것들 주변에는 거지 한 사람 없다.

"그래 물었단 말이지, 빌어먹을 녀석!" 오추멜로프에게 갑자기 그런 소리가 들린다. "이보게들, 놓치지 마! 요즘엔 사람을 물면 안 되게 돼 있어! 잡아라! 아이고…… 저런!"

개의 비명 소리가 들린다. 오추멜로프가 소리 나는 쪽을 돌

---
*바보, 멍청이라는 의미를 내포하는 성.

아보니 장사꾼인 피추긴*의 장작 창고에서 개 한 마리가 세 다리로 뛰어오르더니 주위를 돌아보면서 질주하는 게 보인다. 풀먹인 사라사 천의 윗옷과 단추가 채워지지 않은 재킷을 입은 사내가 개를 뒤쫓고 있다. 그는 맹렬하게 개를 뒤쫓는다. 그러고는 상체를 앞으로 기울이나 싶더니 땅으로 몸을 던지면서 개의 뒷다리를 움켜잡는다. 개의 비명소리와 "놓치지 마라!" 하는 고함소리가 다시 들린다. 여기저기 가게에서 졸린 얼굴들이 모습을 드러낸다. 그러더니 마치 땅에서 솟아나기라도 한 것처럼 장작 창고 주변에 군중이 금방 모여든다.

"질서를 지키세요, 여러분!" 순경이 말한다.

오추멜로프는 왼쪽으로 반 바퀴 돌더니 군중 쪽으로 걸음을 옮긴다. 창고 문 바로 옆에서 그는 단추가 채워지지 않은 재킷을 입은, 위에 언급한 사람이 오른쪽 손을 치켜들고서 피투성이가 된 손가락을 가리키고 있는 것을 본다. 그의 반쯤 취한 얼굴에는 '본때를 보여주겠어, 이 자식아!' 하는 표정이 나타나 있는 듯하다. 그리고 그 손가락은 승리를 표시하는 것 같다. 오추멜로프는 사내가 금세공사인 흐류킨**이라는 것을 알아본다. 군중 한가운데 소동을 일으킨 장본인이 있다. 앞다리로 몸을 받치고 땅바닥에 앉아 온몸을 떨고 있는 그것은 뾰족한 머리통에, 등에는 푸른 반점이 있는 보르조이 종의 하얀 강아지다. 눈물이 맺힌 강아지의 두 눈에는 슬픔과 공포가 그득하다.

*작은 새라는 의미를 가진 성.
**돼지가 꿀꿀거리는 소리를 의미하는 성.

"대체 무슨 일로 이러는 거야?" 군중 속으로 파고들면서 오추멜로프가 묻는다. "왜 그러는 거야? 자네 손가락은 또 왜 그래? 소리 지른 놈이 누구야?"

"누구 하나 건드리지 않고 걷고 있었는데요, 나리……" 주먹으로 입을 막은 채 기침을 하면서 흐류킨이 말을 시작한다. "장작에 대해서 미트리 미트리치와 말하고 있는데, 갑자기 이 망할 놈이 아무런 까닭도 없이 손가락을……. 미안합니다만, 저는 노동하는 인간입니다…… 변변찮은 일이긴 합니다. 그래도 저한테 변상하도록 해주십시오. 왜냐하면 보시다시피 일주일 동안 이 손가락은 까딱도 할 수 없기 때문입니다…… 짐승이니까 용서해야 한다는 것은 법에도 없습니다, 나리…… 아무 짐승이나 다 물어댄다면 차라리 이 세상을 뜨는 게 나을 겁니다……"

"흠! 좋다……" 헛기침을 하고 눈썹을 움찍거리며, 단호한 목소리로 오추멜로프가 말한다. 서장은 순경에게 말한다.

"좋아…… 누구네 갠가? 이번 일은 절대 그냥 넘어가지 않을 걸세. 개를 버릇없이 키우면 어떻게 되는지 보여주겠어! 규정을 따르지 않는 그런 작자들이 정신 바짝 차리게 해야 해! 그 파렴치한 놈에게 벌금을 부과하면 다들 개나 다른 가축이 떠돌아다니도록 방치하면 어떻게 되는지 알게 되겠지! 그런 놈은 혼을 내주고 말겠어! 옐드이린." 서장은 순경에게 말한다. "누구 갠지 알아봐. 그리고 보고서를 작성하도록! 개는 제거하도록 해. 즉시! 필시 미친개일 거야…… 이거 대체 누구네 개야?"

"쥐갈로프* 장군님 댁 개 같습니다!" 군중 속에서 누군가가 말한다.

"쥐갈로프 장군님이라고? 흠! 옐드이린, 내 외투를 벗겨주게나…… 정말로 덥구먼! 비가 오려는 게 분명해…… 그런데 한 가지 이해가 안 가는 게 있어. 어떻게 강아지가 자넬 물 수 있었을까?" 오추멜로프가 흐류킨에게 말한다. "정말로 강아지가 손가락까지 닿았나? 강아지는 작고, 자네는 보다시피 이렇게 강건한데 말이야! 필시 못 때문에 손가락에 상처가 난 게지. 그다음에 강아지한테 본때를 보여주겠다는 생각이 떠오른 게야. 자넨…… 유명한 인간이잖아! 악마 같은 네놈들이야 내가 잘 알지!"

"나리, 저놈이 재미 삼아 강아지 낯짝을 궐련으로 건드린 겁니다. 그런데 강아지도 바보는 아니어서 깨문 거고요…… 터무니없는 놈입니다, 나리!"

"거짓말 마, 애꾸 놈아! 보지도 않고서 왜 거짓말을 하고 그래? 현명하신 신사 나리는 아실 겁니다. 누가 거짓말을 하고, 누가 하느님 앞에서처럼 양심에 따라 말하고 있는지…… 만일 제가 거짓말을 한다면, 치안판사님한테 심판하게 해주세요. 판사의 법에 나와 있습니다…… 요즘엔 모두가 평등하니까요…… 저에게도 헌병대에서 근무하는 형님이 있다고요……

*가을에 출현하여 사람이나 동물을 아플 정도로 깨물어대는 파리의 일종에서 유래한 성.

기멜레온 23

만일 아시고자 한다면……"

"심판은 무슨 놈의 심판!"

"아닙니다. 이건 장군님의 개가 아니에요." 의미심장한 얼굴로 순경이 말한다. "장군님께는 저런 개가 없습니다. 그분은 훨씬 큰 사냥개들을 가지고 계십니다……."

"제대로 알고 있는 건가?"

"틀림없습니다, 나리……"

"나도 알고 있어. 장군님 댁 개들이야 값비싼 순종이지. 근데 이건 족보도 없는 거잖아! 털도 그렇고 생김새도 그래…… 하나같이 형편없다니까…… 이런 개를 키우신다고? 정신을 어디 두고 사는 거야! 이런 개가 페테르부르크나 모스크바에서 걸려들었다면, 어떻게 되었을지 알겠나? 법이고 뭐고 들여다보지도 않고 즉시 죽여버렸을 거야! 이보게, 흐류킨. 고생했네. 내 이번 일을 방치하진 않을 걸세…… 혼을 내줘야 해! 그렇다마다……"

"그런데, 장군님 개 같기도 합니다……" 순경이 혼잣말을 한다. "낯짝에 쓰여 있지는 않지만…… 얼마 전에 장군님 댁 마당에서 저걸 보았습니다."

"당연히 장군님 개지!" 군중 속에서 누군가가 말한다.

"흠! 이보게 옐드이린, 나한테 외투를 입혀주게…… 왜 그런지 바람이 부는 것 같군…… 오한이 들어…… 자네가 장군님께 개를 데리고 가서 여쭙도록 하게. 내가 개를 찾아서 보냈노라고 말씀드리게…… 그리고 개를 거리에 내보내지 마시라고 말씀드리도록 해…… 분명히 비싼 개일 텐데, 더러운 놈들이 개 콧구멍에 궐련을 쑤셔 넣으면 개한테 오래도록 안 좋을 테니 말이야. 개는 연약한 동물이야…… 이봐, 멍청이. 손 내려! 자네의 그 바보 같은 손가락을 자랑스럽게 내보일 건 없잖아! 자네 잘못이야!"

"장군님 댁 요리사가 옵니다. 저 친구한테 물어보시죠…… 어이, 프로호르! 이보게, 이리 와봐! 이 개를 좀 보게…… 자네 집 갠가?"

"무슨 말씀! 우리 집에 이런 개는 있었던 적이 없습니다!"

"여기서 왈가왈부할 필요가 뭐 있겠나." 오추멜로프가 말한다. "이건 떠돌이 개야! 오래 이러쿵저러쿵할 필요도 없어…… 내가 떠돌이라고 했으면 떠돌이 갠 거야…… 죽여버리면 그걸로 그만이야."

"이건 우리 개는 아닙니다." 프로호르가 말을 잇는다. "얼마 전에 오신 장군님의 형님 갭니다. 장군님은 보르조이 종을 좋아하지 않으세요. 그분 형님은 좋아하시……"

"그래, 장군님의 형님께서 오셨다고? 블라디미르 이바니치께서?" 오추멜로프가 묻는다. 이내 그의 온 얼굴에 감동의 미소가 번져 나간다. "뭐라고, 맙소사! 근데 왜 난 몰랐을까! 잠시 손님으로 오신 건가?"

"그렇습니다……"

"뭐라고, 맙소사…… 우리가 얼마나 형님을 그리워했는지…… 근데도 난 전혀 몰랐으니! 그래, 이 개가 그 양반 거라고? 정말로 기쁘군…… 개를 데리고 가게…… 개는 괜찮아…… 저토록 민첩하니 말이야…… 이자의 손가락을 할퀴었다네! 하하하…… 자, 왜 떨고 있니? 르르르…… 르르…… 화가 난 모양이구나, 영리한 놈 같으니…… 정말로 귀여운 강아지야……"

프로호르는 개를 부르더니 장작 창고에서 개를 데리고 떠난다…… 군중이 흐류킨을 놀려댄다.

"네놈을 단단히 혼내주고 말거야!" 오추멜로프가 그를 위협한다. 그러고는 외투로 몸을 감싸더니 시장 광장을 지나 가던 길을 계속해서 걸어간다.

우수
(1886년)

> 나의 이 슬픔을
> 누구에게 전할 것인가?*

땅거미가 지고 있다. 굵고 습한 눈이 이제 막 불을 밝힌 가로등 주변을 느릿느릿 맴돈다. 지붕 위와 말의 등이며 어깨, 모자 위로 떨어지는 눈이 얇고 부드러운 층을 이루고, 마부인 이오나 포타포프는 마치 유령처럼 온통 하얗다. 살아 있는 육신이 구부릴 수 있는 최대한도로 몸을 구부리고서, 그는 마부석에 앉아 미동도 하지 않는다. 커다란 눈 더미가 떨어진다 해도 그는 털어낼 생각이 없어 보인다……

걸음이 느린 그의 말도 하얗고 움직임이 없다. 막대기 같은 다리에 뻣뻣하게 굳어 움직이지 않는 모습이 말 모양으로 생긴 값싼 당밀과자를 꼭 빼닮았다. 십중팔구 생각에 잠긴 모양새다. 멍에와 익숙한 잿빛 풍경에서 떨어져 나와 이곳, 괴물 같은

---
*성서 〈시편〉의 한 구절.

등불과 끊이지 않는 소동, 뛰어다니는 사람들로 가득 찬 소용돌이 속으로 내던져졌으니 어찌 생각에 잠기지 않을 수 있겠는가……

이오나와 말은 이미 오래전부터 그 자리에서 움직이지 않는다. 점심식사 이전에 숙소에서 나왔지만 그들은 아직도 마수걸이를 못하고 있다. 하지만 도회지에는 저녁 어스름이 내리고 있다. 파리한 가로등불이 생생한 색조로 빛나고, 거리의 혼잡은 도를 더해간다.

"마부, 비보르그스카야 거리!" 이오나에게 그런 말이 들린다. "마부!"

이오나의 몸이 떨린다. 눈이 달라붙은 속눈썹 사이로 두건 달린 외투를 입은 군인이 보인다.

"비보르그스카야 거리!" 군인이 다시 말한다. "자는 거야, 뭐야? 비보르그스카야 거리!"

알았다는 표시로 이오나는 고삐를 잡아당긴다. 그 서슬에 말 등과 그의 어깨에서 쌓인 눈이 떨어져 나간다…… 군인이 썰매에 앉는다. 마부는 입술로 쯧쯧 소리를 내고, 고니처럼 목을 길게 늘이고, 몸을 일으킨다. 그리고 필요해서라기보다는 습관에 따라 채찍을 흔든다. 말도 고개를 길게 늘이고 막대기를 닮은 다리를 굽혀 우물쭈물 자리에서 움직인다……

"망할 자식, 어디로 가는 거야!" 그 즉시 앞뒤로 움직이는 분명치 않은 군중 속에서 고함소리가 들려온다. "대체 어디로 가는 거냐고? 똑바로 몰아!"

"제대로 몰 줄 모르냐! 똑바로 몰아!" 군인이 화를 낸다.

사륜마차의 마부가 욕설을 퍼부으며 매섭게 노려본다. 길을 가다가 말 콧등에 어깨를 부딪친 행인이 소매에서 눈을 털어 낸다. 이오나는 바늘방석에 앉아 있는 것처럼 팔꿈치를 움찔거리며 우물쭈물한다. 가스에 중독된 것처럼 두 눈을 두리번거린다. 여기가 어디인지 그리고 왜 자신이 여기 있는지 알지 못하는 것처럼 보인다.

"모두 하나같이 더러운 놈들이야!" 군인이 비아냥거린다. "자네와 부딪치려고 하거나 말 아래로 기어들어가려고 기회를 엿보니 말이야. 저놈들 서로 이야기가 다 된 거라고."

이오나가 승객을 돌아보고 입술을 움찍거린다…… 분명히 무엇인가를 말하고 싶은 눈치다. 하지만 쉰 소리 말고는 아무것도 목구멍에서 나오지 않는다.

"뭐라고?" 군인이 묻는다.

이오나는 미소 짓느라 얼굴을 찌푸린다. 목구멍을 긴장시키고 쉰 소리로 말한다.

"저의…… 나리, 저어…… 제 아들놈이 이번 주에 죽었습니다."

"흐음! 대체 왜 죽은 거야?"

이오나는 상체를 온통 승객한테 기울이고 말한다.

"그걸 누가 알겠습니까! 필시 열병 때문일 겁니다…… 사흘을 병원에 누워 있다가 죽었습니다…… 하느님의 뜻이지요."

"옆으로 꺾어, 이 자식아!" 어둠 속에서 소리가 들린다. "뭐

하러 기어 나온 거야, 늙은 수캐 같으니! 두 눈 똑바로 뜨고 다녀!"

"가자, 가자고……" 승객이 말한다. "이렇게 가다간 내일에야 도착하겠어. 빨리 몰아!"

마부가 다시 목을 빼고는 몸을 일으킨다. 그리고 마지못해 채찍을 흔든다. 그러고 나서 몇 번이나 승객을 돌아보지만, 승객은 눈을 감아버렸다. 분명히 그는 듣고 싶지 않은 것이다. 승객을 비보르그스카야 거리에 내려준 다음 그는 선술집 옆에 멈춘다. 마부석에 새우등을 한 채 앉아서 다시 움직이지 않는다…… 젖은 눈이 또다시 그와 말을 깨끗하게 채색한다. 한 시간이 지나가고, 다시 한 시간이……

큰 소리가 나도록 덧신으로 보도를 두드리고 욕지거리를 주고받으며 세 사람의 젊은이가 지나간다. 그 가운데 둘은 키가 크고 말랐으며, 한 사람은 작고 꼽추다.

"마부, 폴리체이스키 다리로!" 덜거덕거리는 목소리로 꼽추가 소리친다. "세 사람에…… 20코페이카!"

이오나는 고삐를 당기면서 쯧쯧 소리를 낸다. 20코페이카는 적당한 가격이 아니지만, 그는 값을 따질 계제가 아니다…… 1루블이든 5코페이카든 지금 그에게는 마찬가지다. 승객이 있는 것으로 충분하다…… 떠밀고 음담패설을 주고받으며 썰매로 다가온 젊은이들이 이내 자리로 기어오른다. 세 사람 가운데 어느 두 사람이 앉고, 누가 서 있을 것인지 하는 문제를 두고 따지기 시작한다. 기나긴 욕지거리와 변덕 그리고 비난이

오고간 끝에 덩치가 가장 작은 꼽추가 서 있는 것으로 결정을 내린다.

"자, 말을 몰아!" 자리를 잡고 이오나의 목덜미 쪽으로 숨을 내쉬면서 꼽추가 덜거덕거리는 소리로 말한다. "달려! 이 친구 모자 꼴 하고는! 페테르부르크를 다 뒤져도 그것보다 더 지독한 모자는 찾지 못할 거다⋯⋯"

"허허⋯⋯ 허허⋯⋯" 이오나가 소리 내서 웃는다. "있을 겁니다⋯⋯"

"있거나 말거나 빨리 몰아! 계속 이렇게 갈 속셈이야? 그래? 모가지를 때려줄까?"

"머리가 깨지는 것 같아⋯⋯" 키가 큰 사람 가운데 하나가 말한다. "어제 두크마소프 집에서 나와 바시카 둘이서 코냑을 네 병이나 비웠다니까."

"알 수가 없군. 왜 거짓말 하냐!" 다른 키 큰 사람이 화를 낸다. "개새끼처럼 거짓말을 하다니."

"거짓말이라면 하느님이 벌하실 거야⋯⋯"

"그게 사실이라면 이(虱)가 기침한다는 것도 사실일 거야."

"허허!" 이오나가 싱글거린다. "유―쾌한 나리들이야!"

"이런 빌어먹을 자식이!" 꼽추가 분통을 터트린다. "이 역겨운 늙다리야, 갈 거냐 말 거냐? 정말로 그 따위로 갈 거야? 채찍으로 말을 갈겨! 아니, 젠장! 제대로! 확실히 해!"

이오나는 등 뒤에서 꼽추의 몸이 방향을 바꾸는 것과 그의 떨리는 목소리를 느낀다. 그는 자신에게 던져진 욕설을 듣고,

사람들을 본다. 그러자 고독의 감정이 가슴으로부터 조금씩 사라지기 시작한다. 덕지덕지 이어지는 6층 높이의 욕설이 기침 때문에 목에 걸려서 터져 나오지 않을 때까지 꼽추는 욕설을 해댄다. 키가 큰 사람들은 나제즈다 페트로브나라는 여자에 대해 말하기 시작한다. 이오나는 그들을 돌아본다. 잠시 대화가 멈추자 그는 다시 한 번 돌아보고 중얼거린다.

"이번 주에⋯⋯ 저어⋯⋯ 제 아들이 죽었습니다!"

"누구나 죽어⋯⋯" 기침을 하고 난 다음 입술을 닦으면서 꼽추가 한숨 쉰다. "자, 가자, 가자니까! 정말로 더 이상 이렇게는 못 가겠어! 대체 언제 도착하냐고?"

"네가 그 자식 힘 좀 내게 해봐⋯⋯ 목을 후려갈겨!"

"역겨운 늙다리 같으니, 들려? 목을 후려갈기겠어! 보자보자 하니까 아예 걸어가잖아! 듣고 있나, 날개 달린 뱀 같으니! 아니면 우리가 하는 말을 깔아뭉개는 거냐?"

하지만 이오나는 뒤통수치는 것을 느끼기보다는 그들의 대화에 귀를 기울인다.

"허허⋯⋯" 그는 소리 내서 웃는다. "유쾌한 나리들이야⋯⋯ 건강하시기를!"

"마부, 자네 결혼했나?" 키 큰 남자가 묻는다.

"저 말입니까? 허허⋯⋯ 유—쾌한 나리들이야! 지금은 마누라가 하나밖에 없죠. 축축한 땅뿐입니다⋯⋯ 허—허허⋯⋯ 이상한 일이에요. 죽음이 문을 착각한 겁니다⋯⋯ 나한테 와야 하는데 아들한테 갔으니⋯⋯"

이오나는 아들이 어떻게 죽었는지 말하려고 뒤돌아본다. 하지만 여기서 꿈추는 한숨을 쉬더니 고맙게도 마침내 목적지에 도착했노라고 말한다. 20코페이카를 받은 다음 이오나는 어두운 입구로 사라져가는 방탕한 자들의 뒷모습을 오래도록 바라본다. 다시 그는 혼자다. 그에게 다시 정적이 찾아든다…… 잠시 잠잠해졌던 슬픔이 다시 모습을 드러내고 훨씬 더 힘 있게 그의 가슴을 헤집는다. 거리 양쪽을 빠른 걸음으로 오고가는 군중을 따라 이오나의 불안하고도 고통스러운 두 눈이 질주한다. 저 수천 명의 사람들 가운데 그의 말을 들어줄 사람이 단 하나도 없단 말인가? 그러나 군중은 그도 그의 슬픔도 알아차리지 못한 채 질주하고 있다…… 슬픔은 그 끝을 알 수 없을 만큼 거대하다. 이오나의 가슴이 터져서 슬픔이 흘러나오게 된다면 그것으로 온 세상을 잠기게 할 수 있을 것 같다. 하지만 그럼에도 슬픔은 눈에 보이지 않는다. 그것은 아주 작은 껍질 속에도 들어갈 수 있기 때문에 백주대낮에 등불을 들고서도 볼 수가 없다…….

가마니를 든 문지기를 보고 이오나는 그에게 말을 걸기로 마음먹는다.

"이보게, 지금 몇 시인가?" 그가 묻는다.

"아홉 시가 넘었네…… 뭣 때문에 여기 서 있는 거야? 가라고!"

이오나는 몇 걸음 옮겨 간다. 몸을 구부리고는 슬픔에 몸을 맡긴다…… 사람들에게 말을 걸어봤자 아무 소용이 없다고 그는 생각한다. 하지만 5분도 지나지 않아서 그는 자세를 바로 하고, 마치 날카로운 통증을 느낀 것처럼 머리를 흔든다. 그리고 고삐를 당긴다…… 더는 참을 수가 없다.

'숙소로 가자.' 그는 생각한다. '숙소로 가!'

그러자 그의 생각을 제대로 이해한 듯 말이 속보로 달리기 시작한다. 한 시간 반 뒤에 이오나는 더럽고 커다란 난로 옆에 앉아 있다. 난로 위에서, 마룻바닥에서, 걸상 위에서 사람들이 코를 곤다. 공기는 '숨이 막히고' 후텁지근하다…… 이오나는 잠을 자는 사람들을 보면서 몸을 긁는다. 그러고는 너무 일찍 돌아온 것을 후회한다……

'귀리 값도 못 벌었어.' 그는 생각한다. '그래서 이렇게 슬픈 거야. 자기 일을 아는 인간은…… 자신이 배부르고 말도 배부른 사람은 언제나 평온한 법이야…….'

한쪽 구석에서 젊은 마부가 일어나더니 졸린 소리를 내면서 물이 든 양동이로 손을 뻗는다.

"물을 마시고 싶은가?" 이오나가 묻는다.

"아, 그래요!"

"자…… 마시게…… 그런데 이보게, 내 아들이 죽었다네…… 들었나? 이번 주에 병원에서…… 큰일이야!"

이오나는 자신의 말이 어떤 효과를 불러일으켰는지 바라본다. 하지만 아무것도 보이지 않는다. 젊은이는 머리를 감싸고 이미 잠들어버렸다. 늙은이는 한숨을 쉬고 몸을 긁적인다…… 그가 말하고 싶은 것처럼 젊은이는 물이 마시고 싶었다. 아들이 죽은 지 곧 일주일이 된다. 그러나 그는 아직 어느 누구와도 제대로 말하지 못했다…… 적당한 간격을 두고 명확하게 말해야 한다…… 아들이 어떻게 병들었는지, 얼마나 고통을 받았는지, 죽음을 앞두고 무슨 말을 했는지, 어떻게 죽었는지 이야기해야만 한다…… 장례식을 치르고 죽은 아들 옷을 찾으러 병원에 갔던 것도 이야기해야 한다. 시골에는 딸아이 아니시야가 남아 있다…… 그 아이에 대해서도 말해야 한다…… 그래, 그가 지금 말할 수 있는 게 적다고 할 수 있는가? 듣는 사람은 아하, 하고 동조하거나 한숨을 쉬거나 통곡해야 한다…… 여자들과 이야기하는 편이 훨씬 낫다. 어리석기는 하지만 여자들이란 몇 마디 말에 대성통곡하는 법이니까.

'말을 보러 가야겠어.' 이오나는 생각한다. '잠이야 언제든 잘 수 있으니까…… 분명히 실컷 잘 수 있을 거야……'

그는 옷을 입고 말이 매여 있는 마구간으로 간다. 그는 귀리와 건초, 날씨에 대해 생각한다…… 혼자 있을 때는 아들에 대해서 생각할 수 없다…… 누군가와 함께라면 아들에 대해 말할 수 있지만, 혼자서 아들의 모습을 생각하고 그려보는 것은 견딜 수 없을 만큼 언짢다……

"먹고 있는 거냐?" 말의 빛나는 눈을 보면서 이오나가 말에게 묻는다. "그래, 먹어라 먹어…… 귀리 값을 벌지 못했으면 건초를 먹으면 되니까…… 그래…… 돌아다니기엔 나도 늙었지…… 아들이 돌아다녀야지, 나는 아니야…… 그 녀석은 진짜 마부였는데…… 살아만 있다면……"

이오나는 잠시 침묵하고서 말을 잇는다.

"그래, 이 녀석아…… 쿠지마 이오니치*는 없다…… 세상을 떠났어…… 갑자기 허망하게 죽어버린 거야…… 그러니까 지금 너한테 망아지가 있다면, 너는 그 망아지의 친어머니인 셈이지…… 그런데 느닷없이 바로 그 망아지가 죽어버린 거야…… 불쌍하지?"

말은 먹기도 하고, 귀를 기울이기도 하고, 주인의 두 손에 숨을 내쉬기도 한다……

이오나는 열중하여 말에게 모든 걸 이야기한다……

---

*쿠지마는 이오나의 아들 이름이고, 이오니치는 이오나의 이름에서 따온 부칭(父稱).

제2부

6호실
(1892년)

I

병원 마당에 숲처럼 무성한 우엉과 엉겅퀴 그리고 야생 대마로 둘러싸인 크지 않은 별채가 자리하고 있다. 별채 지붕은 녹슬었고, 굴뚝은 반쯤 무너져 내렸으며, 현관 계단은 썩어버려 풀이 무성하게 자랐고, 오직 회반죽만이 그 흔적을 남기고 있었다. 별채의 정면은 병원을 향해 있고, 뒤로는 들판이 보인다. 못이 여러 개 박힌 잿빛의 병원 담장이 들판과 별채를 나눠놓고 있다. 날카로운 끄트머리를 하늘로 향하고 있는 이 못들과 담장 그리고 별채마저도 이 나라의 병원과 감옥 건물에서만 볼 수 있는 우울하고도 저주받은 모습을 간직하고 있다.

만일 당신이 엉겅퀴의 뜨거운 맛을 두려워하지 않는다면, 별채로 통하는 좁은 오솔길을 따라 가서 그 안에서 무슨 일이 벌어지고 있는지 보도록 하자. 첫 번째 문을 열어젖히면 우리는 현관에 들어서게 된다. 이곳의 벽과 난로 부근에는 병원의 잡동사니들이 산처럼 쌓여 있다. 매트리스, 낡고 갈기갈기 찢겨진 환자복과 바지, 파란 줄무늬 셔츠들, 너덜너덜해진 신발, 이 모든 쓰레기가 산더미처럼 모여 구겨진 채 뒤얽혀 있었고, 썩어가면서 질식할 것 같은 냄새를 풍기고 있다.

색 바랜 견장을 단, 늙은 퇴역사병이자 수위인 니키타가 파이프를 입에 물고서 언제나 잡동사니 위에 누워 있다. 그는 마르고 험상궂은 얼굴에 초원에서 양을 지키는 개의 낯짝을 연상시키는 처진 눈썹과 붉은 코의 사내다. 키가 크지도 않고, 허약하고 야윈 모습이지만, 인상적일 정도의 당당함과 강건한 주먹의 소유자다. 그는 세상 무엇보다도 질서를 좋아하고, 그래서 '그런 자들'은 때려야 한다고 확신하는 순박하고 적극적이며 진지하고도 우둔한 사람들에 속하는 인물이다. 그는 얼굴이든 가슴이든 등짝이든 닥치는 대로 때렸고, 그렇게 하지 않으면 여기에 질서라는 건 없다고 확신한다.

더 들어가면 크고 널찍한 방이 나오는데, 그것은 현관을 제외하면 별채 전부를 차지하고 있다. 여기 벽은 더럽고 칠이 얼룩덜룩하며, 천장은 굴뚝 없는 집처럼 그을려 있다. 겨울에는 여기 있는 난로에서 연기가 많이 나 그을음이 낄 게 분명하다. 쇠창살 때문에 창문들은 안에서 흉하게 일그러져 있다. 마룻바닥은 칙칙하고 거칠다. 시큼한 양배추 냄새와 심지 타는 냄새, 빈대와 암모니아 냄새가 처음에는 짐승 우리에 들어온 것 같은 인상을 준다.

방 안에는 바닥에 고정된 침대가 여러 개 자리하고 있다. 푸른색 환자복을 입고 구식 모자를 쓴 사람들이 침대에 앉아 있거나 누워 있다. 그들은 정신병자들이다.

  여기 있는 사람들은 다해서 다섯 사람. 한 사람만 귀족 출신이고, 나머지 모두는 평민들이다. 문에서 가장 가까운 자리에 있는 사람은 붉고 빛나는 콧수염과 울어서 부은 두 눈의 키가 크고 여윈 사내로 턱을 괸 채 한 곳을 응시하고 있다. 밤이고 낮이고 그는 머리를 흔들고, 한숨을 쉬며 고통스럽게 미소 지으면서 슬퍼한다. 대화에는 거의 끼어들지 않고, 묻는 말에도 대개 대답하지 않는다. 음식을 주면 기계적으로 먹고 마실 뿐이다. 고통스럽고 오래 지속되는 기침, 수척한 몸과 뺨의 홍조로 판단하건대 폐결핵에 걸린 것이다.

  그 옆에는 뾰족하게 다듬은 수염에, 마치 흑인처럼 머리털이 검고 곱슬곱슬하며 작고 생동감 넘치는, 매우 활동적인 늙은이가 자리한다. 낮에 그는 병실의 창문에서 창문으로 왔다 갔다 하거나 터키 사람처럼 무릎을 꿇은 채 침대에 앉아 있다. 그리고 피리새처럼 지칠 줄 모르고 휘파람을 불고, 나직하게 노래하고 히히 소리를 내며 웃는다. 하느님께 기도하려고 일어나는 참에도 천진난만한 쾌활함과 생동감 넘치는 성격은 드러나, 주먹으로 자기 가슴을 두드려대기도 하고, 손가락으로 문을 후벼 파기도 하는 것이다. 이 사람은 약 20년 전 자신의 모자 공장이 전소되었을 때 미쳐버린 바보 유대인 모이세이카다.

  6호실의 모든 거주자들 가운데 오직 모이세이카 한 사람만이 별채뿐 아니라, 심지어는 병원 안뜰을 벗어나 거리로 나가는 것이 허용되어 있다. 필시 오래된 환자이자 조용하고 해를 끼치지 않는 바보라서 오래전부터 그런 특권을 누리고 있는 성싶다. 사람들은 이미 오래전부터 어린아이들이나 개들한테 둘러싸인 그를 보곤 했다. 환자복을 입고, 우스꽝스런 모자를 쓰고 덧신을 신거나 때로는 맨발에 바지도 입지 않은 채 그는 거리를 쏘다닌다. 대문이나 작은 상점 옆에 멈춰 서서 동전을 달라고 하기도 한다. 어떤 곳에서는 크바스를 주기도 하고, 어느 곳에서는 빵을 주기도 하며, 다른 곳에서는 동전을 주기도 한다. 그래서 그는 대개 배부르고 부자가 되어서 별채로 돌아오곤 하는 것이다. 그가 가져오는 모든 것은 니키타가 압수하여 제 것으로 삼는다. 주머니를 뒤지면서 이 사병은 분노한 얼굴로 거칠게 그런 짓을 해치운다. 하느님을 증인으로 내세우면서 그는 결단코 더 이상 유대인을 거리로 내보내지 않을 것이며, 세상에서 무질서보다 나쁜 것은 없다고 말한다.

모이세이카는 다른 사람 시중들기를 좋아한다. 동료들에게 물을 갖다 주기도 하고, 그들이 잠들면 이불을 덮어주기도 한다. 거리에서 1코페이카를 가져오겠다든가 새로운 모자를 짜주겠노라고 아무에게나 약속한다. 자신의 왼쪽에 있는 이웃 중풍 환자에게는 숟가락으로 밥을 먹여주기도 한다. 그가 그렇게 행동하는 것은 연민이나 인도적인 속성의 어떤 생각 때문이 아니라, 오른쪽에 있는 이웃 그로모프를 따라하면서 자신도 모르게 감화되었기 때문이다.

이반 드미트리치 그로모프는 귀족 출신으로 예전에 집달리이자 현 서기를 지낸 서른세 살 정도의 남자인데 추적망상에 시달리고 있다. 그는 몸을 웅크린 채 침대에 누워 있거나, 마치 산보를 하려는 것처럼 구석에서 구석으로 돌아다닌다. 그래서 앉아 있는 법이 거의 없다. 그는 어떤 막연하고 불확실한 기대 때문에 언제나 흥분하고 동요하고 있으며 긴장되어 있다. 현관의 지극히 작은 속삭임이나 안뜰에서 들려오는 고함 소리에도, 그는 고개를 곧추세우고 귀를 기울이기 시작한다. 사람들이 자신을 잡으러 온 게 아닐까? 그를 찾아다니는 것은 아닐까? 그럴 때 그의 얼굴은 극단적인 불안과 혐오를 드러낸다.

 고통과 지속적인 공포로 고통 받는 영혼을 마치 거울에 비친 것처럼 드러내는 그의 넓적하고 광대뼈가 두드러진 창백하고 불행한 얼굴이 나는 좋다. 그의 찡그린 얼굴은 이상하고 병적이다. 그러나 깊고도 진정한 고통 때문에 그의 얼굴에 새겨진 뚜렷한 이목구비는 총명하고도 지적이다. 그의 두 눈에는 따뜻하고 건강한 광채가 빛난다. 니키타를 제외하고는 모든 사람들을 예의바르고 친절하며 놀랄 만큼 상냥하게 대하는 그 사람 자체가 나는 좋다. 누군가 단추라든가 숟가락을 떨어뜨리면 그는 침대에서 재빨리 뛰어나와서 그걸 줍는다. 매일 아침 그는 동료들과 아침인사를 하고, 잠자리에 들면서 잘 자라고 기원한다.

 언제나 긴장된 상태와 찡그린 얼굴을 제외하면 그의 광기는 그저 다음과 같은 형태로 드러날 뿐이다. 이따금 밤이면 그는 실내복으로 몸을 감싸고는 온몸을 부들부들 떨고 이를 딱딱 부딪치면서 이 구석에서 저 구석으로 침대 사이를 빠른 걸음으로 왔다 갔다 하기 시작한다. 마치 심한 오한이 찾아온 것처럼 보인다. 느닷없이 걸음을 멈추고 동료들을 응시하기 때문에 무엇인가 매우 중요한 것을 말하고 싶은 것처럼 보이기도 한다. 하지만 분명코 그들이 그의 말을 들어주지도 않고 이해하지도 못할 것이라고 생각하기에 그는 머리를 흔들면서 계속해서 걸음을 옮긴다. 그러나 말하고 싶은 욕망이 금방 모든 생각을 눌러 이긴다. 그래서 그는 자신에게 자유를 주어 열렬하고도 열정적으로 말한다. 그의 말은 마치 헛소리처럼 무질서하고 열광적이며 발작적이어서 늘 이해되지는 않는다. 대신에 그의 말 속에는, 어휘에도 목소리에도 무엇인가 지극히 좋은 무언가가 담겨 있다. 그가 말을 하면 여러분은 그의 내부에는 미치광이와 정상적인 인간이 함께 있음을 알아챌 것이다. 그의 정신 나간 말을 종이 위에 옮기는 것은 어려운 노릇이다. 그는 인간의 비겁함에 대하여, 진실을 유린하는 강제에 대하여, 시간과 더불어 장차 지상에 도래할 아름다운 삶에 대하여, 그에게 매순간 압제자들의 둔감함과 잔인함을 떠올리게 하는 창살에 대하여 말한다. 오래되었지만 아직도 끝까지 부르지 못한 노래의 조리도 없고 앞뒤도 맞지 않는 혼성곡이 되어버리는 것이다.

II

지금부터 12년에서 15년 전, 도시의 가장 번화한 도로에 견실하고 유복한 인간이자 관료인 그로모프가 자기 소유의 집에서 살고 있었다. 그에게는 두 아들 세르게이와 이반이 있었다. 학부 4학년에 재학 중이던 세르게이는 급성 폐결핵에 걸리더니 죽어버렸다. 그런데 이 죽음은 느닷없이 그로모프 가족을 덮친 연이은 불행의 시작이었던 것 같다. 세르게이의 장례식이 끝나고 일주일 뒤에 연로한 아버지는 사기와 공금횡령죄로 재판에 회부되었고, 얼마 지나지 않아 감옥의 병원에서 티푸스로 세상을 떠났다. 주택과 모든 부동산이 경매에 넘겨졌고, 이반 그로모프와 어머니는 빈털터리 신세가 되고 말았다.

아버지가 살아 있었을 때 이반 드미트리치는 페테르부르크에 살면서 대학에서 공부하고 있었다. 한 달에 60~70루블을 받으며 가난이라고는 도무지 알지 못했던 그는 이제 삶을 근본적으로 변화시키지 않으면 안 되었다. 그는 아침부터 밤까지 싸구려 가정교사 노릇과 원고를 깨끗하게 고쳐 써주는 일을 했지만, 그럼에도 밥을 굶어야만 했다. 돈을 버는 족족 어머니의 생활비로 송금해야 했기 때문이다. 이반 드미트리치는 그런 생활을 견딜 수 없었다. 그는 낙담하여 완전히 쇠약해졌다. 그래서 대학을 때려치우고 집으로 돌아왔다. 이곳 소도시에서 그는 연줄로 군립학교의 교사 자리를 얻게 되었다. 그러나 동료들과 친밀하게 지내지 못했고, 학생들에게도 인기가 없어서 이내 그

자리를 그만두었다. 어머니가 돌아가셨다. 그는 반년 정도 무직 상태로 빵과 물만 먹으며 돌아다녔고, 그다음에 집달리가 되었다. 질병 때문에 해고되기 전까지 그는 이 일에 종사했다.

단 한 번도, 심지어 젊은 학창 시절에도 그는 건강하다는 인상을 주지 못했다. 언제나 창백했고, 말랐으며, 고뿔에 잘 걸렸고, 적게 먹었고, 잠을 제대로 자지 못했다. 한 잔 술에도 머리가 빙빙 돌고, 히스테리를 일으키곤 했다. 그는 언제나 사람들에게 이끌렸지만 자신의 흥분 잘하는 성격과 소심함 때문에 어느 누구와도 가깝게 지내지 못했고, 친구도 없었다. 도시 주민들에 대해서는 그들의 지독한 무지몽매와 나태하고 동물적인 삶이 불쾌하고 혐오스럽다고 말하면서 언제나 경멸조로 평가했다. 그는 높은 목소리로 우렁차고 격정적으로 말하곤 했는데, 그것은 분노와 분개를 담은 혹은 환희와 경탄에 찬 것 같았지만, 언제나 진실하게 말하는 것이었다. 그와 이야기를 시작할라치면 그는 모든 것을 한 가지로 귀착시키곤 했다. 즉, 시내에서 사는 것은 답답하고 지루하며, 사람들은 고상한 욕구를 가지고 있지 않고, 강제와 지독한 타락 그리고 위선적인 행동으로 삶에 변화를 주면서 흐리멍덩하며 무의미한 생활을 하고 있다는 것이다. 비열한 인간들은 호의호식하는 반면에 순수한 사람들은 쓰레기를 먹으며 살아가고 있다. 학교, 순수한 경향을 가진 지역신문, 극장, 공공 독서 모임과 지식인 세력의 결속이 필요하며, 사람들이 스스로를 자각하고 전율해야만 한다는 것 등이었다. 사람들을 평가할라치면 그는 그 어떤 미묘한 차이도 인정하지 않은 채 오로지 흰색과 검은색으로만 짙게 색칠하는 것이었다. 그에게 인간은 순수한 사람들과 속물들로 나뉘었고, 중간은 존재하지 않았다. 여성과 사랑에 대해서는 언제나 열정적으로 환희에 차서 말했지만, 단 한 번도 사랑에 빠진 적은 없었다.

그의 날카로운 견해와 신경질에도 불구하고 도시의 주민들은 그를 사랑했고, 아주 정겹게 그를 바냐*라고 불렀다. 그의 타고난 섬세함, 친절, 성실성, 도덕적인 순수함과 낡아빠진 프록코트, 병적인 얼굴과 가정의 불행이 선량하고도 따뜻하며 구슬픈 감정을 불러일으켰다. 게다가 그는 훌륭한 교육을 받았고 박식했다. 도시 주민들의 견해에 따르면 그는 모든 것을 알고 있었고, 따라서 시내에서 그는 걸어 다니는 백과사전 비슷한 존재였다.

그는 책을 매우 많이 읽었다. 그는 언제나 클럽에 앉아서 신경질적으로 턱수염을 잡아당기며 잡지와 책을 넘기곤 했다. 그의 얼굴을 보면 책을 읽는 것이 아니라, 내용을 이해하자마자 통째로 그걸 집어삼키는 것처럼 보였다. 독서는 그의 병적인 습관 가운데 하나였다고 생각해야 한다. 왜냐하면 해가 지난 잡지나 달력**이라 할지라도 손에 걸리는 것이라면 무엇이든지 똑같이 탐욕스럽게 달려들곤 했기 때문이다. 그는 언제나

*이반의 애칭.
**여기서 등장하는 달력은 우리가 알고 있는 일반적인 달력이 아니라, 각종 정보와 역사적인 사건 및 이야기까지 담고 있는 달력을 뜻한다.

자기 집에 누워서 책을 읽었다.

III

어느 가을날 아침, 외투 옷깃을 올리고 진창과 골목길 그리고 뒤뜰을 지나 이반 드미트리치는 집행명령서에 따라 돈을 받기 위해 어떤 소시민의 집을 향해 힘들게 걸어갔다. 아침이면 언제나 그랬듯이 그의 기분은 침울했다. 어느 골목길에서 그는 족쇄가 채워진 두 명의 죄수와 마주쳤는데, 장총을 든 네 명의 호위대가 그들을 호송하고 있었다. 전에도 이반 드미트리치는 자주 죄수들과 마주쳤는데, 그들은 매번 연민과 거북살스러운 감정을 불러일으켰다. 그런데 이번 만남은 그에게 어떤 특별하고 기이한 인상을 불러일으켰다. 자신 또한 족쇄에 채워져 똑같은 방식으로 진창을 지나 교도소로 이송될 수 있다는 생각이 느닷없이 드는 것이었다. 소시민의 집에 들렀다가 자기 집으로 돌아오는 길에 그는 우체국 부근에서 아는 경찰관을 만났다. 경찰관은 인사를 하더니 그와 함께 몇 걸음을 나란히 걸었다. 그런데 어쩐 일인지 이것이 그에게는 수상쩍게 보였다. 집에 있자니 온종일 머리에서 죄수들과 장총을 가진 병사들의 모습이 떠나지 않았다. 이해할 수 없는 정신불안 때문에 책을 읽어도 집중할 수가 없었다. 저녁에 그는 집 안에 불을 켜지 않았다. 밤에는 잠을 자지 못했고, 계속해서 자신도 체포되어 족쇄에 채워져 교도소에 수감될 수 있다는 생각을 했다. 그는 여태까지 아무런 죄도 지은 적이 없었고, 앞으로도 결코 살인이나 방화를 하지 않을 것이며, 남의 물건을 훔치지도 않을 것임을 보증할 수 있었다. 그러나 뜻하지 않게 우연히 죄를 범할 수도 있으며, 중상(中傷)이라든가 재판의 오류도 있을 법하지 않은가? 그래서 오래전부터 "거지와 교도소는 장담할 수 없다!"고 민중의 경험은 가르치고 있는 것이다. 오늘날의 소송 절차를 보건대 재판상 오류는 얼마든지 가능하며, 또 그것이 이상한 일도 아니다. 직무나 업무로 남의 고통을 다루는 사람들, 예컨대 재판관이나 경찰관 혹은 의사들은 시간이 흐르면 습관의 힘 때문에 설령 그러고 싶지 않다 하더라도 자신의 고객을 형식적으로 대하게 될 정도로 굳어지기 마련이다. 이런 점에서 그들은 뒤뜰에서 양이나 송아지를 도살하면서 피가 튀어도 아랑곳하지 않는 농부와 별반 차이가 없다. 개인에 대한 형식적이고도 비정한 태도를 볼 때 무고한 인간에게서 모든 재산권을 빼앗고 징역형을 선고하기 위해 재판관에게 필요한 것은 오직 하나, 시간뿐이다. 그저 형식적인 절차를 준수하기 위한 시간 때문에 재판관은 봉급을 받고, 그다음에는 모든 것이 끝나버린다. 그 후에 철도에서 200베르스타* 떨어진 이 작고 너저분한 소도시에서 정의와 보호를 구해본들 무슨 소용이 있겠는가! 사람들이 온갖 강제를 이성적이고 합목적적인 필수불가결함으로

---

*미터법을 시행하기 전에 사용된 러시아의 거리단위로 약 1.067킬로미터에 해당한다.

생각하고, 무죄선고와 같은 자비로운 행동은 불만과 복수심을 분출시키는 판국에 정의에 대해서 생각한다는 것이야 말로 정말 웃기는 일 아닌가?

아침에 이반 드미트리치는 공포에 질려 침대에서 일어났다. 이마에는 식은땀이 흘렀고, 자신이 언제든지 체포될 수 있다고 완전히 확신하게 되었다. 그는 생각했다. '어제의 고통스러운 생각이 그토록 오래 떠나지 않는다는 것은 거기에 일리가 있다는 의미다. 실제로 그런 생각이 아무런 이유도 없이 찾아올 수는 없는 것 아닌가.'

서둘지 않는 걸음걸이로 순경이 창문 옆을 지나간다. 이것은 까닭이 있기 때문이다. 두 사람이 집 옆에 멈춰 서더니 침묵하고 있다. 어째서 그들은 침묵하고 있는 것일까?

그리하여 이반 드미트리치에게는 고통스러운 낮과 밤이 찾아왔다. 창문 옆을 지나가는 사람들과 마당으로 들어오는 사람들은 모두 밀정이나 형사로 생각되었다. 한낮이 되면 경찰서장은 대개 이두마차를 타고 거리를 지나갔다. 근교에 있는 자신의 소유지에서 경찰서로 가는 것이었다. 하지만 이반 드미트리치에게는 매번 서장이 지나치게 빨리 달리고 있으며, 어떤 특별한 표정을 짓고 있다고 생각되었다. 분명히 그는 도시에 아주 중요한 범법자가 나타났다는 사실을 서둘러 알리고자 하는 것이다. 이반 드미트리치는 온갖 종소리와 대문 두드리는 소리에 몸을 떨었고, 주인 아낙네 집에서 낯선 사람과 마주치게 되면 괴로워했다. 경찰관이나 헌병들과 만나면 그는 아무렇지도 않게 보이려고 미소 짓거나 휘파람을 불곤 했다. 체포당할지도 모른다는 예감에 온밤 내내 잠을 자지 못했다. 그러나 집주인에게 자신이 자고 있는 것처럼 보이게 하려고 큰 소리로 코를 골고 깊은 숨을 내쉬었다. 만일 잠을 자지 못한다면, 그것은 양심의 가책 때문에 그가 괴로워하고 있음을 뜻한다. 이것은 얼마나 명백한 증거인가! 사실과 이성적인 논리에 의지하여 그는 이 모든 공포가 말도 되지 않는 정신병이며, 설령 체포되어 교도소에 수감된다 해도 사태를 조금 넓게 보면 본질적으로 두려워할 것이 없다고 확신하기에 이르렀다. 양심만 평온하다면 말이다. 하지만 보다 심각하게, 논리적으로 생각하면 할수록 정신적인 불안은 훨씬 더 강력하고 고통스러워지는 것이었다. 이것은 어떤 은둔자가 처녀림 가운데서 땅의 일부를 벌목하자 그곳의 숲이 전보다 훨씬 더 빽빽하고 무성해진 것과 흡사한 현상이었다. 결국 이반 드미트리치는 그런 짓이 쓸모없다는 것을 깨닫고 생각하는 것 자체를 완전히 그만두고 온몸을 절망과 두려움에 맡겨버렸다.

   그는 고독해졌고, 사람들을 피하기 시작했다. 직장에 나가는 것은 예전에도 혐오스러웠지만, 이제 그것은 견딜 수 없는 일이 되고 말았다. 사람들이 어떻게든 그를 끌고 가서 주머니에 몰래 뇌물을 쑤셔 넣고 나중에 죄상을 폭로하지나 않을까, 혹은 자기 자신이 관청 서류에 사기와 다름없는 오류를 범하지나 않을까, 혹은 남의 돈을 잃어버리지나 않을까, 하고 두려워했다. 이상한 일이지만, 자신의 자유와 명예를 심각하게 걱정해야 할 수천 가지의 다양한 동기들을 날마다 생각해내는 요즘처럼 그의 생각이 유연하고 기지가 풍부했던 적은 없었다. 그러나 대신에 외부세계에 대한 관심, 특히 책에 대한 관심이 현저히 약해졌으며, 기억력이 매우 나빠지기 시작했다.

눈이 녹아서 사라지는 봄이 되자 골짜기 묘지 부근에서 타살의 징후가 있는 노파와 소년의 반쯤 부패한 시체 두 구가 발견되었다. 이 시체들과 미지의 살인자들에 대한 이야기가 도시에 넘쳐났다. 이반 드미트리치는 자신이 살인자라고 사람들이 생각하지 않도록 거리를 돌아다니며 미소 지었다. 하지만 아는 사람들을 만나게 되면 얼굴이 창백해지거나 붉어져서는 약하고 의지할 곳 없는 사람들을 죽이는 짓이야말로 가장 비열한 범죄라고 역설하기 시작하는 것이었다. 그런데 그는 이런 거짓말에 곧 지쳐버렸고, 그래서 잠시 궁리한 다음 자신의 처지에서 가장 좋은 방도는 주인집 지하실에 숨는 것이라고 결론지었다. 지하실에서 그는 낮과 밤, 그리고 이튿날 낮을 보냈다. 온몸이 꽁꽁 얼었지만 어둠이 오기를 기다렸다가 마치 도둑놈처럼 남몰래 자신의 방으로 스며들었다. 동이 트기 전까지 그는 미동도 하지 않고 귀를 쫑긋 기울이면서 방 가운데 계속 서 있었다. 해가 뜨기 전 이른 아침에 난로 수리공들이 주인 아낙네를 찾아왔다. 이반 드미트리치는 그들이 부엌에 있는 난로를 고치러 왔다는 사실을 잘 알고 있었다. 그러나 공포는 그들이 난로 수리공으로 변장한 경관들이라고 속삭이는 것이었다. 그는 살며시 집에서 빠져나왔다. 공포에 사로잡힌 그는 모자도

쓰지 않고 프록코트도 입지 않은 채 거리를 질주하기 시작했
다. 개들이 으르렁거리며 그의 뒤를 쫓아왔고, 어디선가 농부
가 뒤에서 고함을 질러댔으며, 귀에서는 바람소리가 쌩쌩 들려
왔다. 이반 드미트리치는 온 세상의 폭력이 그의 등 뒤에 뭉쳐
서 자신을 뒤쫓고 있다는 느낌이 들었다.

　사람들이 그를 붙들어 집으로 데려왔고, 주인 아낙네에게
의사를 불러오라고 했다. 그에 대해서는 앞으로 이야기하겠지
만, 의사인 안드레이 예피미치는 머리에 찬물 찜질을 하고 버
찌 월계수 물약을 처방했다. 그는 슬픈 듯 고개를 흔들며 주인
아낙네에게 더 이상 찾아오지 않겠노라고 말하고는 가버렸다.
사람들이 미쳐나가는 것을 막을 수는 없다는 이유였다. 집에서
는 생활도 치료도 할 수 없었으므로 얼마 안 있어 이반 드미트
리치는 병원으로 보내졌는데, 성병환자용 병실에 수용되었다.
그는 밤마다 잠을 이루지 못했고, 떼를 썼으며, 환자들을 불안
하게 했다. 그리하여 곧 안드레이 예피미치의 지시에 따라 6호
실로 이송되었다.

　1년이 지나자 이반 드미트리치는 도시에서 완전히 잊혀졌
다. 주인 아낙네가 처마 아래 썰매에 던져 놓았던 책들도 아이
들이 야금야금 도둑질해서 가져가버렸다.

IV

 내가 이미 말한 것처럼 이반 드미트리치 왼편에 있는 이웃은 유대인 모이세이카이고, 오른쪽 이웃은 우둔하고 아무 생각이 없는 얼굴에 살이 쪄 거의 둥글둥글한 모습의 농부다. 그는 생각하고 감각할 수 있는 능력을 이미 오래전에 상실해버린 자로서 움직임이 없고 많이 먹으며 불결한 동물 같은 인간이다. 그에게서는 늘 코를 찌르는 숨 막히는 악취가 뿜어져 나온다.

 그의 주변을 정리하던 니키타가 맹렬한 기세로 두 주먹을 휘두르며 무시무시하게 그를 후려갈긴다. 여기서 무시무시하다고 한 까닭은 그를 때려서가 아니다. 그것에는 사람이 익숙해질 수도 있으니 말이다. 문제는 이 우둔한 동물이 아무런 반응도 하지 않는다는 사실이다. 그는 아무 소리도 내지 않고, 움직이지도 않으며, 눈도 꿈적하지 않는다. 그저 무거운 나무통처럼 조금 흔들거릴 따름이다.

 6호실의 다섯 번째이자 마지막 거주자는 언젠가 우체국에서 우편물 분류 작업을 했던 소시민이다. 그는 선량하지만 다소 교활한 얼굴을 한 작고 여윈 금발의 사내다. 밝고 쾌활하게 바라보는 총명하고도 평온한 눈을 보건대 그는 영특하며 무언가 매우 중요하고 유쾌한 비밀을 가지고 있다. 그의 베개와 매트리스 아래에는 누구에게도 보여주지 않는 무엇인가가 있다. 그가 보여주지 않는 까닭은 사람들이 그것을 빼앗거나 훔쳐갈까 봐서가 아니라, 부끄러움 때문이다. 때때로 그는 창문께로 다가가서 동료들에게서 등을 돌리고는 무엇인가를 가슴에 달고 고개를 숙인 채 들여다본다. 만일 그때 누군가 그에게 다가간다면 그는 당황해하면서 그것을 가슴에서 떼어낼 것이다. 하지만 그의 비밀을 짐작하는 것은 어렵지 않다.

그는 이반 드미트리치에게 자주 말한다. "축하해주세요. 별이 달린 스타니슬라프 2등훈장을 받게 됐거든요. 별이 달린 2등훈장은 오직 외국인들한테만 주는데, 웬일인지 저한테는 예외로 하려고 그러더군요." 어쩔 줄 몰라 어깨를 으쓱하면서 그가 미소 짓는다. "사실을 말씀드리자면, 기대도 하지 않았거든요!"

"대체 무슨 말인지 하나도 모르겠어요." 이반 드미트리치가 무뚝뚝하게 말한다.

"하지만 조만간에 제가 무엇을 받을 건지 아시잖아요?" 왕년의 우편물 분류 노동자가 교활한 표정으로 눈을 가늘게 뜨면서 말을 잇는다. "저는 스웨덴 북극성 훈장을 반드시 받을 겁니다. 그건 공들일 만한 가치가 있는 훈장이니까요. 하얀 십자가에 검은 리본이라니. 정말로 아름다워요."

이곳 별채만큼 삶이 그토록 단조로운 곳은 아마 어디에도 없을 것이다. 아침이면 중풍 환자와 뚱뚱한 농부를 제외한 환자들은 현관에 있는 커다란 나무통의 물로 세수를 하고, 환자복 소맷자락으로 얼굴을 닦는다. 그런 다음 니키타가 병원 본관에서 가져온 차를 주석으로 만들어진 잔에 마신다. 한 사람에게 딱 한 잔씩 돌아가게 되어 있다. 정오가 되면 소금에 절인 양배추 수프와 죽을 먹고, 저녁에는 점심에 먹고 남은 죽을 저녁식사로 먹는다. 그 사이사이에 그들은 누워 있거나 잠을 자고, 창문을 내다보거나 구석에서 구석으로 돌아다닌다. 날마다 그런 식이다. 예전의 우편물 분류 노동자는 언제나 한결같은 훈장 이야기만 되풀이할 따름이다.

6호실에서는 새로운 사람들을 거의 볼 수 없다. 이미 오래전부터 의사가 새로운 광인들을 받지 않고 있을 뿐 아니라, 이 세상에는 정신병원을 찾아올 정도로 호기심 많은 사람도 많지 않기 때문이다. 두 달에 한 번 이발사인 세몬 라자리치가 별채에 모습을 드러낸다. 그가 미치광이들을 어떻게 이발하는지, 그가 이발하는 것을 니키타가 어떻게 도와주는지, 그리고 술에 취한 채 미소를 지으면서 이발사가 모습을 드러내면 환자들이 매번 얼마나 당혹스러워 하는지에 대해서는 말하지 않도록 하자.

이발사를 제외하고는 누구도 별채를 거들떠보지 않는다. 환자들은 날이면 날마다 오직 니키타 한 사람만을 보게 되어 있다.

그런데 얼마 전부터 병원 본관에 대단히 이상한 소문이 빠르게 퍼져 나갔다.

의사가 6호실을 찾아가기 시작했다는 것이다.

V

이상한 소문!

안드레이 예피미치 라긴 의사는 나름대로 뛰어난 인물이다. 들리는 말에 따르면 그는 젊었을 때 신앙심이 매우 깊어서 성직자가 되려 했다고 한다. 그래서 1863년 김나지움 과정을 마친 다음 신학교에 들어가려고 했다는 것이다. 하지만 의학박사이자 외과의사인 그의 아버지가 신랄하게 그를 조롱하고 만일 신부가 된다면 자신의 아들로 생각하지 않겠노라고 단호하게 선언했다. 얼마나 믿을 만한 이야기인지는 모르지만, 안드레이 예피미치 본인도 자신은 단 한 번도 의학이나 과학 분야에 소명을 느낀 적이 없었노라고 여러 차례 고백한 적이 있다.

어찌 됐든 간에 의학부를 졸업하고 나서 그는 성직자의 길로 나아가지 않았다. 특별히 신앙심을 드러내 보이지도 않았고, 의사 경력을 시작했던 초기에도 지금과 마찬가지로 고위 성직자와는 거리가 멀었다.

그의 외모는 둔중하고 거칠며 농사꾼 같다. 그의 얼굴과 턱수염, 뻣뻣한 머리털과 단단하고 튼실한 체격은 잘 먹어서 살이 찌고 무절제하며 완고한, 대로의 선술집 주인을 떠올리게 하는 것이었다. 파란 혈관들이 드러나 있는 준엄한 얼굴, 작은 눈과 빨간 코. 커다란 키에 떡 벌어진 어깨를 가진 그는 손과 발이 엄청나게 컸는데, 주먹으로 한 대 맞으면 그야말로 끝장날 것처럼 보인다. 하지만 걸음걸이는 조용했으며, 조심스럽게 가만가만히 걷는다. 또 좁은 복도에서 마주치게 되면 길을 내주려고 언제나 먼저 멈춰섰다. 그러고는 뜻밖에도 굵은 베이스가 아니라, 가늘고 부드러운 테너 음성으로 이렇게 말하는 것이다. "미안합니다!" 그는 목에 작은 종기가 있어서 빳빳하게 풀 먹인 옷깃을 입지 못한다. 그런 까닭에 언제나 부드러운 아마포나 사라사 셔츠를 입고 다닌다. 대체로 그는 의사처럼 옷을 입지 않는다. 같은 옷을 10년씩 입고 다니기 때문에 늘 그렇듯 유대인 상점에서 구입한 새 옷도 그가 입고 있으면 낡고 구겨진 헌 옷처럼 보인다. 같은 프록코트를 입고서, 환자들도 받고 식사도 하고 남의 집을 방문하기도 하는 것이다. 하지만 이것은 인색해서가 아니라, 자신의 외모에 대한 완전한 무관심에서 비롯된 일이다.

안드레이 예피미치가 자신의 직무를 수행하고자 이 도시에 왔을 때 '자선(慈善)병원'은 처참한 지경이었다. 병실과 복도와 병원 마당은 악취로 인해 숨도 쉬기 어려웠다. 병원의 잡역부들과 간호보조원들 그리고 그들의 아이들까지 환자들과 함께 병실에서 잠을 잤다. 모두들 바퀴벌레와 빈대 그리고 쥐 때문에 살 수가 없다고 불평을 호소했다. 외과에서는 단독(丹毒)이 끊이질 않았다. 병원 전체를 통틀어서 외과용 메스는 두 자루밖에 없었으며, 체온계는 하나도 없었고, 욕조에는 감자를 보관하고 있었다. 사무장과 시트 담당 여직원, 보조의사는 환자들을 갈취했다. 안드레이 예피미치의 전임자인 나이 든 의사에 대해서는 그가 병원용 알코올을 은밀하게 거래했으며, 간호보조원들과 여성 환자들을 데리고 완전히 할렘을 꾸렸다고들 이야기했다. 시에서는 이런 무질서를 명백히 알고 있었으며, 심지어는 그것을 과장해 떠들기도 했지만 그냥 내버려두었다. 어떤 사람들은 불만을 가질 수 없는 형편의 소시민들과 농부들만 이 병원에 입원한다는 사실로 그런 무질서를 정당화했다. 왜냐하면 그들에겐 병원보다 집에서 지내는 것이 훨씬 더 열악했고, 그렇다고 그들에게 들꿩을 먹일 수는 없는 일이었기 때문이었다. 다른 사람들 역시 지방자치회의 지원 없이 시의 재정만으로는 좋은 병원을 유지할 수 없고, 나쁜 병원이긴 하지만 그나마 병원이 있는 게 다행이라는 식이었다. 생긴 지 얼마 되지 않은 지방자치회는 시에 이미 병원이 있다는 것을 구실 삼아 시내에도 인근 지역에도 진료소를 개설하지 않았다.

 병원을 살펴보고 나서 안드레이 예피미치는 이 시설이 부도덕하며 주민들의 건강에 극도로 해롭다는 결론에 도달했다. 그가 생각하기에 할 수 있는 가장 현명한 방법은 환자들을 내보내고 병원을 폐쇄하는 것이었다. 하지만 그렇게 하기 위해서는 자기 한 사람의 의지만으로는 부족하며, 결국 헛수고일 뿐이라고 그는 생각했다. 육체적이고 도덕적인 불결함을 어느 한 곳에서 몰아내면 다른 곳으로 옮아가게 될 뿐이므로 그것이 스스로 사라질 때를 기다려야 한다는 것이다. 더욱이 사람들이 병원을 개설하고 그것을 용인하고 있다는 것은 그들에게 병원이 필요하다는 뜻이다. 편견과 세상 모든 추악함과 뻔뻔스러움도 시간이 흐름에 따라 쓸모 있는 무엇인가로 변하기 때문에 필요한 것이다. 마치 분뇨가 흑토로 변하는 것과 마찬가지로. 본래부터 추악함을 가지고 있지 않을 정도로 좋은 것은 지상에는 없는 법이다.

직무를 맡고 나자 안드레이 예피미치는 무질서에 대해 짐짓 무심한 태도를 취했다. 그는 단지 병원의 잡역부들과 간호보조원들에게 병실에서 자지 말라고 부탁했고, 의료도구가 든 장 두 개를 설치했을 따름이었다. 사무장도 시트 담당 여직원도 보조의사도 단독도 그대로 남아 있었다.

안드레이 예피미치는 지혜와 성실을 지극히 사랑했다. 그러나 자기 주위에 지혜롭고 성실한 삶을 건설하기에는 자신의 권리에 대한 믿음과 기질이 부족했다. 그는 명령하거나 금지하거나 주장할 능력이 전혀 없었다. 마치 절대로 목소리를 높이지 않을 것이며, 명령법은 결코 사용하지 않겠노라고 맹세한 사람처럼 보였다. "줘"라든가 "가져와" 하고 말하는 것이 그는 힘들었다. 배가 고플 때에도 주저하면서 기침을 하고, "차를 한 잔 했으면……" 혹은 "밥을 먹었으면 좋겠는데" 하고 하녀에게 말하는 것이었다. 사무장에게 도둑질을 그만두라고 말한다거나 혹은 그자를 쫓아내거나 또는 그 불필요한 기생충 같은 직책을 완전히 폐지한다는 것은 그로서는 도저히 불가능한 일이었다. 안드레이 예피미치를 속여먹거나 아첨을 하거나 또는 일부러 엉터리 계산서를 가져와 서명을 받으려고 하면 그는 새우처럼 얼굴이 시뻘게져서는 잘못되었다는 것을 알면서도 어떻게든 서명을 해주었다. 환자들이 그에게 배고픔이나 거친 간호보조원들에 대해 불평을 하면 그는 당황해하면서 미안한 표정으로 중얼거렸다.

"좋아요, 좋습니다. 나중에 알아보지요…… 필시 여기에는 오해가 있을 겁니다……"

처음에 안드레이 예피미치는 매우 열심히 일했다. 그는 날마다 아침부터 점심때까지 환자를 받았고, 수술을 했으며, 산파 일까지 도맡았다. 부인네들은 그가 주의 깊고, 특히 소아과와 산부인과 질병을 잘 본다고들 했다. 그러나 시간이 흘러감에 따라 그는 단조롭고 명백히 쓸모없는 업무 때문에 눈에 띄게 싫증을 느끼게 되었다. 오늘 서른 명의 환자를 받으면, 내일은 분명 서른다섯 명의 환자가 몰려오고, 모레는 마흔 명이 오게 되어 있다. 날이면 날마다 그리고 해마다 그런 꼴이다. 하지만 도시의 사망자 수는 줄어들지 않으며, 환자들도 계속해서 병원을 찾아오는 것이다. 마흔 명의 외래환자들을 아침부터 점심때까지 성심을 다해 진료한다는 것은 육체적으로 불가능하기 때문에 본의 아니게 속임수가 나오게 된다. 1년에 1만2천 명의 외래환자를 받았다면, 그것은 간단히 말해서 1만2천 명이 기만당했다는 뜻이다. 중병 환자들을 입원시키고 그들을 과학의 법칙에 따라 진료하는 일 또한 불가능했다. 왜냐하면 법칙은 있지만, 과학은 없기 때문이다. 만일 철학을 포기하고 다른 의사들처럼 현학적으로 법칙을 따른다 해도 그러기 위해서는 무엇보다도 불결이 아니라 청결이, 환기장치가, 냄새 나고 시큼한 양배추 수프가 아니라 몸에 좋은 음식이, 그리고 도둑놈들이 아니라 훌륭한 조력자들이 필요하기 때문이다.

게다가 만일 죽음이 개개인의 정상적이며 적법한 최후라고 한다면 무엇 때문에 사람들이 죽는 것을 헤살 놓아야 한단 말인가? 어느 보잘것없는 장사치나 관리가 5년이나 10년을 더 산다고 해서 대체 무슨 의미가 있는가? 만일 약제로 고통을 완화하는 것에 의학의 목적이 있다면 어째서 고통이 완화되어야 하는가 하는 의문이 부득불 생각난다. 첫 번째, 고통은 인간을 완성으로 인도한다고들 말한다. 그리고 두 번째, 만일 인류가 환약과 물약으로 자신의 고통을 완화하는 방법을 터득하게 된다면 지금까지 온갖 불행으로부터 지킴이 노릇을 했을 뿐 아니라, 심지어는 행복까지도 주었던 종교와 철학을 완전히 내팽개치게 될 것이다. 죽기 전에 푸시킨은 무시무시한 고통을 경험했으며, 불쌍한 인간 하이네는 몇 년을 마비 상태로 누워 있었다. 그런데 어째서 하잘것없는 안드레이 예피미치나 마트료나 사비시나가 병상에 누우면 아니 된단 말인가? 만일 고통이 없다면 그들의 삶은 아메바의 삶처럼 아무런 내용도 없고 완전히 공허할 것이다.

그런 생각에 압도당한 안드레이 예피미치는 낙담하여 날마다 병원에 다니던 일을 그만두게 되었다.

VI

그의 인생은 그렇게 흘러갔다. 통상적으로 그는 아침 여덟시쯤 일어나서 옷을 입고 차를 마신다. 그다음에는 서재에 앉아서 책을 읽거나 병원으로 간다. 병원의 좁고 어두운 복도에는 외래환자들이 접수를 기다리며 앉아 있다. 잡역부들과 간호보조원들이 벽돌로 된 마룻바닥을 장화발로 두드리면서 그들 옆을 달려간다. 쇠약한 환자들이 환자복을 입고 지나가는가 하면, 사람들이 시체를 내가기도 하고, 오물이 들어 있는 식기가 실려 가기도 한다. 아이들은 울음을 터뜨리고, 밖에서 바람이 들어왔다 나가기도 한다. 안드레이 예피미치는 오한이 나는 환자들과 결핵 환자들 그리고 대개의 민감한 환자들에게 그런 환경은 고문이라는 사실을 알고 있다. 하지만 무엇을 어떻게 한단 말인가? 환자 대기실에서 그를 맞이한 사람은 보조의사인 세르게이 세르게이치였다. 깨끗하게 씻고 면도한 포동포동한 얼굴에 부드럽고도 경쾌한 몸가짐을 하고 있는 작고 뚱뚱한 사내였다. 하얀 넥타이를 매고 품이 큰 새 정장을 입은 그는 보조의사라기보다는 흡사 상원의원 같았다. 그는 시내에서 크게 개업하고 있었으며 자기 병원을 가지고 있지 않은 정식 의사보다 자신이 훨씬 더 숙달한 사람이라고 생각했다. 대기실 모퉁이에는 상자 속에 든 커다란 성상이 묵직한 등과 함께 서 있다. 그 옆에는 하얀 덮개가 씌워진 초 받침대가 자리하고 있다. 벽에는 주교들의 초상화와 스뱌토고르스키 수도원의 풍경화 그리고 마른 국화로 만들어진 화환이 걸려 있다. 세르게이 세르게이치는 종교적인 사람이었고 장엄한 것을 좋아했다. 성상도 자비로 들여놓고, 일요일마다 대기실에서는 그의 명령에 따라 환자들 가운데 누군가가 소리 내서 찬송가를 낭독했다. 낭독이 끝나면 세르게이 세르게이치가 직접 향로를 들고 모든 병실을 돌아다니며 말향(抹香)으로 향을 피웠다.

환자들은 많고 시간은 없고 해서 진료는 짤막한 질문과 휘발성 연고나 피마자기름 같은 약물을 주는 것으로 그치고 만다. 안드레이 예피미치는 주먹으로 뺨을 괸 채 생각에 잠겨서 기계적으로 몇 가지 질문을 던진다. 세르게이 세르게이치 역시 앉아서 두 손을 비비거나 이따금 말참견을 한다.

"자비로우신 하느님께 제대로 기도하지 않기 때문에 병에 걸리고 곤궁을 당하는 겁니다. 그렇다마다요!"라고 그는 말한다.

안드레이 예피미치는 수술을 하는 법이 결코 없다. 오래전에 수술에서 손을 뗐으며, 피를 보면 불쾌하게 가슴이 뛰었다. 목구멍을 살펴보려고 어린아이의 입을 벌려야 할 때, 아이가 소리를 지르며 두 손으로 입을 감싸면 귓전에서 울리는 그 소음 때문에 그는 머리가 빙글빙글 돌고 두 눈에서는 눈물이 나온다. 그는 서둘러 처방전을 써주고는 아이를 빨리 데리고 나가라고 아낙네에게 손짓을 한다.

진료를 시작하면, 그는 환자들의 소심함과 어리석음, 화려한 세르게이 세르게이치가 살갑게 구는 것, 벽에 걸려 있는 초상화들과 벌써 20년 넘도록 자신이 해대고 있는 뻔한 질문들에 이내 진절머리가 난다. 그래서 그는 대여섯 명의 환자들을 받고 나면 나가버린다. 나머지 환자들은 보조의사가 도맡는 것이다.

천만다행으로 자신에게는 이미 오래전부터 개인 진료가 없으며, 이제 누구도 자신을 방해하지 않을 것이라는 생각으로 유쾌해진 안드레이 예피미치는 집에 도착하면 즉시 서재의 탁자에 앉아 책을 읽기 시작한다. 그는 독서량이 매우 많으며, 언제나 커다란 만족감을 가지고 책을 읽는다. 그의 봉급 절반이 서책을 구입하는 데 나가며, 그의 집에 있는 여섯 개의 방 가운데 세 개가 책과 오래된 잡지들로 채워져 있다. 무엇보다도 그는 역사와 철학 분야의 저작을 좋아한다. 의학 분야에서 보는 책은 오직 《의사》 한 권인데, 언제나 끝에서부터 읽기 시작한다. 독서는 매번 중단되지 않고 몇 시간 동안 지속되는데도 그는 지치는 법이 없다. 언젠가 이반 드미트리치가 그랬던 것처럼 신속하고 격정적으로 읽는 것은 아니다. 마음에 들거나 이해되지 않는 대목에서는 때때로 멈춰가며 천천히 곱씹으며 읽는다. 서책 부근에는 언제나 보드카가 들어 있는 작은 유리병과 소금에 절인 오이나 설탕에 절인 사과가 접시도 없이 그냥 식탁보 위에 놓여 있다. 30분이 지날 때마다 그는 책에서 눈도 떼지 않은 채 보드카 잔에 술을 따라 마신다. 그러고는 살펴보지도 않고 손으로 오이를 더듬어 한 조각 물어뜯는다.

　세 시가 되면 그는 조심스럽게 부엌문으로 다가가 헛기침을 하고서는 이렇게 말한다.

　"다류시카, 밥을 먹었으면 좋겠는데……"

　아주 형편없고 불결한 식사를 마친 다음에 안드레이 예피미치는 팔짱을 끼고서 이 방 저 방을 돌아다니며 생각에 잠긴다. 네 시가 되고 다섯 시가 되어도 그는 계속 돌아다니며 생각한다. 부엌문이 가끔 삐걱거리며 다류시카의 붉고 잠이 덜 깬 얼굴이 모습을 보인다.

"안드레이 예피미치, 맥주 드실 때 아닌가요?" 그녀가 걱정스러운 표정으로 묻는다.

"아니, 아직 아니오……" 그가 대답한다. "기다리고 있소…… 기다리고 있다고……"

저녁 무렵에는 대개 우체국장인 미하일 아베랴니치가 찾아온다. 그는 시내를 통틀어 안드레이 예피미치가 고통스러워 하지 않고 교제할 수 있는 유일한 인물이다. 미하일 아베랴니치는 예전에 대단히 부유한 지주였으며 기병대에서 근무했다. 하지만 파산하게 된 그는 가난 때문에 늘그막에 우체국에 들어오게 되었다. 원기가 왕성하고 건강한 풍채를 가진 그는 잿빛의 멋진 볼수염과 고상한 행동거지 그리고 크고 유쾌한 목소리의 소유자였다. 선량하고 감수성이 예민한 사람이지만 성미가 급했다. 우체국을 찾은 사람들 가운데 누군가가 이의를 제기하거나 이러쿵저러쿵 토를 달기 시작하면 미하일 아베랴니치는 낯을 붉히고 온몸을 부들부들 떨면서 우레 같은 목소리로 "닥쳐!" 하고 소리치는 것이다. 그래서 우체국은 무시무시한 관청이라는 평판이 오래전부터 굳어져 있었다. 미하일 아베랴니치는 안드레이 예피미치를 교양과 고결한 영혼을 가진 인물로서 존경하고 좋아했지만, 나머지 주민들에게는 마치 자신의 부하들을 대하는 것처럼 오만하게 굴었다.

안드레이 예피미치의 집으로 들어서면서 그는 말한다. "저 왔습니다! 안녕하세요, 친구! 필시 제가 당신을 귀찮게 하는 게 아닌가요, 네?"

의사가 그에게 답한다. "정반댑니다. 정말 기뻐요. 언제나 반갑습니다."

두 친구는 서재의 소파에 앉아서 얼마 동안 말없이 담배를 피운다.

"다류시카, 맥주를 좀!" 안드레이 예피미치가 말한다.

그들은 첫 번째 병을 역시 말없이 비운다. 의사는 생각에 잠겨 있고, 미하일 아베랴니치는 무엇인가 무척 재미난 화제를 가지고 있는 사람처럼 쾌활하고 활기찬 표정이다. 대화는 언제나 의사가 먼저 시작한다.

"정말 유감입니다." 고개를 흔들며 그리고 상대방의 눈을 바라보지 않으면서(그는 절대로 상대방 눈을 바라보지 않는다) 그가 느릿느릿하고 조용하게 말한다. "현명하고도 흥미로운 대화를 나눌 수 있고 또 그런 대화를 좋아하는 사람들이 우리 도시에 전무하다는 사실은 정말로 대단히 유감스럽습니다. 이것은 우리에게 엄청난 손실이에요. 지식인들마저 속물근성을 극복하지 못하고 있습니다. 단언합니다만, 그들의 발전 수준은 가장 저급한 계층보다 조금도 높지 않습니다."

"지극히 타당한 말씀입니다. 동감합니다."

의사가 사이를 두고 나직하게 말을 이어나간다. "알고 계시겠지만, 인간 지성의 고상하고 정신적인 발현을 빼면 의미 있고 흥미로운 일은 없습니다. 지성은 동물과 인간을 구별하며, 인간의 신성을 암시하고 존재하지 않는 불멸을 어느 정도 대신하기도 하니까요. 이런 관점에서 보자면, 지성은 유일하게 가능한 쾌락의 원천인 셈입니다. 만일 우리가 주위에서 지성을 보거나 듣지 못한다면 우리에게 쾌락은 없는 것이지요. 물론 책이 있긴 합니다만, 그것이 생생한 대화와 교제는 아니지요. 아주 딱 맞아떨어지는 비교라고 할 수는 없겠지만, 책이 악보라면 대화는 노래입니다."

"정말 옳은 말씀입니다."

침묵이 찾아온다. 다류시카가 둔하고 슬픈 표정으로 부엌에서 나온다. 주먹으로 얼굴을 괸 채 두 사람의 이야기를 들으려고 문가에 멈춰 선다.

"아아!" 미하일 아베랴니치가 한숨을 쉰다. "현대인들에게서 지성을 찾으시다니요!"

그러고 나서 그는 예전에는 얼마나 건강하고 유쾌하며 재미나게 살았는지, 러시아의 지혜로운 지식인들이 어떠했는지, 그들이 명예와 우정을 얼마나 높이 샀는지 등을 이야기한다. 예전에는 어음 없이 서로 돈을 빌려주었고, 곤경에 처한 동료에게 도움의 손을 내밀지 않는 것을 수치로 생각했다는 것이다. 또한 원정과 모험, 전투는 또 어떠했으며, 동료들과 여자들은 또 어떠했던가! 카프카스는 얼마나 놀라운 고장이었던가! 대대장의 아내인 어느 이상한 여인이 장교 제복을 입고 밤마다 안내자도 없이 산으로 말을 타고 들어가기도 했다. 사람들의 말에 따르면, 그녀는 카프카스 두메 마을에서 어떤 공작과 사랑을 나누었다고 한다.

"어머나, 성모 마리아여……" 다류시카가 한숨을 쉰다.

"게다가 얼마나 마셔댔는지! 얼마나 먹어댔는지! 분별없는 자유주의자들은 또 어떻고!"

안드레이 예피미치는 귀를 기울이고 있지만 건성으로 듣는다. 그는 무엇인가 생각하면서 맥주를 홀짝홀짝 마시고 있다.

"나는 현명한 사람들, 그리고 그들과의 대화를 자주 꿈꿉니다." 미하일 아베랴니치의 말허리를 자르면서 그가 느닷없이 말한다. "아버지는 내게 훌륭한 교육을 시키셨습니다. 하지만 1860년대* 이념의 영향을 받아 의사가 되게 하셨어요. 만일 그때 아버지 말씀을 듣지 않았더라면 지금 나는 지적인 운동의 한가운데 있으리라는 생각이 듭니다. 필시 어느 대학의 교수가 되었을지도 모르지요. 물론 지성 또한 영원하지 않고 일시적인 것입니다. 그럼에도 불구하고 아시는 것처럼 나는 지성에 자꾸만 끌립니다. 삶은 지긋지긋한 허방다리입니다. 사려 깊은 인간이 성숙해지고 원숙한 의식에 도달하게 되면, 그는 부득불 출구 없는 허방다리에 걸려든 것을 느끼게 됩니다. 실제로 인간은 자신의 의지와는 반대로 어떤 우연한 사건들로 인해 비존재로부터 세상으로 소환된 것입니다…… 왜 그럴까? 인간은 자신이 존재하는 의미와 목적을 알고 싶어 하지만, 사람들은 대답을 않거나 어리석은 말만 할 뿐입니다. 그는 문을 두드리지만 누구도 문을 열어주지 않아요. 그에게 죽음이 다가오지만 그것 역시 그의 의지에 반하는 것입니다. 그래서 말이죠, 마치

*러시아의 전통적인 이념이나 종교, 전통을 무시하고 과학과 무신론을 숭배하던 시기.

감옥에서 그런 것처럼 공통의 불행으로 얽힌 사람들이 함께 만나게 되면 그들은 한결 마음이 가벼워집니다. 그런 식으로 분석과 일반화의 경향을 보이는 사람들이 함께 만나서 고매하고 자유로운 이념을 교환하며 시간을 보내게 되면, 삶의 허방다리를 눈치 채지 못하는 겁니다. 이런 의미에서 지성은 그 무엇과도 바꿀 수 없는 쾌락인 것입니다."

"정말 옳은 말씀입니다."

대화 상대의 눈을 보지 않은 채 안드레이 예피미치는 나직한 목소리로 띄엄띄엄 현명한 인간들과 그들과의 대화에 대해서 말을 이어나간다. 미하일 아베랴니치는 그의 말을 주의 깊게 들으면서 "정말 옳은 말씀입니다" 하고 동의한다.

"그런데 영혼의 불멸을 믿지 않으십니까?" 우체국장이 느닷없이 묻는다.

"믿지 않습니다, 존경하는 미하일 아베랴니치. 믿지도 않고, 믿을 근거도 없습니다."

"사실대로 말씀드리면, 저도 의심이 듭니다. 설령 제가 절대로 죽지 않을 것 같다는 느낌이 들어도 그렇습니다. 이 늙은이가 죽을 때가 됐다고 혼자 생각은 합니다만! 하지만 영혼 속에서 어떤 작은 목소리가 들리는 겁니다. '믿지 마라, 죽지 않을 터이니!'"

아홉 시가 조금 지나면 미하일 아베랴니치가 떠난다. 현관에서 외투를 입으면서 그는 한숨을 섞어 말한다.

"그런데 운명은 우리를 얼마나 궁벽한 곳으로 데려온 것일까요! 무엇보다 울화가 치미는 사실은 여기서 죽어야 한다는 것입니다. 아아!"

VII

친구를 배웅하고 나서 안드레이 예피미치는 탁자에 앉아 다시 책을 읽기 시작한다. 저녁과 그 이후 밤의 정적은 어떤 소리에도 깨지지 않는다. 그리하여 시간은 책에 몰두한 의사와 더불어 정지하여 멈춰버린 것 같다. 이 책과 초록색 갓을 씌운 램프 이외에는 아무것도 존재하지 않는 것 같다. 의사의 거칠고 농사꾼 같은 얼굴이 인간 지성의 움직임 앞에서 생겨나는 감동과 환희의 미소로 인해 조금씩 밝아진다. 오, 어째서 인간은 불멸하지 못하는가, 그는 생각한다. 무엇 때문에 뇌수의 중추와 주름, 시각과 언어, 자각과 천재가 있는가? 만일 이 모든 것이 땅속으로 사라져 마침내는 지각(地殼)과 더불어 싸늘하게 식어버리고, 이후 수백만 년 동안 아무런 의식도 목적도 없이 지구와 더불어 태양의 주위를 질주해야 한다면 말이다. 싸늘하게 식어서 질주하기 위해 거의 신의 지성만큼이나 고상한 지성을 가진 인간을 비존재로부터 끄집어내고서는 웃음거리로 삼아 다시 흙으로 만들 필요는 없는 것이다.

자연의 순환! 이런 불멸의 대용품으로 스스로를 위로하는 것은 얼마나 비겁한 짓인가! 자연에서 진행되는 무의식적인 과

정은 인간의 어리석음보다도 더 저급하다. 왜냐하면 어리석음 안에는 어쨌든 의식과 의지가 있지만, 그런 과정에는 아무것도 없기 때문이다. 죽음을 앞에 두고 품위를 지키기보다는 공포에 사로잡히는 겁쟁이만이 자신의 육체가 어느 땐가 풀이나 돌 혹은 두꺼비 속에서 살아나게 될 것이라고 자위하는 것이다…… 자연의 순환에서 자신의 불멸을 보는 것은 값비싼 바이올린이 부서져 쓸모없이 되어버린 다음에 바이올린 상자에게 눈부신 미래를 예언하는 것만큼이나 이상한 일이다.

쾌종시계가 울릴 때마다 안드레이 예피미치는 안락의자의 등에 몸을 기대고는 잠시 생각에 잠기고자 눈을 감는다. 그러고는 책에서 읽은 훌륭한 생각의 영향을 받아 문득 자신의 과거와 현재에 시선을 던지는 것이다. 과거는 역겨워서 떠올리지 않는 것이 낫다. 하지만 현재 역시 과거와 다르지 않다. 그의 생각이 싸늘하게 식은 지구와 함께 태양의 주위를 질주하는 바로 그 시각에도 의사의 집과 나란히 자리하고 있는 병원의 본관에서는 사람들이 질병과 육체적인 불결함 때문에 괴로워하고 있다는 것을 그는 알고 있다. 필시 누군가는 잠 못 이루고 벌레들과 싸우고 있을 것이며, 누군가는 단독에 감염되어 있거나 꽉 조여진 붕대 때문에 신음하고 있을 것이다. 환자들이 간호보조원들과 카드놀이를 하고 보드카를 마시고 있는지도 모른다. 1년에 1만2천 명의 사람들이 사기 당했는데, 병원의 모든 업무는 20년 전과 마찬가지로 착복, 말다툼, 유언비어, 연고주의, 거친 협잡 위에 기초하고 있다. 그리하여 병원은 예전과 마찬가지로 주민들의 건강에 극도로 해로우며 비윤리적인 시설이다. 6호실 쇠창살 너머에서는 니키타가 환자들을 두들겨 패고 있으며, 모이세이카가 날마다 시내를 돌아다니며 구걸하고 있다는 사실도 그는 알고 있다.

다른 한편으로 지난 25년 동안 의학에는 믿기 어려울 정도의 변화가 일어났다는 것도 그는 잘 알고 있다. 그가 학부에서 공부했을 때에는 의학도 얼마 지나지 않아 연금술과 형이상학의 운명에 처하게 될 것처럼 보였다. 그런데 밤마다 그가 책을 읽고 있는 지금, 의학은 그를 감동시키고 그의 내부에 경탄과 심지어는 환희마저 불러일으키는 것이다. 사실 얼마나 예기치 않은 광채이며 대단한 혁명이란 말인가! 위대한 피고로프*가 미래에서도 불가능하다고 생각했던 수술이 소독약 덕분에 행해지고 있다. 평범한 지방의사들이 관절 절제수술을 해내고, 개복수술의 사망률은 1퍼센트에 그치며, 결석은 아무도 언급조차 하지 않을 정도로 하찮은 질환이 되고 말았다. 매독은 완치되고 있다. 유전이론, 최면술, 파스퇴르와 코흐의 발견, 통계위생학, 그리고 우리 러시아의 지방의학은 또 어떤가? 오늘날의 질병 분류와 진단 및 치료방법을 갖춘 정신의학은 옛날과 비교하면 문자 그대로 천양지차(天壤之差)다. 요즘에는 미친 사람들의 머리에 찬물을 끼얹지도 않으며, 꽉 끼는 광인용 옷을 입히지도 않는다. 그들은 인간적으로 대우받고 있으며, 신문에

─────────
*니콜라이 이바노비치 피고로프(1810~1881). 의사이자 러시아 외과의학의 창시자.

나오는 것처럼 그들을 위한 공연과 무도회가 개최되기도 한다. 오늘날의 관점과 취향에 비춰보면 6호실 같은 추악함은 철길에서 200베르스타나 떨어져 있는 곳에서나 가능하다는 사실을 안드레이 예피미치는 알고 있다. 시장과 모든 시의원들이 문맹에 가까운 이 도시에서는 의사를 신관으로 여겨서 그가 끓는 쇳물을 입에 들이붓는다 해도 아무 불평도 없이 믿어야 한다고 생각한다. 다른 곳이라면 대중과 신문이 이 작은 바스티유를 벌써 산산조각으로 만들어버렸을 것이다.

'하지만 어떻게 한담?' 안드레이 예피미치가 눈을 뜨면서 자문한다. '뭘 어쩐단 말인가? 소독약이든 코흐든 파스퇴르든 사태의 본질은 조금도 변하지 않았다. 병에 걸려서 죽어나가는 것은 전과 똑같잖아. 미치광이들에게 무도회와 공연을 제공할 수는 있지만, 어쨌거나 그자들을 방면할 수는 없잖은가. 그러니까 모든 것이 공허한 헛소리고, 뛰어난 오스트리아의 빈 병원과 내 병원이 본질적으로는 아무런 차이도 없다는 얘기야.'

하지만 질투 비슷한 감정과 비애가 그의 무관심을 헤살 놓는다. 아마도 피로 때문일 것이다. 무거운 머리가 책으로 기울어지려고 한다. 그는 편안해지고자 두 손으로 얼굴을 받치고 생각한다.

'나는 해를 끼치는 일에 종사하고 있으며, 나로 인해 기만당하는 사람들로부터 봉급을 받는다. 나는 불성실하다. 하지만 나는 그 자체로 하잘것없는 존재이며, 불가피한 사회악의 작은 부분에 불과하다. 군의 모든 관리들도 해를 끼치며 헛되이 봉급을 받고 있다……. 그러니까 불성실함에 대한 책임은 내가 아니라, 시대가……. 2백 년 정도 늦게 태어났더라면 나는 다른 사람이 되었을 텐데.'

괘종시계가 세 시를 치자 그는 램프를 끄고 침실로 간다. 그는 자고 싶지 않다.

VIII

2년 전에 지방자치회는 자치병원이 개원하기 전까지 시립병원의 의료 인력을 강화하는 보조금 명목으로 해마다 300루블을 지급하기로 시원스레 결정했다. 그리하여 시(市)는 안드레이 예피미치를 도와줄 인물로 군의(郡醫)인 예브게니 표도리치 호보토프를 초빙했다. 그는 아직 서른 살도 되지 않은 매우 젊은 의사였다. 넓은 광대뼈에 작은 눈, 갈색머리의 키가 큰 사람이었는데, 필시 그의 조상은 러시아인이 아니었을 것이다. 그는 땡전 한 푼 없이 작은 가방 하나와 하녀라고 소개한 젊고 못생긴 여자를 데리고 도시에 도착했다. 여자에게는 젖먹이가 딸려 있었다. 예브게니 표도리치는 차양 달린 모자를 쓰고 목이 긴 장화를 신고 돌아다녔는데, 겨울에는 짧은 털가죽 외투를 입었다. 그는 보조의사인 세르게이 세르게이치와 회계 담당과는 가깝고 친밀하게 지냈지만, 어쩐 일인지 여타 직원들은 귀족이라 부르면서 멀리했다. 그의 집 전체를 통틀어 오직 책이 한 권 있었는데, 그것은《1881년 빈 병원의 최신 처방전》이었다. 병원에 다닐 때 그는 언제나 이 책을 가지고 다녔다. 밤마다 클럽에서 당구를 쳤지만, 카드놀이는 좋아하지 않았다. 맹렬한 이야기꾼인 그는 대화하면서 '농담하고 있네' '식초에 절인 접은 망토' '거짓말 아냐?' 등과 같은 말들을 쓰는 것이었다.

　일주일에 두 번, 그는 병원에 와서 병실을 돌아보고 환자들을 진료한다. 소독약과 흡혈기(吸血器)가 하나도 없다는 것에 분개하기도 했지만, 안드레이 예피미치를 모욕할까 두려워 새로운 질서를 도입하지는 않았다. 그는 자신의 동료인 안드레이 예피미치를 늙은 협잡꾼이라 생각했으며, 재산을 많이 가지고 있지 않을까 의심하면서 남몰래 그를 선망했다. 그 자리라면 기꺼이 의사의 자리를 빼앗고도 남을 것이었다.

IX

대지에는 이미 눈이 사라지고 병원 마당에는 찌르레기들이 노래하던 3월 말의 어느 봄날 저녁에 의사는 친구인 우체국장을 배웅하려고 대문까지 나왔다. 바로 그때 구걸하러 나갔다가 돌아온 유대인 모이세이카가 마당으로 들어섰다. 그는 모자도 쓰지 않았고, 맨발에 변변치 못한 덧신을 신었으며, 두 손에는 작은 동냥자루를 들고 있었다.

　"1코페이카만 주세요!" 추위에 몸을 떨면서, 그가 미소 짓는 얼굴로 의사에게 말했다.

결코 거절을 못하는 안드레이 예피미치가 그에게 10코페이카 은화를 주었다.

'상태가 말이 아니군.' 앙상한 복사뼈가 드러난 그의 붉은 맨발을 보면서 의사가 생각했다. '흠뻑 젖었어.'

그리하여 연민과 혐오에 가까운 감정에 자극받은 의사는 그의 머리털 빠진 자국을 보기도 하고, 복사뼈를 보기도 하면서 그의 뒤를 따라 별채로 걸음을 옮겼다. 의사가 들어오자 잡동사니 더미에서 니키타가 튀어나와 자세를 바로잡았다.

"잘 있었나, 니키타." 안드레이 예피미치가 부드러운 목소리로 말했다. "이 유대인에게 장화를 주면 어떻겠나. 안 그러면 고뿔에 걸릴 테니까."

"알겠습니다, 원장님. 사무장님에게 일러두겠습니다."

"부탁함세. 나를 대신해서 자네가 부탁하게. 내가 부탁하더라고 말이야."

현관에서 병실로 들어오는 문은 활짝 열려 있었다. 한쪽 팔꿈치로 몸을 기댄 채 침대에 누워 있던 이반 드미트리치는 불안한 심정으로 이방인의 목소리에 귀를 기울이다가 갑작스레 그 사람이 의사라는 것을 알아차렸다. 그는 분노로 온몸을 떨다가 벌떡 일어났다. 그러고는 시뻘겋게 달아오른 험상궂은 얼굴로 두 눈을 부릅뜬 채 병실 한가운데로 달려 나갔다.

"의사가 왔어!" 큰 소리로 외치더니 그는 너털웃음을 웃기 시작했다. "마침내 오셨구먼! 여러분 축하합니다. 의사가 우리를 방문하여 경의를 표하고 있습니다! 저주 받을 악당 같으니!" 지금까지 병실에 있던 사람들이 한 번도 본 적이 없는 극도의 흥분 상태에서 그는 고함을 지르며 발을 굴러댔다. "이 악당을 죽여버려! 아니야, 죽이는 걸로는 부족해! 똥통에 처넣어버려!"

이런 말을 들은 안드레이 예피미치는 병실 문에서 얼굴을 내밀고는 부드러운 목소리로 물었다.

"왜 그러십니까?"

"왜냐고?" 환자복을 재빨리 몸에 두르고, 험상궂은 표정을 한 채 의사에게 다가가면서 이반 드미트리치가 소리쳤다. "왜 그러냐고? 도둑놈!" 마치 침이라도 뱉고 싶은 것 같은 입 모양을 하면서 그가 혐오스러운 표정으로 말했다. "사기꾼! 잔인무도한 놈!"

"진정하세요!" 안드레이 예피미치가 미안한 표정으로 미소 지으면서 말했다. "단언합니다만, 난 한 번도 도둑질을 한 적이 없습니다. 나머지에 대해서도 필시 당신이 지나치게 과장하고 있는 겁니다. 나한테 단단히 화가 나셨군요. 진정하세요, 부탁합니다. 가능하다면 냉정하게 말씀해주세요. 왜 나한테 화가 난 겁니까?"

"어째서 나를 여기에 붙잡아두는 거요?"

"당신이 아프기 때문입니다."

"그래요, 나는 아픕니다. 하지만 수십 수백의 미치광이들이 자유롭게 활보하고 있습니다. 왜냐하면 당신네의 무식이 그들을 건강한 사람들과 구별해내지 못하기 때문이죠. 어째서 나와 바로 이 쓸모없는 놈들만이 무슨 속죄양처럼 사람들 대신 여기에 붙들려 있어야 합니까? 당신과 보조의사, 사무장 그리고 당신 병원의 모든 불량배들은 도덕적인 면에서 여기 있는 우리 모두보다 훨씬 더 저급해요. 그런데 어째서 우리는 여기 있어야 하고, 당신들은 안 그런 겁니까? 그런 논리가 어디 있어요?"

"도덕적인 것과 논리는 아무 관계도 없습니다. 모든 것은 우연에 달려 있는 겁니다. 갇혀 있는 사람들은 갇혀서 지내는 것이고, 갇히지 않은 사람들은 활보하는 겁니다. 그게 다예요. 내가 의사이고, 당신이 정신질환자라는 사실에는 어떤 도덕성도 어떤 논리도 없어요. 단지 공허한 우연성이 있을 뿐입니다."

"그런 말도 안 되는 소리는 이해할 수 없어요⋯⋯" 이반 드미트리치가 불분명하게 말하더니 자신의 침대에 앉았다.

의사가 있는 자리에서 니키타가 몸수색을 꺼리자 모이세이카는 침상 위에 빵 조각, 종이 나부랭이, 뼛조각 등을 늘어놓았다. 그는 아직도 추위로 몸을 떨면서 무엇인가 재빨리 노래하듯 유대어로 지껄였다. 마치 가게라도 연 것 같았다.

"나를 풀어주세요." 이반 드미트리치가 말했다. 목소리가 떨렸다.

"안 됩니다."

"왜 그렇죠? 왜죠?"

"왜냐하면 내 권한 밖의 일이기 때문입니다. 설령 내가 당신을 풀어준다 해도 그게 당신한테 무슨 쓸모가 있을까요? 나가 보세요. 시민들이나 경찰이 당신을 붙잡아서 다시 데려올 겁니다."

"네, 네. 그건 사실입니다……" 이반 드미트리치가 말하더니 이마를 문질렀다. "무서운 일입니다! 그럼 난 어떻게 해야 하죠? 어떻게?"

안드레이 예피미치는 이반 드미트리치의 목소리와 찡그린 표정의 젊고 똑똑한 얼굴이 좋았다. 그는 젊은이를 달래 평온하게 해주고 싶었다. 의사는 그와 나란히 침대에 앉아서 잠시 생각하더니 말했다.

"어떻게 해야 하냐고 물었소? 당신 처지에서 최선은 여기서 달아나는 겁니다. 그러나 유감스러운 일이지만, 그건 부질없는 일이오. 붙잡힐 테니 말이죠. 사회가 범죄자들로부터, 정신질 환자들로부터, 전체적으로 뭔가 문제 있는 사람들로부터 스스로를 보호하려 든다면 그건 어쩔 수 없는 일입니다. 당신한테는 한 가지밖에 없습니다. 당신이 여기 머무는 것이 불가피하다고 생각하고 진정하는 것입니다."

"그걸 받아들일 사람은 없습니다."

"감옥과 정신병원이 존재한다는 건, 누군가는 그곳에 들어가야 한다는 겁니다. 당신이 아니라면 내가, 내가 아니라면 누군가 다른 사람이 말이오. 언젠가 먼 훗날에 감옥과 정신병원이 존재하지 않게 될 그때를 기다리시오. 그러면 창문의 쇠창살도 환자복도 없어질 거요. 분명 그런 때가 이르든 늦든 오게 될 겁니다."

이반 드미트리치가 시큰둥하게 미소 지었다.

"농담하시는 거죠." 두 눈을 가늘게 뜨면서 그가 말했다. "당신과 당신 조수인 니키타 같은 사람들은 미래와는 아무런 볼일이 없잖아요. 그런데도 나리께서는 멋진 미래가 올 것이라고 확신하시는군요! 표현이 거칠더라도 참아주십시오. 비웃으셔도 좋아요. 하지만 새로운 삶의 여명이 빛나기 시작하고, 진리가 승리하게 될 겁니다. 그러면 이 거리에도 축제가 열릴 겁니다! 난 끝까지 기다리지 못하고 뒈질 겁니다. 그 대신 누군가의 손자들은 끝까지 기다릴 것입니다. 나는 온 영혼으로 그들을 환영할 것이고 기뻐할 겁니다. 그들 덕분에 기뻐할 것입니다! 앞으로! 그대들을 신이 도우실 것이야, 벗들이여!"

이반 드미트리치는 두 눈을 번뜩이며 자리에서 일어났다. 그러고는 두 손을 창문 쪽으로 뻗고는 흥분한 목소리로 말을 이어 나갔다.

"이 창살에서 너희들을 축복하노라! 진리 만세! 나는 기쁘도다!"

"기뻐해야 할 특별한 까닭을 찾지 못하겠소." 안드레이 예피미치가 말했다. 그에게는 이반 드미트리치의 움직임이 연극적으로 보였으며 동시에 그것이 매우 마음에 들었다. "감옥과 정신병원은 없어질 겁니다. 그래서 당신이 말한 것처럼 진리는 승리할 거요. 하지만 사태의 본질은 변하지 않을 것이고, 자연법칙도 변하지 않을 겁니다. 사람들은 지금과 마찬가지로 병들고 늙고 죽을 거요. 아무리 찬란한 여명이 당신의 삶을 비춘다 해도 결국 당신은 관에 들어가 구덩이 속으로 던져질 겁니다."

"그렇다면 불멸은?"

"아아, 그만둬요!"

"당신은 믿지 않는군요. 하지만 나는 믿습니다. 도스토옙스키 작품인지 볼테르의 작품인지 모르지만, 만일 신이 없다면 사람들은 신을 만들어냈을 거라고 누군가 말하더군요. 만일 불멸이 없다면 위대한 인간지성은 조만간에 그것을 고안해낼 거라고 나는 깊이 믿고 있습니다."

"멋진 말입니다." 만족감으로 미소 지으면서 안드레이 예피미치가 말했다. "믿고 있다는 건 좋은 일이오. 그런 믿음을 가지고 있으면 감옥에 갇힌 사람이라 하더라도 마음 편하게 살 수 있을 겁니다. 어디서 교육을 받았는지 말해주겠소?"

"대학에 다니긴 했지만, 졸업은 못했습니다."

"당신은 생각이 깊고 사유하는 인간입니다. 어떤 상황이라도 당신은 마음속에서 평정을 찾을 수 있을 겁니다. 삶을 이해하려는 자유롭고도 깊이 있는 사유와 세상의 어리석은 공허를 완전히 경멸하는 것, 바로 이 두 가지는 인간이 알 수 있는 최고의 행복입니다. 그리고 당신은 비록 3면의 쇠창살에 갇혀 살고 있지만, 이것들을 소유할 수 있습니다. 디오게네스는 나무통 속에서 살았지만, 세상의 모든 지배자들보다 행복했습니다."

"당신의 디오게네스는 얼간이였습니다." 이반 드미트리치가 무뚝뚝하게 말했다. "무엇 때문에 당신은 디오게네스니 이해니 하는 말들을 하는 겁니까?" 느닷없이 역정을 내더니 그가 벌떡 일어섰다. "나는 인생을 사랑해요. 열렬하게 사랑합니다! 나에게는 추적망상이 있고, 언제나 고통스러운 공포가 있습니다. 하지만 또한 생의 갈망이 나를 사로잡는 그런 때가 있습니다. 그럴 때면 내가 미쳐버리지나 않을까 두렵습니다. 나는 정말로 살고 싶어요, 정말로!"

그는 흥분해서 병실을 돌아다니더니 목소리를 낮춰 이렇게 말하는 것이었다.

"공상에 잠길 때면 환영들이 나를 찾아옵니다. 잘 모르는 사람들이 나를 찾아오기도 하고, 사람들의 목소리와 음악 소리가 들리기도 합니다. 그래서 어떤 숲이나 바닷가를 돌아다니고 있다는 생각이 들기도 하는 겁니다. 그러면 세상의 공허와 근심걱정이 정말로 열렬하게 그리워지는 거예요…… 말씀해주세요. 저쪽에는 뭔가 새로운 게 있습니까?" 이반 드미트리치가 물었다. "저긴 어떤가요?"

"도시에 대한 이야깁니까, 아니면 세상 전부에 대한 걸 알고 싶은가요?"

"그렇다면, 먼저 도시에 대해 이야기하시고, 그다음에 세상에 대한 걸 말씀해주세요."

"글쎄요. 시내의 삶은 괴로울 정도로 지루합니다…… 말을 할 상대도 없거니와 귀를 기울일 만한 사람도 없으니까요. 새로운 인간이 없어요. 다만 얼마 전에 젊은 의사 호보토프가 부임해왔지요."

"그자는 내가 여기 오고 난 후에 왔습니다. 어떤가요? 천박한가요?"

"그래요. 교양 없는 인간입니다. 알고 계시겠지만, 이상한 일이에요…… 모든 점으로 판단하건대, 우리 나라의 수도들*에 지성의 정체(停滯)는 없습니다. 말하자면 그곳에는 진정한 인간들이 있다는 얘깁니다. 하지만 무슨 일인지 우리한테는 번번이 쳐다보고 싶지도 않은 인간들이 파견되는 겁니다. 불행한 도시인 셈이죠!"

"그렇습니다. 불행한 도십니다!" 이반 드미트리치가 한숨을 쉬더니 웃기 시작했다. "그런데 세상은 어떤가요? 신문과 잡지에서는 뭐라고 합니까?"

병실 안은 벌써 어둑했다. 의사는 자리에서 일어나 선 채로 외국과 러시아에서 보도되고 있는 것이 무엇이며, 현재 어떤 경향의 사상이 주목받고 있는지 말하기 시작했다. 이반 드미트리치는 주의 깊게 들으면서 질문을 던지기도 했다. 그러다가는 느닷없이 무엇인가 무시무시한 것이 떠오르기라도 한 것처럼 자신의 머리를 움켜잡더니 의사를 등진 채 침대에 누워버리는 것이었다.

"무슨 일입니까?" 안드레이 예피미치가 물었다.

"더 이상 한 마디도 하지 않겠어요!" 이반 드미트리치가 거칠게 말했다. "날 가만히 놔둬요!"

"왜 그러는 거요?"

"말했잖아요, 놔둬요! 왜 그러는 거예요?"

*역사와 전통의 수도 모스크바와 정치와 예술의 수도 페테르부르크를 가리킴.

안드레이 예피미치는 어깨를 으쓱하고 한숨을 쉬더니 밖으로 나갔다. 문을 나서면서 그는 말했다.

"이곳을 청소해주게나, 니키타…… 정말 냄새가 고약하구먼!"

"알겠습니다, 원장님."

'정말로 유쾌한 청년이로군!' 자신의 숙소로 걸어가면서 안드레이 예피미치는 생각했다. '내가 이곳에 온 후로 이야기가 통하는 첫 번째 사람인 것 같아. 판단할 능력도 있고, 정말로 필요한 것에 관심을 가지고 있기도 하고.'

책을 읽으면서, 그리고 나서 잠자리에 들면서도 그는 계속해서 이반 드미트리치에 대해 생각했다. 다음 날 아침에 잠에서 깨어난 후 그는 어제 현명하고도 흥미로운 인간과 알게 됐음을 떠올리고는 기회가 오는 대로 다시 한 번 그 친구를 찾아가려고 마음먹었다.

X

이반 드미트리치는 두 손으로 머리를 감싸고 두 다리를 웅크린 채 어제와 똑같은 자세로 누워 있었다. 그의 얼굴은 보이지 않았다.

"안녕하시오, 친구." 안드레이 예피미치가 말했다. "주무시는 거 아니지요?"

"우선, 나는 당신 친구가 아닙니다." 베개에 얼굴을 묻은 채 이반 드미트리치가 대꾸했다. "둘째, 당신은 헛고생하고 있는 겁니다. 나한테서 한 마디 말도 듣지 못할 테니까요."

"이상한 일이군요……" 안드레이 예피미치가 당황하여 중얼거렸다. "어제 우리는 정말로 친근하게 대화를 나누었소. 그런데 갑자기 당신이 무슨 까닭에선지 화를 내고는 즉시 이야기를 중지해버렸소…… 필시 내가 무슨 거북한 말을 했거나, 어쩌면 당신의 확신과 일치하지 않는 생각을 말했을지도 모릅니다……"

"그래요. 하지만 당신 말을 어떻게 믿을 수 있겠습니까!" 이반 드미트리치가 몸을 조금 일으키더니 불안과 조소의 눈길로 의사를 바라보면서 말했다. 그의 두 눈은 빨갛게 충혈되어 있었다. "다른 곳으로 가서 스파이 짓을 하거나, 시험해볼 순 있을지 몰라도 여기서는 어쩔 수 없을 겁니다. 당신이 어째서 왔는지 나는 이미 어제 알아차렸단 말이오."

"이상한 환상이로군요!" 의사가 미소 지었다. "그러니까 당신은 내가 스파이라고 생각하는 거요?"

"그래요, 그렇게 생각합니다…… 나를 시련에 들게 했으니 스파이든 의사든 마찬가지지요."

"아아, 정말이지 당신은. 미안하오만…… 괴짜요!"

의사는 침대 옆에 있던 걸상에 앉아서 나무라듯 고개를 흔들었다.

"정 그렇다면 당신 말이 옳다고 합시다." 그가 말했다. "당신을 경찰에 넘길 목적으로 내가 당신을 말로써 교활하게 옭아맨 다고 칩시다. 당신은 체포되어 재판을 받게 됩니다. 그런데 당신한테는 재판소나 감옥이 여기보다 더 나쁜가요? 만일 당신이 귀양살이나 강제노동에 처해진다 해도 그것이 이 별채에 주저앉아 있는 것보다 더 나쁘냐는 말입니다. 내 생각에는 더 나쁘지 않습니다…… 대체 뭘 두려워하는 겁니까?"

이 말이 이반 드미트리치에게 영향을 미친 게 분명했다. 그가 조용히 일어나서 자리에 앉았다.

오후 네 시가 지나 있었다. 대개 안드레이 예피미치가 집 안을 돌아다니고, 다류시카가 맥주 마실 시간이 아니냐고 그에게 물어보는 시각이었다. 마당의 날씨는 고요하고 화창했다.

"점심을 먹고 나서 산보하러 나왔다가, 보다시피 이렇게 들른 겁니다." 의사가 말했다. "봄이 완연합니다."

"지금이 몇 월인가요? 3월입니까?" 이반 드미트리치가 물었다.

"맞아요. 3월 말입니다."

"마당은 진창이겠군요?"

"아니, 뭐 대단치 않아요. 마당에는 여기저기 오솔길이 나 있습니다."

"이럴 땐 사륜마차를 타고 시외로 나가면 좋을 겁니다." 마치 잠에 취한 것처럼 빨간 눈을 비비면서 이반 드미트리치가 말했다. "그다음에는 따뜻하고 쾌적한 서재로 돌아오는 겁니다. 그리고…… 그리고 훌륭한 의사한테 두통을 치료받는 거예요.

이미 오래전부터 나는 인간답게 살지 못했어요. 여기는 추악해요! 참을 수 없을 정도로 추악합니다!"

어제의 흥분으로 그는 지쳐버렸고 기력이 없어 근근이 말을 이었다. 손가락은 떨렸고, 심각한 두통이 있다는 사실이 얼굴에 드러나 있었다.

"따뜻하고 쾌적한 서재와 이 병실 사이에는 아무런 차이도 없습니다." 안드레이 예피미치가 말했다. "인간의 평온과 만족은 외부에 있는 것이 아니라, 자신의 내부에 있으니까요."

"그래서 어쨌다는 겁니까?"

"보통사람은 선과 악을 밖에서 구합니다. 말하자면 사륜마차와 서재에서 찾습니다. 하지만 생각하는 인간은 자기 자신에게서 구합니다."

"그런 생각은 온화하고 오렌지 냄새가 나는 그리스에나 가서 전파하세요. 여기는 그런 생각과 풍토가 맞지 않습니다. 누구와 디오게네스에 대해 말했더라? 그게 당신이었습니까?"

"그렇소. 어제 나와 이야기했소."

"디오게네스에게는 서재나 따뜻한 방이 필요하지 않아요. 그런 것 없어도 그곳은 따뜻하니까요. 나무통에 누워서 오렌지와 올리브를 먹으면 그만인 겁니다. 하지만 그 사람을 러시아에 데려와 살게 해보세요. 12월은 고사하고 5월에도 방에 들어가게 해달라고 할 겁니다. 아마 추워서 몸을 갈고리처럼 구부릴걸요."

"아닙니다. 다른 모든 고통과 마찬가지로 추위 역시 느끼지 않을 수 있습니다. 마르쿠스 아우렐리우스는 이렇게 말했어요. '고통은 고통에 대한 살아 있는 관념이다. 이 관념을 변화시키려면 의지를 강화하고, 관념을 버리고, 푸념하지 말라. 그리하면 고통은 사라질 것이니라.' 옳은 말입니다. 현자나 혹은 그렇게까지는 아니라도 생각을 가진 지각 있는 사람은 고통을 무시할 수 있다는 점에서 구별됩니다. 그런 사람은 언제나 만족하며 무엇에도 놀라지 않습니다."

"그러니까 내가 천치란 말씀이군요. 왜냐하면 나는 괴로워하고, 불만족하며 인간의 속물근성에 놀라고 있으니까요."

"그런 이야기가 아닙니다. 당신이 더욱 자주 숙고한다면, 우리를 동요시키는 그런 모든 외적인 것이 얼마나 무가치한 것인지 알게 될 겁니다. 삶을 이해하려고 노력해야 합니다. 바로 거기에 진정한 행복이 있는 거예요."

"이해한다……" 이반 드미트리치가 얼굴을 찡그렸다. "외적인 것, 내적인 것…… 미안합니다만, 알 수가 없군요." 자리에서 일어나면서 분노한 눈으로 의사를 바라보며 그가 말했다. "내가 알고 있는 것은 뜨거운 피와 신경을 가지고 신이 나를 창조했다는 사실 그 한 가지입니다. 그렇고말고요! 그런데 유기적인 조직은, 만일 그것이 살아 있다면 온갖 자극에 반응해야 합니다. 그래서 나는 반응하는 겁니다! 고통에 대해서 나는 비명과 눈물로, 속물근성에 대해서는 분노로, 역겨움에 대해서는 혐오로 응답합니다. 내가 보기에 이것이야말로 삶이라 불리는 겁니다. 저급한 유기체일수록 그만큼 덜 민감하며 자극에 대해서 그만큼 덜 반응합니다. 따라서 고등한 유기체일수록 훨씬 더 민감하며 현실에 역동적으로 반응합니다. 어떻게 그걸 모른단 말입니까? 의사가 그런 사소한 것을 모르다니요! 고통을 무시하고 언제나 만족하며 어느 것에도 놀라지 않으려면 바로 이런 상태에 도달해야 합니다." 이반 드미트리치는 뚱뚱하고 비대하며 기름기 흐르는 농부를 가리켰다. "그렇지 않으면 고통에 대한 온갖 감수성을 상실할 정도까지 스스로를 고통으로 단련해야 합니다. 달리 말하면 삶을 중지해야 합니다. 미안합니다만, 나는 현자도 철학자도 아닙니다." 흥분해서 이반 드미트리치가 말을 이어나갔다. "그래서 이런 것에 대해서는 전혀 모르겠어요. 정확하게 꼬집어서 말할 수가 없습니다."

"정반댑니다. 당신은 기막히게 잘 말하고 있습니다."

"당신이 패러디하고 있는 스토아학파 사람들은 뛰어난 사람들이었습니다. 그러나 그들의 가르침은 이미 2천 년 전에 정지해버렸고, 조금도 전진하지 못했으며 앞으로도 움직이지 못할 것입니다. 왜냐하면 그것은 실천적이지도 않고 살아 있지도 못하기 때문입니다. 그것은 온갖 종류의 학설을 연구하고 그것의 탐닉에 자신의 인생을 보내는 소수의 사람들에게만 성공을 거두었고, 많은 사람들은 그것을 알지도 못합니다. 부유함과 쾌적한 삶에 관심을 두지 말고, 고통과 죽음을 무시하라고 설교하는 학설은 대부분의 사람들에게는 전혀 이해되지 않습니다. 왜냐하면 이 다수의 사람들은 부유함이나 쾌적한 삶을 경험한 적이 없기 때문입니다. 고통을 무시하라는 것은 그들에게는 삶

자체를 무시하라는 것을 뜻합니다. 왜냐하면 인간의 모든 존재는 배고픔, 추위, 모욕, 상실 그리고 죽음을 앞둔 햄릿의 공포를 감촉하는 것으로 이루어져 있기 때문입니다. 모든 인생은 이런 감촉 속에 존재합니다. 인생의 괴로움을 느끼고, 그것을 증오할 수 있지만, 인생을 무시할 수는 없는 겁니다. 그래요, 그렇기 때문에 스토아학파의 학설은 결코 미래를 가질 수 없습니다. 당신이 보시다시피 세기 초부터 오늘까지 진보하고 있는 것은 투쟁, 고통에 대한 민감성, 자극에 대해 반응할 수 있는 능력입니다……"

이반 드미트리치가 갑자기 생각의 실타래를 놓쳐버려서 말을 멈추더니 짜증난 사람처럼 이마를 문질러댔다.

"무엇인가 중요한 것을 말하려고 했는데, 생각이 안 나네요." 그가 말했다. "뭘 말하려고 했더라? 그래! 바로 그걸 말하려고 했군. 스토아학파의 누군가가 동포를 구하기 위해서 자기 자신을 노예로 팔아넘겼다는 겁니다. 보시다시피 그것은 스토아학파도 자극에 대해 반응한다는 사실을 의미합니다. 왜냐하면 동포를 위해 자신을 희생하는 고귀한 행위를 하려면 적개심과 동정심이 요구되기 때문입니다. 내가 공부한 모든 것을 이곳 감옥에서 잊어버렸습니다. 안 그랬으면 무엇인가 더 생각해냈을 텐데요. 그리스도는 어떤가요? 그리스도는 울고, 미소 짓고, 슬퍼하고, 분노하고 심지어는 번민함으로써 현실에 반응했습니다. 그분은 고통에 직면하여 미소 지으면서 지나치지 않았고, 죽음을 무시하지도 않았습니다. 이 잔이 지나가도록 하려고 겟세마네 동산에서 기도하신 겁니다.*

이반 드미트리치는 소리 내서 웃더니 자리에 앉았다.

"인간의 평안과 만족이 그의 외부에 있지 않고, 그 자신의 내부에 있다고 합시다." 그가 말했다. "고통을 무시하고 아무것에도 놀라지 않아야 한다고 합시다. 하지만 어떤 근거 위에서 당신은 그것을 설교하는 겁니까? 당신이 현자인가요? 철학자입니까?"

"아닙니다. 나는 철학자가 아니오. 하지만 누구나 이것을 설교해야 하는 까닭은 이것이 이성적이기 때문입니다."

"아니, 내가 알고 싶은 것은 어째서 당신은 이해하고 고통을 무시하는 등등의 일에서 스스로가 능력이 있다고 생각하느냐는 겁니다. 고통을 경험해본 적이 있습니까? 고통이 무엇인지 알고나 있습니까? 혹시 어릴 때 채찍으로 맞아본 적이 있습니까?"

"아닙니다. 나의 양친은 체벌을 증오하셨습니다."

"아버지는 나를 채찍으로 잔혹하게 때렸습니다. 나의 아버지는 엄격하고, 치질이 있는 관리였는데, 코가 길고 목이 노란 사람이었습니다. 하지만 당신에 대해서 말하도록 합시다. 지금까지 당신은 평생 어느 누구에게도 손찌검을 당하지 않았고, 당신을 놀라게 하거나 세게 때린 사람도 없었습니다. 당신은 황소처럼 건강합니다. 아버지의 비호 아래 자라났고, 아버

*성서 〈마태복음〉 26~39절의 내용.

지의 돈으로 공부했으며, 그다음에는 편안한 일자리를 금방 차지했어요. 20년 이상 당신은 난방과 조명 그리고 하녀가 딸린 공짜 주택에서 살았습니다. 더욱이 당신은 아무것도 하지 않으면서도 하고 싶은 만큼 실컷 일할 수 있는 권리도 가지고 있습니다. 태어나면서부터 당신은 게으르고 허약한 인간이었습니다. 그래서 그 어느 것도 당신을 불안하게 하지 못하도록, 자기 자리에서 밀려나지 않도록 자신의 삶을 구축하려고 애썼습니다. 업무는 조수와 기타 불한당들에게 넘겨주고, 자신은 따뜻하고 편안하게 앉아서 돈을 긁어모으고 독서를 했으며, 여러 가지의 고상하지만 어리석은 것들에 대한 생각과 (이반 드미트리치는 의사의 붉은 코를 바라보더니) 음주로 스스로를 위로했습니다. 한마디로 당신은 인생을 보지 못했으며, 인생을 전혀 알지 못합니다. 그저 이론적으로만 현실을 알고 있을 뿐입니다. 당신은 고통을 무시하고 아무것에도 놀라지 않는데, 그 이유는 아주 간단합니다. 세상의 모든 것이 공허하고 또 공허하다는 것, 외적인 것과 내적인 것, 인생과 고통과 죽음에 대한 무시, 이해, 진정한 행복, 이 모든 것이 러시아의 게으름쟁이에게 가장 알맞은 철학이기 때문이죠. 예컨대 농부가 아내를 때리는 것을 당신이 본다고 합시다. 어째서 끼어들어야 하지? 때리도록 내버려둬. 이르든 늦든 두 사람 모두 죽을 테니까 마찬가지잖아. 더욱이 구타하는 자는 구타함으로써 얻어맞는 사람이 아니라 자기 자신을 모욕하고 있으니 말이야, 하고 당신은 생각합니다. 과음하는 것은 어리석으며 무례한 짓입니다. 하지만 마셔도 죽고, 아니 마셔도 죽습니다. 농사꾼 아낙네가 와서 이가 아프다고 합니다…… 뭐, 그러면 어때? 고통이란 것은 고통에 대한 관념이고, 더욱이 질병이 없다면 이 세상에서 살아나갈 수 없는데. 모든 것은 죽기 마련이야. 그러니 여편네야 그만 가. 꺼지라고. 내가 생각하고 보드카 마시는 걸 방해하지 말라니까. 젊은 사람이 무엇을 할 것인지, 어떻게 살 것인지에 대한 충고를 구합니다. 다른 사람이라면 대답하기 전에 생각에 잠길 텐데, 당신에게는 이미 대답이 준비돼 있는 겁니다. 이해하도록 애쓰거나 진정한 행복을 구하도록 노력하라는 거죠. 그런데 그 환상적인 '진정한 행복'이란 건 도대체 뭡니까? 물론 대답은 없죠. 우리는 여기 창살 안에 갇혀 유폐된 채 고문당하고 있지만, 그건 멋지고 이성적인 일이죠. 왜냐하면 이 병실과 따뜻하고 안락한 서재 사이에는 아무런 차이도 없으니까요. 정말 편리한 철학입니다. 아무것도 할 일이 없고, 양심은 깨끗하며, 스스로를 현자라고 느끼니까 말입니다…… 아닙니다, 나리. 이건 철학도 아니고, 사색도 아니며, 드넓은 시야도 아닙니다. 게으름과 기행(奇行) 그리고 의식의 혼돈입니다…… 그렇습니다!" 이반 드미트리치가 다시 화를 냈다. "고통을 무시하세요. 하지만 문에 손가락이 끼게 되면 당신도 목이 터져라 아우성치게 될 겁니다!"

"하지만 그러지 않을 수도 있지요." 온화하게 미소 지으면서 안드레이 예피미치가 말했다.

"네, 그럴 수 있겠지요! 하지만 만일 중풍이 당신을 덮친다든지 혹은 어떤 바보나 불손한 인간이 자신의 처지나 지위를 이용하여 공공연하게 당신을 모욕하고, 그런 짓이 아무런 벌도 받지 않은 채 넘어가게 된다는 것을 알게 된다면, 당신도 이해라든가 진정한 행복을 다른 사람들에게 권한다는 것이 무엇을 의미하는지 알게 될 겁니다."

"독창적인 얘깁니다." 만족감에 웃음 띤 얼굴로 두 손을 비비면서 안드레이 예피미치가 말했다. "일반화를 지향하는 당신의 경향에 나는 흐뭇하게 감동하고 있습니다. 방금 전에 당신이 했던 나에 대한 특징 묘사는 정말로 훌륭합니다. 고백합니다만, 당신과 나누는 대화가 나는 무척이나 만족스럽습니다. 자, 나는 당신 말을 경청했습니다. 그러니 이제 당신도 내 말에 귀를 기울여주기 바랍니다……"

XI

이 대화는 한 시간 정도 더 지속되었다. 그리고 그것은 분명히 안드레이 예피미치에게 깊은 영향을 미쳤다. 그는 매일 별채를 드나들기 시작했다. 아침마다 그곳으로 왔으며, 점심식사 후에도 그리고 저녁 어스름 속에서도 그가 이반 드미트리치와 이야기하는 것이 자주 발견되곤 했다. 처음에 이반 드미트리치는 그를 피했고, 흉계가 아닌가 하여 의심했으며, 자신의 증오를 노골적으로 드러내기도 했다. 하지만 나중에는 그에게 익숙해져서 자신의 날카로운 어투를 부드럽게 비꼬는 어투로 바꾸었다.

안드레이 예피미치 의사가 6호실을 방문하기 시작했다는 소문이 급속하게 병원에 퍼져 나갔다. 의사의 조수와 니키타, 그리고 간호보조원 어느 누구도 어째서 그가 그곳을 찾아오는지, 어째서 몇 시간 동안이나 그곳에 머물러 있는지, 무엇에 대해 말했는지, 왜 처방전은 써주지 않는지 이해할 수 없었다. 그의 행동은 이상하게 보였다. 이제는 미하일 아베랴니치를 그의 집에서 자주 볼 수 없었는데, 그런 일은 전에는 결코 일어난 적이 없었다. 다류시카도 무척이나 당황해했는데, 왜냐하면 의사가 맥주를 정해진 시간에 마시지 않았고, 때로는 식사 시간에도 늦었기 때문이었다.

6월 말의 어느 날 호보토프 의사가 무슨 일인가로 안드레이 예피미치를 찾아왔다. 그는 의사를 찾아서 병원 마당으로 향했는데, 늙은 의사가 정신병자에게 갔다는 말을 그곳에서 들었다. 별채에 들어서서 문간에 멈춘 호보토프에게 다음과 같은 대화가 들려왔다.

"우리는 절대로 장단이 맞지 않을 겁니다. 당신은 나의 믿음을 바꾸지 못할 거예요." 이반 드미트리치가 흥분해서 말했다. "당신은 현실을 전혀 모릅니다. 그리고 고통을 경험한 적도 없습니다. 다만 거머리처럼 다른 사람들의 고통을 빨아먹은 거예요. 하지만 나는 태어나면서부터 지금까지 끊임없이 괴로워했습니다. 그래서 대놓고 말합니다. 나는 모든 면에서 당신보다

우월하며 권위 있습니다. 당신은 나를 가르칠 수 없습니다."

"당신의 믿음을 바꾸게 할 생각은 전혀 없어요." 상대방이 자신을 이해하려 들지 않는다는 사실을 유감스러워 하면서 나직하게 안드레이 예피미치가 말했다. "그리고 문제는 거기 있는 게 아니오, 친구. 당신은 괴로워했지만, 나는 그렇지 않았다는 것에 문제가 있는 건 아닙니다. 고통과 기쁨은 일시적인 겁니다. 그런 것들은 아무래도 좋습니다. 문제는 나도 당신도 생각하고 있다는 사실에 있어요. 우리는 서로에게서 생각하고 판단할 수 있는 인간을 보고 있습니다. 그리고 이것이 우리를 연대하게 해주는 겁니다. 우리의 견해가 아무리 다르다 해도 말이죠. 보편적인 어리석음과 무능함 그리고 우둔함에 내가 얼마나 진저리를 치고 있는지, 내가 매번 얼마나 큰 기쁨을 안고 당신과 이야기를 나누고 있는지 당신은 모를 겁니다, 친구여! 당신은 현명한 사람이고, 당신으로 인해 나는 행복합니다."

호보토프는 문을 살짝 열더니 병실 안을 들여다보았다. 모자를 쓴 이반 드미트리치가 안드레이 예피미치 의사와 침대 위에 나란히 앉아 있었다. 미치광이는 얼굴을 찌푸렸고, 몸을 떨더니 불안한 표정으로 환자복을 여몄다. 의사는 머리를 떨군 채 미동도 하지 않고 앉아 있었는데, 상기된 그의 얼굴은 세상에 저 혼자인 듯 슬퍼 보였다. 호보토프는 어깨를 으쓱했고 미소를 짓더니 니키타와 눈짓을 주고받았다. 니키타 역시 어깨를 으쓱해 보였다.

다음 날 호보토프는 보조의사와 함께 별채로 왔다. 두 사람은 현관에 서서 대화를 엿들었다.

"보아하니 우리 영감이 완전히 돌아버린 모양이야!" 별채에서 나오면서 호보토프가 말했다.

"하느님, 우리 죄인들을 용서하소서." 반짝반짝 윤기 나게 닦은 장화를 더럽히지 않을 요량으로 필사적으로 웅덩이를 피하면서, 화려한 차림새의 세르게이 세르게이치가 한숨을 쉬었다. "존경하는 예브게니 표도리치, 이제야 드리는 말씀입니다만 나는 오래전부터 이런 일이 있으리라고 생각했답니다!"

XII

그 일이 있은 후 안드레이 예피미치는 주변에서 뭔가 이상한 분위기를 포착하기 시작했다. 잡역부들과 간호보조원들 그리고 환자들이 그를 만나게 되면 미심쩍은 눈으로 그를 보고는 서로 귓속말을 하는 것이었다. 그는 사무장의 어린 딸 마샤와 병원 마당에서 맞닥뜨리기를 좋아했는데, 이제는 그가 마샤의 머리를 쓰다듬어주려고 미소 지으며 다가서면 어쩐 일인지 마샤가 그를 피해 달아나버렸다. 우체국장 미하일 아베랴니치는 더 이상 그의 말을 들으면서 "정말로 맞는 말씀입니다" 하고 말하지 않게 되었다. 오히려 알 수 없는 당혹감에 휩싸여 "네, 네, 네……" 하고 중얼거렸다. 그러고는 생각에 잠긴 슬픈 얼굴로 의사를 바라보았다. 어쩐 일인지 그는 친구에게 보드카와 맥주를 마시지 말라고 충고하기 시작했다. 하지만 그런 경우에도 섬세한 인간인 그는 직접적으로 말하지 않고 넌지시 암시하였다. 뛰어난 인간인 어떤 포병 부대장이나 훌륭한 사람인 어느 연대의 사제에 대해 말했는데, 그들은 술을 마시고 병을 얻었다가 음주를 그만둔 다음에 완전히 건강해졌다는 것이었다. 동료 의사 호보토프가 두세 차례 안드레이 예피미치를 찾아왔다. 그 역시도 알코올 음료를 끊으라고 충고했으며, 어떤 명백한 이유도 없이 브롬칼리*를 복용하라고 권고했다.

8월에 안드레이 예피미치는 대단히 중요한 용무가 있으니 와주십사 하는 청을 담은 편지를 시장한테 받았다. 예정된 시각에 자치회에 도착하여 안드레이 예피미치는 부대장, 군청 부설학교 장학사, 자치회의원, 호보토프 그리고 의사라고 소개된 어떤 진한 금발머리 사내를 만났다. 발음하기 어려운 폴란드 계의 성(姓)을 가진 이 의사는 시내에서 30베르스타쯤 떨어진 말 조련장에 살고 있었는데, 지나는 길에 시내에 들른 참이었다.

"귀하의 부서에 대한 신고가 접수됐습니다." 모든 사람이 인사를 나누고 탁자에 앉자 자치회의원이 안드레이 예피미치에게 말했다. "여기 계신 예브게니 표도리치의 말씀에 따르면, 병원 본관에 있는 약국이 협소하여 별채 가운데 한 곳으로 이전해야 한다는 겁니다. 그건 물론 아무것도 아닙니다. 옮길 수 있

*신경안정제.

지요. 하지만 중요한 문제는 별채를 수리해야 한다는 것입니다."

"그렇습니다. 수리를 해야 할 겁니다." 잠시 생각한 다음 안드레이 예피미치가 말했다. "만일, 예컨대 모퉁이의 별채를 약국용으로 설비하려면 제 생각으로는 최소한 500루블은 필요합니다. 불필요한 낭비예요."

사람들은 잠시 말문을 닫았다.

"이미 10년 전에 보고를 드린 적이 있습니다." 조용한 음성으로 안드레이 예피미치가 말을 이었다. "이 병원은 현재 시의 예산으로는 감당할 수 없을 정도로 호사스럽습니다. 병원은 1840년대에 건설되었습니다만, 아시다시피 당시의 재정은 지금과 달랐습니다. 지금 우리 시는 불필요한 건설과 잉여의 직종에 너무나 많은 재원을 낭비하고 있습니다. 저의 생각으로는, 제도를 수정한다면 이 재원으로 두 개의 번듯한 병원을 유지할 수 있습니다."

"그렇다면 즉시 다른 제도를 만들어봅시다!" 자치회의원이 활기차게 말했다.

"이미 말씀드린 것처럼 의무과를 지방자치회 관할로 이관해야 합니다."

"그럽시다, 지방자치회에 돈을 넘겨 훔쳐가게 하자고요!" 금발 의사가 소리 내서 웃기 시작했다.

"늘 그랬던 겁니다." 자치회의원이 맞장구를 치더니 역시 소리 내서 웃기 시작했다.

안드레이 예피미치가 무기력하고 흐리멍덩한 눈으로 금발 의사를 바라보더니 말했다.

"공정하게 처리해야 합니다."

사람들이 다시 침묵했다. 차가 나왔다. 무슨 까닭인지 매우 당황해하면서 부대장이 탁자 너머로 안드레이 예피미치의 팔을 잡더니 말했다.

"우릴 완전히 잊고 계시는군요. 어쨌거나 당신은 성직자 같은 분이잖소. 카드놀이도 하지 않고, 여자도 좋아하지 않으니 말이요. 우리와 함께 있으면 지루하시죠."

다들 번듯한 사람이 이 도시에서 생활한다는 것이 얼마나 지루한 일인지에 대해 말하기 시작했다. 극장도 없고 음악도 없으며, 근자에 있은 클럽의 무도회에는 스무 명 정도의 부인들이 참석했는데, 남자는 딱 두 명이었다는 것이다. 젊은이들은 춤을 추지 않고, 언제나 식당 부근에 모이거나 카드놀이를 한다. 안드레이 예피미치는 시민들이 삶의 에너지와 심성 그리고 지성을 카드놀이와 헛소문에 낭비하고 있다는 사실과 그들이 흥미로운 대화나 독서에 시간을 보낼 줄도 모르고 그걸 바라지도 않으며, 지성이 주는 즐거움을 누리려고도 하지 않는다는 사실이 유감스럽고 또 심히 유감스럽다는 점을 어느 누구도 바라보지 않으면서 느릿하고 나직하게 말하기 시작했다. 오직 지성 한 가지만이 흥미롭고 훌륭하며 나머지 일체는 변변찮고 저급하다는 것이다. 호보토프는 주의 깊게 동료의 말에 귀를 기울이다가 느닷없이 물었다.

"안드레이 예피미치, 오늘이 며칠입니까?"

대답을 듣고 나자 그와 금발의 의사는 자기네의 무능함을 느끼는 시험관의 어투로 오늘이 무슨 요일인지, 1년은 며칠이나 되는지, 그리고 6호실에 훌륭한 예언자가 살고 있다는 것이 사실인지 등을 안드레이 예피미치에게 물어보기 시작했다.

마지막 질문에 대답하면서 안드레이 예피미치는 얼굴을 붉혔다.

"그래요. 그 사람은 환자입니다. 하지만 흥미로운 젊은이예요."

사람들은 그에게 더 이상 묻지 않았다.

그가 현관에서 외투를 입고 있을 때 부대장이 한쪽 손을 그의 어깨 위에 올리더니 한숨을 쉬면서 말했다.

"우리 같은 늙은이들은 물러날 땝니다!"

자치회를 나오면서 안드레이 예피미치는 이것이 그의 정신 상태를 감정하기 위해 마련된 위원회였음을 깨달았다. 그는 자신에게 제기된 질문들을 떠올리고는 얼굴을 붉혔다. 그리고 어쩐 일인지 인생에서 처음으로 의학이란 것이 정말 유감스럽게 생각되기 시작했다.

'맙소사.' 그는 방금 전에 의사들이 자신을 조사했던 사실을 떠올리면서 생각했다. 정신병리학 수업을 들은 것도 얼마 되지 않았을 텐데 감정을 하려 들다니. 이런 엉터리없는 수작이 어디서 나온 거지? 저자들은 정신병에 대해서는 아는 게 없잖아!'

그리고 살면서 처음으로 그는 모욕과 분노를 느끼기 시작했다.

바로 그날 저녁 미하일 아베랴니치가 그를 찾아왔다. 우체국장은 인사말도 하지 않고 그에게 다가서더니 두 손을 잡고는 흥분한 목소리로 말하는 것이었다.

"이보세요 친구. 당신이 나의 진정한 호의를 믿고 있으며, 나를 당신 친구로 생각하고 있다는 걸 증명해주세요⋯⋯ 친구여!" 안드레이 예피미치가 말하려는 것을 헤살 놓으면서 그는 흥분해서 말을 이었다. "나는 교양과 고상한 영혼을 가진 당신을 사랑하고 있습니다. 소중한 이여, 내 말을 들어주세요. 학문의 법칙 때문에 의사들은 당신에게 진실을 감추고 있습니다만, 군 출신인 나는 숨김없이 말할 수 있습니다. 당신은 건강하지 않아요! 소중한 분이여, 나를 용서하세요. 하지만 그건 사실입니다. 이미 오래전부터 주위의 모든 사람들이 그걸 알고 있었어요. 건강을 위해서 당신은 휴식하면서 기분 전환해야 한다고 방금 전에 예브게니 표도리치 의사가 내게 말했습니다. 정말로 지당한 말입니다! 그렇고말고요! 며칠 후에 휴가를 얻어서 바깥 공기를 쐬러 떠날 요량이었습니다. 당신이 친구라는 걸 입증해주세요. 우리 함께 갑시다! 함께 가서 옛일을 떠올려봅시다."

"나는 완전히 건강하다고 느끼고 있습니다." 잠시 생각하고 나서 안드레이 예피미치가 말했다. "나는 갈 수 없습니다. 다른 방식으로 나의 우정을 입증할 수 있도록 해주세요."

어디론가 영문도 전혀 모른 채 책도 다류시카도 맥주도 없이 떠난다는 것, 20년 이상 굳어진 생활습관을 단호하게 파괴하는 것, 그런 생각이 처음에는 낯설고 기이하게 느껴졌다. 하지만 그는 자치회에서 있은 대화와 그곳을 나와서 집으로 돌아오면서 경험한 고통스러운 분위기를 떠올렸다. 그러자 어리석은 인간들이 그를 미치광이로 간주하는 도시를 잠시 떠난다는 생각이 마음에 들기 시작했다.

"정말로 어디론가 떠나실 생각입니까?" 그가 물었다.

"모스크바와 페테르부르크, 바르샤바로…… 바르샤바에서 저는 인생의 가장 행복한 5년을 보냈습니다. 정말로 기막힌 도시입니다! 함께 갑시다, 소중한 이여!"

XIII

일주일 후에 안드레이 예피미치는 쉬라는, 즉 사표를 내라는 제안을 받았지만 무심한 태도를 취했다. 다시 일주일 뒤에 그는 미하일 아베랴니치와 함께 우편마차를 타고 가장 가까운 곳에 있는 철도 정거장으로 갔다. 서늘하고 청명한 날들이 이어졌고, 하늘은 푸르렀으며 먼 곳까지 투명하게 바라다보였다. 그들은 정거장까지 200베르스타를 이틀 동안 달려갔으며, 길에서 두 번 숙소에 들었다. 우편물을 다루는 숙소에서 지저분하게 닦인 찻잔에 차를 내오거나 꾸물거리면서 말을 매는 경우에 미하일 아베랴니치는 얼굴이 새빨개졌으며, 온몸을 떨면서 소리를 질렀다. "닥쳐! 잔말 하지 마!" 마차에 앉아서 그는 한순간도 쉬지 않고 카프카스와 폴란드 왕국 여행담을 이야기했다.

얼마나 많은 엽기적인 사건들과 기막힌 만남들이 있었는가! 그는 큰 소리로 말했는데, 그럴 때마다 너무나도 놀란 눈을 하였으므로 거짓말을 하는 것이 아닌가 하는 생각이 들 지경이었다. 더욱이 그는 안드레이 예피미치의 얼굴을 향해 숨을 내쉬었고, 그의 귀에 대고 너털웃음을 터뜨리는 것이었다. 그로 인해 의사는 억압당한 느낌이 들었고, 무엇을 생각하거나 집중하지 못했다.

돈을 아낄 요량으로 그들은 비흡연자들을 위한 3등 객실에 자리를 잡고 철로를 여행했다. 승객의 절반은 말쑥한 사람들이었다. 미하일 아베랴니치는 이내 모든 사람들과 통성명을 했고, 이 자리에서 저 자리로 옮겨 다니면서 이런 불쾌한 길로 여행해서는 안 된다고 큰 소리로 떠들어댔다. 주위에는 온통 사기뿐이고, 말을 타고 가는 게 훨씬 나은데, 왜냐하면 하루에 100베르스타를 단숨에 달릴 수 있으며, 그러고 나면 건강하고 상쾌한 기분이 들기 때문이라는 것이었다. 요즘 흉년이 드는 것은 핀스키 늪지를 개간한 탓이고, 도처에 무시무시한 무질서가 판을 치고 있다고도 말했다. 그는 핏대를 세웠으며, 큰 소리로 말했고 다른 사람들에게는 말할 기회도 주지 않았다. 이런 끝도 없는 수다가 커다란 너털웃음과 과장된 제스처와 교대로 되풀이되었기 때문에 안드레이 예피미치는 지쳐 버리고 말았다.

'우리 두 사람 가운데 누가 미친 것일까?' 울분을 느끼면서 그는 생각했다. '승객들을 불안하게 하지 않으려고 애쓰는 나인가, 아니면 여기에서 자신이 가장 현명하고 누구보다도 재미있다고 생각하며, 그로 인해 누구도 평안을 느끼지 못하게 하는 저 이기주의자인가?

모스크바에서 미하일 아베랴니치는 견장이 없는 군용 프록코트와 빨간 줄이 들어간 바지를 입었다. 군모와 외투를 입고 거리를 활보했기 때문에 병사들은 그에게 경례를 올려붙였다. 안드레이 예피미치는 이제 이 사람은 언젠가 소유하고 있었던 모든 지주 귀족적인 것 가운데 훌륭한 것은 모조리 탕진하고, 오직 형편없는 것만 남은 인간이란 생각이 들었다. 전혀 불필요한 경우까지도 그는 사람들한테 시중받기를 좋아했다. 그는 자기 앞에 있는 탁자 위에 성냥이 있는 것을 빤히 바라보면서도 성냥을 가져오라고 큰 소리로 사람을 불렀다. 하녀가 있는 자리에서 속옷 차림으로 돌아다니는 것을 개의치 않았다. 불문곡직하고 하인들에게는 심지어 늙은 하인들에게도 함부로 '너'라고 불렀으며, 화가 나면 멍청이라거나 바보라는 말을 서슴지 않았다. 안드레이 예피미치가 보기에 이것은 귀족적이기는 하지만 추악한 짓이었다.

미하일 아베랴니치는 친구를 맨 먼저 이베르스카야 교회당*으로 데리고 갔다. 그는 아주 공손하게 절하고 눈물을 글썽이며 열렬하게 기도를 올렸고, 기도가 끝나자 깊은 한숨을 내쉬고서 말했다.

*붉은 광장 입구에 있으며, 기적을 나타낸다는 성모의 이콘이 자리하고 있는 교회당

"설령 신앙이 없다 하더라도 기도를 하면 훨씬 더 평안해집니다. 입을 맞추세요, 친구."

안드레이 예피미치는 당황스러워 하다가 성상에 입을 맞추었다. 미하일 아베랴니치는 입술을 쑥 내밀더니 고개를 흔들면서 작은 소리로 기도했다. 그러자 그의 두 눈에는 다시 눈물이 핑 도는 것이었다. 그러고 나서 그들은 크렘린으로 가서 거기서 차르의 대포*와 차르의 종**를 보았으며, 손가락으로 그것들을 만져보기도 했다. 그들은 모스크바 강 오른쪽 풍경에 넋을 놓기도 했으며, 구세주 성당과 루만체프 박물관에 들르기도 했다.

점심은 테스토프에서 먹었다. 미하일 아베랴니치는 볼수염을 잡아당기면서 오래도록 메뉴판을 들여다보았다. 그러고는 레스토랑에 있는 것이 집에 있는 것처럼 익숙한 식도락가의 어투로 말하는 것이었다.

"오늘 우리에게 무슨 음식이 나올지 한번 보세나, 친구!"

XIV

의사는 여기저기 다니고 구경도 하고 먹고 마셨지만, 그의 감

---

*안드레이 초호프가 1586년에 주조한 무게 40톤의 대규모 대포.
**이반 마트린과 미하일 부자가 1733년부터 1735년까지 3년 동안 만든 종으로 높이 6미터 무게 200톤에 달하는 거대한 종.

정은 미하일 아베랴니치에 대한 울화 한 가지만 남았다. 그는 친구에게서 벗어나 쉬고 싶었고, 그를 떠나서 몸을 숨기고 싶었다. 하지만 친구는 단 한 걸음도 그를 떼놓지 않고 가능한 한 많은 오락거리를 제공하는 것이 자신의 의무라고 생각했다. 구경거리가 없을 때에는 대화로써 그를 위로하는 것이었다. 안드레이 예피미치는 이틀을 잠고 견디었으나 사흘째 되는 날에는 몸이 아파서 집에 남아 있고 싶다고 친구에게 말했다. 그렇다면 자신도 남겠노라고 친구는 말했다. 실제로 휴식이 필요했다. 그러지 않으면 두 다리가 견딜 수 없는 지경이었다. 안드레이 예피미치는 얼굴을 등받이 쪽으로 향하고 소파에 누웠다. 프랑스가 조만간에 분명코 도이칠란트를 격파할 것이며, 모스크바에는 사기꾼이 너무나 많고, 외관만 가지고는 말의 진가를 판단해서는 안 된다고 열렬하게 떠들어대는 친구의 말을 그는 이를 악물고 들었다. 의사의 귀에서 소리가 나고, 가슴이 두근거리기 시작했다. 하지만 심약한 탓에 그는 친구에게 나가달라거나 조용히 해달라는 말을 하지 못했다. 다행스럽게도 미하일 아베랴니치는 호텔 방에 앉아 있는 게 진력이 나서 점심을 먹고 난 다음 산보하러 밖으로 나갔다.

혼자 남게 되자 안드레이 예피미치는 드디어 쉬게 되는구나 하고 생각에 잠겨들었다. 소파에 꼼짝도 않고 누워서 방 안에 자기 혼자 있다는 것을 떠올리는 일은 얼마나 유쾌한 노릇인가! 진정한 행복은 고독 없이는 불가능하다. 타락천사가 신을 배신한 것은 아마도 천사들이 알지 못하는 고독을 원했기 때문이리라. 안드레이 예피미치는 요 며칠 동안 그가 보고 들은 것을 생각하고자 했다. 하지만 미하일 아베랴니치가 그의 머리를 떠나지 않았다.

'저 친구가 휴가를 내서 나와 함께 온 것은 우정과 아량 때문일 거야.' 의사는 짜증스럽게 생각했다. '우정이란 이름에 기댄 이런 보살핌만큼 나쁜 것도 없어. 저 친구는 선량하고 너그럽고 유쾌하지만 지루하기 짝이 없어. 견딜 수 없을 정도로 지루한 인간이야. 언제나 현명하고 거룩한 이야기들만 해대는 인간들이 있지만, 그들은 우둔한 인간에 지나지 않아.'

그 이후 며칠 동안 안드레이 예피미치는 아프다고 말하고서 방에서 나가지 않았다. 그는 소파의 등받이 쪽으로 얼굴을 향하고 누워서 친구가 이야기로 자신을 즐겁게 해줄 때는 괴로워했으며, 친구가 자리를 비우면 그제야 쉬곤 하였다. 그는 여행을 시작한 사실 때문에 자신에게 짜증이 났으며, 날마다 점점 더 수다스럽고 허물없이 구는 친구에게도 짜증이 났다. 그는 진지하거나 고상한 방식으로 자신의 사유를 축조할 수 없었다.

'이반 드미트리치가 말한 바로 그 현실이 내게 침투한 것이로군.' 자신의 소심함에 화를 내면서 그는 생각했다. '어쨌거나 이건 말도 안 돼…… 집으로 돌아가면 모든 게 예전처럼 돌아가겠지……'

페테르부르크에서도 마찬가지였다. 그는 몇날 며칠 동안 방 밖으로 나가지 않았고, 소파에 누워 있다가 맥주를 마실 때에만 자리에서 일어났다.

미하일 아베랴니치는 계속해서 바르샤바로 가기를 재촉했다.

"무엇 때문에 내가 그리로 가야 합니까?" 애걸하는 목소리로 안드레이 예피미치가 말했다. "당신 혼자 가시고, 나는 집으로 돌아가게 해주세요! 부탁입니다!"

"절대 안 됩니다!" 미하일 아베랴니치가 반대했다. "바르샤바는 기막힌 도십니다. 제 인생에서 가장 행복한 5년을 거기서 보냈다니까요!"

안드레이 예피미치는 자기의 생각을 고수할 정도로 성격이 강하지 못했다. 결국 그는 마지못해 바르샤바로 출발했다. 거기서 그는 방에서 나가지 않았으며, 자신과 친구 그리고 고집스럽게 러시아어를 모른다고 주장하는 하인들에게 화를 냈다. 반면에 미하일 아베랴니치는 여느 때처럼 건강하고 원기 왕성했으며, 아침부터 저녁까지 도시를 싸돌아다녔고, 예전의 지인들을 찾아다녔다. 몇 번은 외박을 하기도 했다. 어디서 밤을 지새웠는지 모르지만 어느 날 이른 아침에 그는 몹시 흥분한 상태로 얼굴이 상기된 채 머리도 빗지 않고 집으로 돌아왔다. 그는 무엇인가를 혼잣말로 중얼거리면서 이 구석에서 저 구석으로 오래도록 돌아다녔다. 그러더니 걸음을 멈추고는 말했다.

"가장 중요한 것은 명예야!"

다시 얼마 동안 돌아다니더니 그는 머리를 움켜쥐고 비통한 목소리로 말했다.

"그래, 가장 중요한 것은 명예야! 이 바빌론에 오겠다는 생각이 처음 들었던 그 순간이 저주스러워! 이보시오, 친구!" 그가 의사에게 말했다. "나를 경멸하시오. 도박에서 돈을 잃었습니다! 5백 루블만 빌려주세요!"

안드레이 예피미치는 5백 루블을 헤아리더니 말없이 그것을 친구에게 넘겨주었다. 수치와 분노 때문에 훨씬 더 새빨개진 그는 무슨 불필요한 맹세를 두서도 없이 지껄이더니 모자를 쓰고 밖으로 나갔다. 두 시간 정도 지나서 돌아온 그는 무너지듯 안락의자에 쓰러지더니 큰 소리로 한숨을 쉬고 말했다.

"명예는 건졌습니다! 가십시다, 친구여! 이 저주받을 도시에 한시라도 더 머물고 싶지 않습니다. 사기꾼들! 오스트리아의 스파이들 같으니라고!"

친구들이 도시로 돌아왔을 때는 이미 11월이어서 거리에는 눈이 두텁게 쌓여 있었다. 호보토프 의사가 안드레이 예피미치의 자리를 대신하고 있었다. 그는 안드레이 예피미치가 돌아오면 병원 관사를 내줄 것이라 기대하면서 여전히 예전 집에서 살고 있었다. 자신의 하녀라고 불렀던 못생긴 여자는 벌써 별채의 한 곳에서 살고 있었다.

시내에는 병원의 새로운 소문이 떠돌고 있었다. 그 못생긴 여자가 사무장과 말다툼을 벌였는데, 사무장이 용서를 빌면서 그 여자 앞에 무릎을 꿇었다는 이야기였다.

안드레이 예피미치는 돌아온 바로 그날로 거처를 구해야만 했다.

"친구." 하고 우체국장이 조심스럽게 말했다. "무례한 질문을 용서하시오. 돈은 얼마나 있습니까?"

안드레이 예피미치는 말없이 수중의 돈을 헤아리더니 말했다.

"86루블입니다."

"그걸 물은 게 아닙니다." 의사의 말을 이해하지 못한 미하일 아베랴니치가 당황해하면서 말했다. "당신의 전 재산이 얼마나 되는지 물은 겁니다."

"이미 말씀드렸잖아요. 86루블이라고…… 그 이상 아무것도 없습니다."

미하일 아베랴니치는 의사가 정직하고 고상한 인간이라고 생각해 왔다. 그럼에도 의사에게 최소한 2만 루블은 있을 것이라고 추측하고 있었다. 하지만 이제 안드레이 예피미치가 먹고 살 것도 없는 무일푼이라는 사실을 알게 된 그는 어쩐 일인지 느닷없이 울음을 터뜨리고는 친구를 끌어안는 것이었다.

XV

안드레이 예피미치는 여성 소시민인 벨로바야의 창문이 세 개 딸린 작은 집에서 살게 되었다. 이 작은 집에는 부엌을 빼면 방이 겨우 세 개 있었다. 그 가운데 거리로 창이 나 있는 두 개의 방을 의사가 차지했고, 세 번째 방과 부엌은 세 아이가 딸린 여성 소시민과 다류시카가 차지했다. 때로 안주인에게 연인이자 술 취한 농사꾼이 밤을 보내러 찾아오곤 했는데, 그는 밤마다

소란을 부려서 아이들과 다류시카를 두려움에 떨게 했다. 집을 찾아온 그가 부엌에 퍼질러 앉아서 보드카를 달라고 보채기 시작하면 모두가 쩔쩔매는 것이었다. 그래서 의사는 동정심에 우는 아이들을 자기 방으로 건사해서 마룻바닥에서 자도록 했다. 이것은 그에게 커다란 만족을 주었다.

예전과 마찬가지로 그는 여덟 시에 일어나서 차를 마시고는 오래된 책과 잡지를 읽으려고 자리에 앉았다. 그에게는 이제 신간 서적과 잡지를 구입할 돈이 없었다. 책이 낡아서인지 아니면 필시 상황의 변화 때문인지 독서는 이제 그를 사로잡지 못했고 외려 고통스럽게 했다. 빈둥거리며 시간을 보내지 않으려고 그는 장서들에 대한 상세한 목록을 작성했고, 서책의 표지에 패찰을 붙여놓았다. 이런 기계적이고 세심한 주의가 필요한 작업이 독서보다 더 흥미롭게 생각되었다. 단조롭지만 세심한 주의가 필요한 작업이 알 수 없는 방식으로 그의 생각을 진정시켰으며, 그는 아무것도 생각하지 않았고, 시간은 신속하게 흘러갔다. 심지어는 부엌에 주저앉아서 다류시카와 감자를 씻거나 메밀에서 나오는 쓰레기를 골라내는 것이 재미나게 생각되기도 했다. 토요일과 일요일에는 교회에 갔다. 벽 주변에 서서 실눈을 뜬 채 그는 성가에 귀를 기울였고 아버지와 어머니, 대학과 종교에 대해 생각했다. 그는 평온하고 구슬펐다. 그런 다음에는 교회에서 나오면서 자신의 직무가 그토록 빨리 종결된 것을 아쉬워했다.

그는 이반 드미트리치와 이야기하려고 두 차례 병원으로 그를 찾아갔다. 하지만 두 번 모두 이반 드미트리치는 평소와 달리 흥분해서 화를 내는 것이었다. 그는 오래전부터 쓸데없는 잡담에는 물려버렸다고 하면서 자신을 제발 그냥 놔두라고 부탁했다. 그러고는 모든 고통에 대해 독방 감금이라는 단 하나의 보상만을 저주 받을 속된 인간들에게 요청하고 있노라고 말하는 것이었다. 정말로 그런 바람마저 거절되는 것일까? 안드레이 예피미치가 그와 두 번 작별하면서 평안한 밤을 맞이하라고 하자 그는 으르렁대면서 말했다.

"악마에게나 가버려!"

그래서 안드레이 예피미치는 그를 다시 한 번 찾아가야 할지 말아야 할지 알 수 없었다. 하지만 가고 싶었다.

예전에는 점심식사를 마치고 나면 안드레이 예피미치는 방 안을 돌아다니면서 생각에 잠기곤 했다. 그런데 지금은 점심식사 이후부터 저녁의 차 마시는 시각까지 얼굴을 소파 등받이 쪽으로 향하고는 소파에 누워서 어떻게 해도 억제할 수 없는 사소한 생각에 빠져들었다. 20년이 넘는 근무에 대한 보상으로 연금은커녕 퇴직금도 받지 못했다는 사실에 그는 화가 치밀었다. 사실 성실하게 근무하지는 않았다. 그러나 주지하다시피 모든 근로자는 성실하든 그렇지 않든 아무런 차이 없이 연금을 받는다. 오늘날의 정의란 도덕적인 자질이나 역량 때문이 아니라, 그것이 무엇이든 간에 근무 자체 때문에 관등이나 훈장 내지 연금의 포상이 주어진다는 사실에 있다. 어째서 그 혼자만이 예외가 되어야 한단 말인가? 그에게는 돈이 전혀 없었다.

가게 앞을 지나가다가 안주인과 마주치게 되면 그는 부끄러웠다. 맥주 값 외상이 벌써 32루블이나 밀렸기 때문이다. 소시민 여성 벨로바야에게도 빚이 있었다. 다류시카는 헌 옷이며 서책들을 몰래 내다 팔았고, 의사가 곧 엄청나게 많은 돈을 받을 것이라고 거짓말을 했다.

자신이 저축해 두었던 1천 루블을 여행에 탕진해버린 것 때문에 그는 스스로에게 화가 났다. 그 1천 루블이 있다면 지금 얼마나 유용하겠는가 말이다! 사람들이 그를 평안하게 놔두지 않는 것에 대해서도 짜증이 났다. 호보토프는 병든 동료를 가끔 방문하는 것을 자신의 의무라고 생각했다. 안드레이 예피미치는 그의 모든 것이 역겨웠다. 살찐 얼굴도, 불쾌하고 뻐기는 어투도, '동료'라는 호칭도, 목이 긴 장화도 역겨웠다. 그 가운데서도 가장 역겨웠던 것은 그가 안드레이 예피미치를 치료하는 것을 자신의 의무라고 간주했으며, 실제로 치료하고 있다고 생각하는 바로 그것이었다. 방문할 때마다 그는 브롬칼리가 들어 있는 유리병과 대황(大黃)으로 만든 환약을 가지고 왔다.

미하일 아베랴니치 역시 친구를 찾아가서 즐겁게 해주는 것을 자신의 의무라고 생각했다. 매번 그는 허물없는 얼굴로 안드레이 예피미치를 찾아왔지만 그것은 거짓된 것이었다. 그는 부자연스럽게 너털웃음을 터뜨리고 의사의 얼굴이 오늘은 아주 좋아 보인다든지, 혹은 다행스럽게도 사태가 호전되고 있다는 말로 친구를 설득하려 했다. 이것으로 미루어 보건대 그는 친구의 상태가 절망적이라고 간주하고 있다는 결론을 내릴 수 있었다. 그는 아직도 바르샤바에서 진 빚을 갚지 않았고, 괴로울 정도의 수치심으로 인해 의기소침했고 부자연스러웠다. 그래서 더욱 크게 너털웃음을 터뜨리고 더 우스꽝스럽게 이야기하려고 노력했다. 그의 우스개와 이야기들은 이제 끝이 없는 것처럼 보였고, 그것은 안드레이 예피미치에게도 그 자신에게도 고통스러운 것이었다.

그가 있는 동안에 안드레이 예피미치는 언제나 벽을 향해 소파에 누워서 이를 악물고 귀를 기울였다. 그의 영혼에는 물때가 켜켜이 쌓여 있었고, 친구의 방문이 끝나고 나면 그는 이 물때가 훨씬 더 높이 쌓여서 목구멍에까지 차오르고 있는 것 같은 느낌이 들었다.

하찮은 감정을 억누르려고, 그는 그 자신도 호보토프도 미하일 아베랴니치도 자연에 단 하나의 흔적도 남기지 못한 채 조만간에 죽을 것이라는 생각에 서둘러 잠겨들었다. 만일 백만 년 후에 어떤 정신이 우주 공간에서 지구 옆을 날아서 지나가게 되면 그것은 오직 점토와 절벽만을 보게 될 것이라고 생각해보라. 문화니 도덕률이니 하는 세상의 모든 것이 사멸하고, 심지어는 우엉조차 자라지 않을 것이라고 생각해보라. 그렇다면 가게 주인에 대한 수치심이나 하잘것없는 호보토프나 미하일 아베랴니치의 고통스러운 우정 따위가 무슨 의미가 있겠는가? 이 모든 것은 난센스이자 하찮은 것이다.

그러나 그런 생각도 더 이상 도움이 되지 않았다. 그가 백만 년 뒤의 지구를 상상하자마자 절벽 뒤에서 목이 긴 장화를 신은 호보토프가 나타나는가 하면 미하일 아베랴니치가 부자연스럽게 너털웃음을 웃으며 수치스러운 듯 이렇게 속삭이는 것이었다. "바르샤바에서 진 빚은 조만간에 돌려주겠네, 친구…… 반드시."

XVI

어느 날 미하일 아베랴니치가 점식식사 후에 찾아왔는데, 그때 안드레이 예피미치는 소파에 누워 있었다. 바로 그 시각에 호보토프 역시 브롬칼리를 가지고 모습을 드러냈다. 안드레이 예피미치는 힘들게 자리에서 일어나 두 팔로 소파에 기대고 자리에 앉았다.

"친구, 오늘은 말이죠." 미하일 아베랴니치가 말문을 열었다. "어제보다 안색이 훨씬 좋아요. 기력이 왕성하군요! 정말로 기력이 왕성해요!"

"회복될 때도 됐습니다. 그렇다마다요. 선생님." 하품을 하면서 호보토프가 말했다. "필시 선생님도 이런 지루한 일에 물려 버리셨을 겁니다."

"이르다 뿐이겠습니까!" 미하일 아베랴니치가 유쾌하게 말했다. "아직도 백년은 더 살아야죠! 그렇고말고요!"

"백년은 그렇다 치고 아직 20년은 충분합니다." 호보토프가 즐거운 표정으로 위로했다. "괜찮아요, 괜찮습니다. 선생님. 의기소침하지 마세요. 이제 진실을 털어놓으세요."

"우린 다시 멋지게 해낼 겁니다!" 미하일 아베랴니치가 너털웃음을 터뜨리더니 친구의 무릎을 탁 소리 나게 때렸다. "다시 해봅시다! 오는 여름에는 카프카스로 단숨에 달려가서 말을 타고 그곳 모두를 돌아다닙시다. 이랴! 이야! 이랴! 카프카스에서 돌아오게 되면 필시 결혼식을 올리게 될지도 모릅니다." 미하일 아베랴니치가 능청스럽게 한쪽 눈을 깜박였다. "우린 당신을 결혼시킬 겁니다, 친구…… 결혼시킬……"

안드레이 예피미치는 갑자기 찌꺼기가 목구멍으로 치밀어오르는 것을 느꼈고, 심장이 맹렬하게 두근거리기 시작했다.

"그건 속된 짓이오!" 재빨리 자리에서 일어나 창문으로 물러서면서 그가 말했다. "속된 말을 하고 있다는 걸 여러분은 정말 모르는 겁니까?"

그는 부드럽고 예의 바르게 말을 계속하고 싶었다. 그러나 자기 의지와는 반대로 그는 두 주먹을 움켜쥐고 머리 위로 치켜들었다.

"나를 내버려두라니까!" 새빨개진 얼굴로 온몸을 부들부들 떨면서 전혀 다른 사람 같은 목소리로 그가 소리쳤다. "꺼져! 둘 다 꺼지라고, 둘 다!"

미하일 아베랴니치와 호보토프는 자리에서 일어나 처음에는 어안이 벙벙한 표정으로 그다음에는 두려움이 담긴 표정으로 그를 응시했다.

"둘 다 꺼지라니까!" 안드레이 예피미치가 계속해서 소리쳤다. "우둔한 인간들! 어리석은 인간들! 나한테는 우정도 필요 없고, 네놈 약도 필요 없어. 어리석은 인간! 속물! 가증스러운 인간 같으니!"

호보토프와 미하일 아베랴니치는 망연자실해서 눈길을 주고 받더니 문 쪽으로 뒷걸음질 쳐서 현관으로 나갔다. 안드레이 예피미치는 브롬칼리가 든 병을 움켜잡더니 그들 뒤로 힘차게 던졌다. 병은 문지방에 부딪쳐서 요란한 소리를 내면서 깨졌다.

"악마한테나 꺼져라!" 현관으로 달려 나가면서 그가 울부짖듯 고함을 질렀다. "악마한테 가버려!"

손님들이 가고 난 다음 안드레이 예피미치는 마치 오한이 난 것처럼 몸을 떨면서 침대에 누워서 오래도록 같은 말을 되뇌었다.

"우둔한 인간들! 어리석은 인간들!"

마음이 진정되자 무엇보다 먼저 불쌍한 미하일 아베랴니치가 지금 분명코 몹시 부끄러워하고 마음이 괴로울 것이며 이 모든 것을 두려워하리라는 생각이 들었다. 예전에는 이런 일이 결코 일어난 적이 없었다. 대체 지혜와 절도는 어디로 간 거지? 사물에 대한 이해력과 철학적인 냉담함은 어디 있는 거야?

의사는 자신에 대한 짜증과 수치심 때문에 온밤 내내 잠들지 못했다. 아침 열 시 무렵 그는 우체국으로 발길을 향했고 우체국장에게 사과했다.

"지난 일에 대해서는 말하지 않도록 합시다." 감동한 미하일 아베랴니치가 그의 손을 꽉 잡고 한숨을 쉬면서 말했다. "지난 일을 말하는 자는 눈알을 뽑아버려야 해요. 류바프킨!*" 그는 느닷없이 우체국 직원들과 방문객들이 모두 깜짝 놀랄 정도로 큰 소리로 고함을 질렀다. "의자를 내와! 당신은 기다려!" 창살 사이로 등기우편을 내민 여인네에게 그가 소리 질렀다. "내가 분주한 게 안 보이나? 지난 일은 말하지 않도록 합시다." 그가 안드레이 예피미치 쪽으로 몸을 돌리면서 다정하게 말을 이었다. "앉으세요, 부탁입니다. 친구."

그는 잠시 말없이 자신의 무릎을 쓰다듬더니 이렇게 말했다. "당신한테 화낼 생각은 전혀 없었습니다. 질병은 어쩔 수 없는 것이니까요. 당신의 발작 때문에 어제 저와 의사는 몹시 놀랐습니다. 그 일이 있고 난 다음 우리는 오래도록 당신에 대해 이야기를 나눴습니다. 친구, 어째서 당신은 당신 질병에 대해서 진지하게 대처하지 않는 겁니까? 정말 그래도 됩니까? 친구로서 노골적으로 말씀드려 미안합니다만," 하고 미하일 아베랴니치가 속삭였다. "당신은 정말이지 형편없는 환경에서 살고 있습니다. 좁고 더러우며 간호도 받지 못하고, 치료 받을 돈도 없으니…… 친구여, 저와 의사는 충심으로 간청드립니다. 우리의 충고를 들으세요. 병원에 입원하세요! 거기라면 식사도 제대로 나오고 간호도 받을 수 있고 치료도 가능하니까요. 우리끼리 하는 말이지만 예브게니 표도로비치가 비록 야비한 인간이긴 합

---

*미하일 아베랴니치가 근무하고 있던 우체국 직원의 성.

니다만, 전문가이니까 전적으로 신뢰할 수 있습니다. 당신께 주의를 기울이겠노라고 그 사람이 저한테 약속했습니다."

안드레이 예피미치는 우체국장의 진심에서 우러난 동정과 그의 두 뺨에 느닷없이 빛나기 시작한 눈물에 감동을 받았다.

"존경하는 친구여, 믿지 마세요!" 그는 가슴에 한쪽 손을 얹으면서 속삭이기 시작했다. "그 사람 말을 믿지 마세요! 그건 사깁니다! 나의 병은 20년 만에 온 도시에서 단 한 사람뿐인 현명한 인간을 찾아냈는데, 그자가 미치광이라는 사실에 있습니다. 병이란 건 아예 없습니다. 그저 나는 출구가 없는 궁지에 빠져버린 겁니다. 어쨌든 마찬가집니다. 난 모든 걸 준비하고 있어요."

"친구여, 병원에 입원하세요."

"어쨌든 마찬가집니다. 지하 감옥이라도 말이죠."

"친구여, 약속하세요. 예브게니 표도리치의 명령에 순순히 따르겠다고 말입니다."

"좋습니다, 약속합니다. 하지만 친구여, 되풀이해서 말씀드리지만 나는 궁지에 빠진 겁니다. 이제는 모든 것이, 심지어는 친구들의 충심 어린 동정마저 하나의 사실, 즉 나의 파멸로 다가가고 있습니다. 나는 파멸할 것이지만, 그것을 인식할 용기도 가지고 있습니다."

"친구여, 나을 겁니다."

"무엇 때문에 그런 말씀을 하는 겁니까?" 안드레이 예피미치가 격분해서 말했다. "내가 지금 경험하고 있는 것을 인생의 끄트머리에서 경험하지 않는 사람은 거의 없습니다. 어쩐 일인지 당신의 신장이 나쁘다든지 심장이 비대해서 치료를 받아야 한다는 말을 듣는다고 칩시다. 혹은 당신이 미쳤다거나 범죄자라는 말을 듣는다고 칩시다. 즉, 한마디로 말해서 사람들이 느닷없이 당신에게 주목한다고 칩시다. 그러면 당신은 이미 빠져나올 수 없는 궁지에 빠졌다는 사실을 알게 될 겁니다. 항복하세요. 왜냐하면 어떤 인간적인 노력도 이미 당신을 구해줄 수 없기 때문입니다. 나는 그렇게 생각합니다."

그사이에 창살 부근에는 군중이 모여 있었다. 안드레이 예피미치는 일을 방해하지 않으려고 자리에서 일어나 작별을 고했다. 미하일 아베랴니치는 그에게서 다시 한 번 약속을 받아낸 다음 바깥문까지 그를 배웅했다.

바로 그날 저녁나절에 반코트에 목이 긴 장화를 신은 호보토프가 예기치 않게 안드레이 예피미치를 찾아왔다. 그러고는 마치 어제 아무 일도 일어나지 않은 것 같은 어조로 입을 열었다.

"일이 있어서 찾아왔습니다, 선생님. 당신을 초대하고자 왔습니다. 저와 함께 입회 진찰에 가주시지 않겠습니까, 네?"

호보토프가 산보로 자신의 기분을 전환시켜주거나 혹은 실제로 돈벌이라도 하도록 해주고 싶어 하는가 보다고 생각하면서 안드레이 예피미치는 옷을 갈아입고 그와 함께 거리로 나섰다. 그는 어제의 과오를 씻고 화해할 기회가 온 것에 대해 기뻐했으며, 어제 일에 대해서는 입도 뻥긋하지 않으면서 자신을 용서해준 호보토프에게 마음속으로 감사했다. 이런 교양 없는 인간에게서 그와 같은 배려를 기대하기란 어려운 일이었던 것이다.

"그런데 당신의 환자는 어디 있소?" 안드레이 예피미치가 물었다.

"우리 병원에 있습니다. 오래전부터 선생님께 보여드렸으면 했지요…… 정말로 흥미로운 사례입니다."

그들은 병원 마당으로 들어갔다. 그러고는 본관을 지나서 정신병자들이 수용되어 있던 별채로 방향을 잡았다. 어쩐 일인지 두 사람 모두 말이 없었다. 그들이 별채로 들어서자 니키타가 늘 그랬던 것처럼 자리에서 튀어 일어나더니 똑바로 섰다.

"여기 있는 한 환자가 폐에 합병증이 생겼습니다." 안드레이 예피미치와 함께 병실로 들어오면서 호보토프가 나직하게 말했다. "여기서 잠시 기다려주십시오. 금방 돌아오겠습니다. 청진기만 가지고 돌아오겠습니다."

그리고 그는 나가버렸다.

XVII

사위가 벌써 어두워졌다. 이반 드미트리치는 베개에 얼굴을 묻고 침대에 누워 있었다. 중풍 환자는 꼼짝도 하지 않고 앉아 있었는데, 조용히 울면서 입술을 달싹거렸다. 뚱뚱한 농부와 예전에 우편물 분류 작업을 했던 자는 잠들어 있었다. 고요했다.

안드레이 예피미치는 이반 드미트리치의 침대에 앉아서 기다렸다. 하지만 30분 정도 지나자 호보토프 대신에 니키타가 두 손에 실내복과 누군가의 속옷과 실내화를 들고 병실로 들어섰다.

"입으십시오, 원장님." 그가 조용히 말했다. "여기가 원장님 침대입니다. 이리 오세요." 최근에 새로 들여놓은 것이 분명해 보이는 빈 침대를 가리키면서 그가 덧붙였다. "괜찮습니다. 반드시 회복되실 겁니다."

안드레이 예피미치는 모든 것을 알아차렸다. 한 마디도 하지 않고서 그는 니키타가 가리킨 침대로 옮겨 가서 자리에 앉았다. 니키타가 서서 기다리는 것을 보면서 그는 모든 옷을 다 벗었고 부끄러워졌다. 그다음에 그는 환자복을 입었는데, 속옷은 무척 짧았으며, 셔츠는 길었고, 실내복에서는 훈제한 생선 냄새가 났다.

"반드시 회복되실 겁니다." 니키타가 되풀이해서 말했다.

그는 안드레이 예피미치가 벗어놓은 옷을 두 팔에 안고서 밖으로 나가더니 문을 걸었다.

'다 마찬가지야······' 안드레이 예피미치가 생각했다. 부끄러운 듯 실내복으로 몸을 감싸면서 그는 새 옷을 입은 자신이 죄수 비슷하다고 느꼈다. '다 마찬가지야······ 연미복이든 제복이든 이런 실내복이든, 모두 마찬가지야······'

그런데 시계는 어떻게 됐을까? 옆 주머니에 넣어둔 수첩은? 담배는? 니키타는 옷을 어디로 가져갔을까? 아마도 이제부터는 죽을 때까지 바지나 조끼를 입거나 장화를 신을 필요는 없을 것이다. 처음에는 이 모든 것이 어쩐지 낯설고 심지어는 불쾌할 것이다. 안드레이 예피미치는 지금도 소시민인 벨로바야의 집과 6호실 사이에 아무런 차이가 없으며, 이 세상의 모든 것은 난센스이자 허망하기 짝이 없는 것이라고 확신했다. 그럼에도 불구하고 그의 두 팔은 떨렸고, 두 다리는 차가워졌으며, 얼마 안 있어 이반 드미트리치가 일어나서 그가 실내복을 입고 있는 것을 보게 될 것이라는 생각 때문에 기분이 나빴다. 그는 자리에서 일어나 조금 걷다가 다시 자리에 앉았다.

그런 식으로 그는 이미 30분, 한 시간을 앉아 있었고, 그래서 울적해질 정도로 지쳐버렸다. 정말이지 여기서 하루, 일주일 혹은 이 사람들처럼 몇 년을 살 수 있을까? 지금도 그는 앉아 있다가 조금 걷다가 다시 자리에 앉았다. 창가로 다가가서 밖을 내다보고 다시 이 구석에서 저 구석으로 걸어 다닐 수도 있을 것이다. 그다음에는 무엇이 있을까? 시종일관 멍청하게 앉아서 생각만 하는 것일까? 아니, 도저히 그럴 수는 없는 노릇이다.

안드레이 예피미치는 자리에 누웠다가 즉시 일어났다. 옷소매로 이마의 차가운 땀을 닦고서 얼굴 전체에서 훈제한 생선 냄새가 나는 것을 느꼈다. 그는 다시 조금 걸어 다녔다.

"분명 무슨 오해가 있는 거야……" 어떻게 할지 몰라서 그는 두 팔을 벌린 채 중얼거렸다. "오해가 있다면 풀어야 하는데……"

바로 그때 이반 드미트리치가 잠을 깼다. 그는 자리에 앉더니 두 주먹으로 턱을 괴었다. 침을 뱉었다. 그다음에는 게으른 시선으로 의사를 바라보았다. 확실히 처음에는 아무것도 알아차리지 못하는 것 같았다. 하지만 이내 그의 졸린 얼굴이 사악하고도 조롱하는 낯빛으로 바뀌었다.

"아하, 당신도 이곳으로 수감되셨군요. 친구!" 한쪽 눈을 찡긋하더니 그가 잠에 취한 쉰 목소리로 말했다. "대단히 기쁩니다. 사람들의 피를 빨아먹더니, 이제 다른 사람들이 당신 피를 마시게 되었군요. 잘됐습니다!"

"이건 필시 오해일 겁니다……" 이반 드미트리치의 말에 놀라면서 안드레이 예피미치가 말했다. 그는 어깨를 으쓱하더니 되풀이했다. "필시 오해일 겁니다……"

이반 드미트리치가 다시 침을 뱉고는 누웠다.

"저주받을 삶이여!" 그가 말했다. "이 인생이 오페라에서처럼 고통에 대한 포상이나 빛나는 결말이 아니라, 죽음으로 끝나게 될 것이라는 사실이 괴롭고 모욕적입니다. 농부들이 와서 죽은 사람의 팔과 다리를 잡고서 지하실로 끌고 갈 겁니다. 으아악! 뭐, 괜찮아요…… 그 대신에 저세상에서 우리는 쉬게 될 테니까…… 나는 망령이 되어 저세상에서 이곳으로 나타나 이 악당들을 놀라게 할 겁니다. 그자들을 백발로 만들어주겠어요."

모이세이카가 돌아왔다. 의사를 보더니 그는 손을 내밀었다.

"2코페이카만 주세요!" 그가 말했다.

XVIII

안드레이 예피미치는 창가로 물러나서 들판을 바라보았다. 이미 캄캄해졌고, 오른쪽 지평선 위에는 차가운 자줏빛 달이 떠올랐다. 병원 담장에서 고작 100사젠* 쯤 떨어진 곳에 돌담으로 둘러싸인 높고 하얀 건물이 서 있었다. 감옥이었다.

'이것이 현실이구나!' 안드레이 예피미치는 잠시 생각했다. 그러자 무서워졌다.

달도 감옥도 담장 위의 못도 화장터의 머나먼 불길도 무서웠다. 뒤에서 한숨 소리가 들렸다. 안드레이 예피미치가 돌아보자니까 가슴에 빛나는 성장과 훈장을 주렁주렁 단 사나이가 미소를 지으면서 교활하게 눈을 깜빡이고 있었다. 그것도 무섭게 느껴졌다.

안드레이 예피미치는 달이나 감옥에도 특별한 것은 하나도 없으며, 심리적으로 건강한 인간들이 훈장을 패용하지만, 그 모든 것도 시간과 더불어 부패하여 흙으로 변할 것이라고 확신했다. 하지만 절망이 느닷없이 그를 사로잡는 것이었다. 그는 두 손으로 창살을 붙잡고는 있는 힘껏 흔들어댔다. 단단한 창살은 꼼짝도 하지 않았다.

그는 두려움을 잊어버릴 요량으로 이반 드미트리치의 침대로 다가가서 걸터앉았다.

---

*1사젠은 2.134미터.

"아주 낙심천만입니다, 친구." 몸을 떨면서 식은땀을 닦아낸 그가 중얼거렸다. "낙심천만이에요."

"철학적인 이야기를 하시지요." 이반 드미트리치가 조롱하듯 말했다.

"맙소사, 맙소사…… 그래요, 그래…… 어젠가 당신은 러시아에는 철학이 없는데도 모든 사람이 심지어는 비천한 인간까지도 철학을 논한다고 말했어요. 하지만 비천한 인간이 철학을 논한다고 해서 누구에게도 해가 되지는 않아요." 마치 울고 싶은 것처럼 그리하여 동정심을 유발하고 싶어 하는 그런 어조로 안드레이 예피미치가 말했다. "이보세요, 남의 고난을 기뻐하는 그 웃음은 대체 왜 그런 거요? 만족하지 못한다고 해서 비천한 인간이 철학을 논해서는 안 된단 말입니까? 현명하고 교양 있는, 긍지 높고 자유를 사랑하는 신을 닮은 인간이 의사가 되어 불결하고 어리석은 시골 마을을 돌아다니며 평생을 약병과 거머리와 고약 따위나 주물럭거리는 것 말고는 다른 방도가 없다니! 이것은 사기이고 답답하고 저속한 일입니다! 오오, 하느님 맙소사!"

"어리석은 말만 지껄이시네요. 약사가 싫거든 관료가 되시구려."

"정말이지 아무런 소용도 없군요. 우리는 허약합니다, 친구여…… 나는 냉담했고 원기 왕성했으며 이성적으로 판단했습니다. 하지만 삶이 나를 거칠게 건드리자마자 나는 의기소침해졌고…… 쇠약해졌어요…… 우리는 허약하고 우리는 쓸모가 없어요…… 당신도 마찬가집니다, 친구. 당신은 현명하고 고귀하며 어린 시절부터 고상한 충동이 몸에 밴 사람입니다. 그러나 생활에 발을 들여놓기가 무섭게 당신은 지쳐버렸고 병에 걸리고 말았습니다…… 허약해요, 허약합니다!"

초저녁부터 계속해서 공포와 굴욕감 이외에도 무엇인가 성가신 것이 안드레이 예피미치를 괴롭혔다. 마침내 그는 자신이 맥주와 흡연을 바라고 있다는 사실을 생각해냈다.

"나는 여기서 나가야겠어요, 친구." 그가 말했다. "이리로 등불을 가져오라고 말하겠어요…… 이럴 수는 없어요…… 견딜 수 없습니다……"

안드레이 예피미치는 문으로 다가가서 문을 열려고 했다. 하지만 그 즉시 니키타가 벌떡 일어나더니 그를 가로막았다.

"어디 가십니까? 안 됩니다, 안 돼요!" 그가 말했다. "자야 합니다!"

"마당을 조금 걷도록 잠시만 시간을 주시오!" 안드레이 예피미치는 망연해졌다.

"안 됩니다, 안 돼요. 금지되어 있습니다. 알고 계시잖아요!"

니키타는 탕 소리 나게 문을 닫더니 등으로 버티고 섰다.

"하지만 내가 여기서 나간다 해도 그것 때문에 무슨 일이 생기는 건 아니잖소?" 어깨를 으쓱하면서 안드레이 예피미치가 물었다. "이해가 안 돼! 니키타, 난 나가야 해!" 그가 떨리는 목소리로 말했다. "나가야 한단 말이야!"

"소란을 일으키지 마십시오. 좋지 않습니다!" 니키타가 훈계

조로 말했다.

"이게 무슨 빌어먹을 짓이야!" 이반 드미트리치가 느닷없이 소리치더니 자리에서 일어났다. "무슨 권리가 있어서 내보내지 않는 거야? 어떻게 감히 우리를 여기 붙잡아두는 거냐고? 법에는 재판 없이는 누구도 자유를 박탈당하지 않는다고 명백히 적혀 있는 것 같은데 말이야! 이건 강제야! 독재라고!"

"그렇고말고, 독재야!" 이반 드미트리치의 고함 소리에 고무된 안드레이 예피미치가 말했다. "난 정말로 나가야 한단 말이야. 저 친구한테는 권리가 없어! 내보내 줘. 사람들이 자네한테 말하고 있잖아!"

"듣고 있는 거야, 우둔한 개새끼야?" 이반 드미트리치가 고함치더니 주먹으로 문을 두드렸다. "열어, 안 그러면 문을 부수겠어! 흡혈귀 같은 놈!"

"열라니까!" 온몸을 떨면서 안드레이 예피미치가 소리 질렀다. "내가 요구하잖아!"

"한 번 더 말해보시지!" 니키타가 문 뒤에서 대답했다. "말해 보라니까!"

"그렇다면 가서 예브게니 표도리치를 이리로 불러와! 내가 부탁드린다고 말해…… 잠깐이면 된다고 말이야!"

"그분은 내일 오실 거야."

"저 자들은 우리를 절대로 내보내지 않을 거야!" 그동안에 이반 드미트리치가 계속해서 고함쳤다. "여기서 우리를 썩힐 거라고! 오, 하느님. 정말로 저세상에는 지옥이 없어서 이런 악당 놈들도 용서받는단 말입니까? 대체 정의는 어디 있습니까? 악당 놈아, 문 열어. 숨 막힌단 말이야!" 그는 쉰 목소리로 고함치더니 문으로 달려들었다. "내 머리가 부서질 때까지 해볼 테다! 살인자들 같으니!"

니키타가 재빨리 문을 열더니 두 손과 무릎으로 거칠게 안드레이 예피미치를 밀쳤다. 그러고는 손을 위로 치켜들더니 주먹으로 얼굴을 후려갈겼다. 안드레이 예피미치는 소금 냄새 나는 거대한 파도가 머리부터 자신을 덮쳐 침대로 질질 끌고 간다는 느낌이 들었다. 실제로 입 안이 짭짤했다. 필시 치아 사이로 피가 흐른 모양이었다. 마치 헤엄쳐 나오고 싶은 것처럼 그는 두 팔을 휘저어 누군가의 침대를 붙잡았다. 바로 그때 그는 니키타가 자신의 등을 두 번 후려치는 것을 느꼈다.

이반 드미트리치가 큰 소리로 고함쳤다. 분명히 그도 얻어맞고 있었다.

그런 연후에 모든 것이 고요해졌다. 흐릿한 달빛이 창살을 지나갔으며, 마룻바닥 위에는 그물을 닮은 그림자가 누워 있었다. 두려웠다. 안드레이 예피미치는 누워서 숨을 죽였다. 두려움에 떨면서 그는 다시 한 번 얻어맞을 것을 기다렸다. 누군가가 낫을 들어서 그를 찌르고는 가슴과 창자 여기저기를 후벼 판 것 같았다. 아픔 때문에 그는 베개를 물어뜯었고 이를 악물었다. 그러자 혼돈의 한가운데서 그의 머릿속에 느닷없이 무시무시하고도 견디기 어려운 생각이 선명하게 떠오르는 것이었다. 지금 달빛 속에서 검은 유령처럼 보이는 이 사람들은 허구한 날 몇 년씩이나 바로 이런 고통을 겪어야 했다는 생각이었다. 20년 이상 계속해서 이것을 알지 못했고, 알려고도 하지 않았다는 사실이 정말로 이해되지 않았다. 그는 알지 못했고, 고통에 대한 개념도 없었다. 그러므로 그는 무죄였다. 그러나 니키타 같은 완고하고도 거친 양심이 그를 목덜미에서 발꿈치까지 싸늘하게 만들었다. 그는 벌떡 일어났다. 모든 힘을 다하여 고함을 지르고 서둘러 달려 나가서 니키타를 죽이고, 그다음에는 호보토프와 사무장, 조수를 죽이고는 자살하고 싶었다. 하지만 가슴속에서는 아무 소리도 나오지 않았으며, 두 다리는 말을 듣지 않았다. 숨을 헐떡이면서 그는 실내복과 셔츠를 가슴팍으로 잡아당겨 찢어버리고는 정신을 잃고 침대에 쓰러졌다.

XIX

다음 날 아침에 그는 머리가 아팠고, 두 귀에서는 소리가 났으며, 온몸에서는 병적인 상태가 감촉되었다. 어제의 무력감을 떠올리는 것이 부끄럽지 않았다. 어제 그는 무기력했으며 심지어는 달까지 두려워했으나 예전에는 상상조차 하지 못했던 느낌과 생각을 진솔하게 토로했다. 예를 들면, 철학을 논하는 하찮은 인간들의 불만족에 대한 생각 말이다. 하지만 지금 그는 아무래도 상관없었다.

그는 먹지도 마시지도 않았고, 꼼짝도 않고 누워서 침묵했다. '어차피 마찬가지야.' 사람들이 물어보았을 때 그는 그렇게 생각했다. '대답하지 않을 거야…… 어차피 마찬가지야.'

점심식사 후에 미하일 아베랴니치가 4분의 1푼트*의 차와 1푼트의 마멀레이드를 가지고 왔다. 다류시카도 찾아왔는데, 그녀는 한 시간 내내 얼굴에 흐릿한 수심을 드러내 보이며 침대 옆에 서 있었다. 호보토프 의사도 그를 찾아왔다. 그는 브롬칼리가 든 병을 가져왔고, 니키타에게 병실 안에서 무엇으로든 향을 태우라고 지시했다.

저녁 무렵 안드레이 예피미치는 혼수상태에 빠져 숨을 거두었다. 처음에 그는 극심한 오한과 구토를 느꼈다. 무엇인가 역겨운 것이 온몸을, 심지어는 손가락 끝까지 꿰뚫었고 위장에서부터 머리까지 솟구쳐 눈과 귀로 흘러넘치는 것 같았다. 두 눈에 푸르른 것이 아른거렸다. 안드레이 예피미치는 자신에게 종말이 닥쳐온 것을 알아차렸다. 그러고는 이반 드미트리치, 미하일 아베랴니치와 수많은 사람들이 불멸을 믿고 있다는 사실을 떠올렸다. 느닷없이 불멸이라니? 하지만 그는 불멸을 원하지 않았으며, 그저 한순간 그것에 대해 생각했을 뿐이었다. 어제 책에서 읽은 기막히게 아름답고 우아한 사슴들의 무리가 그의 옆을 달려 지나갔다. 그러자 농부 아낙네가 등기우편이 든 손을 그에게 내미는 것이었다…… 미하일 아베랴니치가 무엇

---

*예전에 러시아에서 통용되던 중량단위로 1푼트는 0.41킬로그램.

인가 말했다. 그다음에는 모든 것이 사라졌고, 안드레이 예피미치는 의식을 잃어버렸다.

농사꾼들이 와서 그의 팔과 다리를 붙들고 작은 예배당으로 데려갔다. 그는 거기서 두 눈을 뜬 채 탁자 위에 누워 있었고, 밤에는 달이 그를 비추었다. 아침에 세르게이 세르게이치가 와서 십자고상(十字苦像)에 경건하게 기도를 올리고는 예전에 그가 모시고 있던 상사의 두 눈을 감겨주었다.

그다음 날 안드레이 예피미치는 매장되었다. 장례식에는 미하일 아베랴니치와 다류시카만이 참석했다.

제3부

상자 속에 든 사나이
(1898년)

 미로노시츠코예 마을 끄트머리에 있는 촌장 프로코피의 헛간에 길 늦은 사냥꾼들이 하룻밤 묵으려고 자리를 잡았다. 수의사 이반 이바니치와 김나지움 교사 부르킨 단 두 사람이었다. 이반 이바니치는 자신에게 전혀 어울리지 않는, '침샤-기말라이스키'라는 정말로 이상한 이중성(姓)을 썼는데, 그래서 지역 사람들은 그를 그냥 이름과 부칭으로만 불렀다. 그는 도시 외곽에 있는 종마 사육장에서 살았고, 지금은 맑은 공기나 쐬려고 사냥에 나선 참이었다. 김나지움 교사 부르킨은 여름철마다 P백작의 손님으로 와 있었기 때문에 이 지역에서는 이미 오래 전부터 가족 같은 사람이었다.
 두 사람 다 아직 자지 않고 있었다. 콧수염을 길게 기른 키가 크고 여윈 늙은이 이반 이바니치는 문 밖에 앉아서 파이프 담배를 피웠다. 달이 그를 비추었다. 부르킨은 문 안쪽 건초 위에 누워 있었는데, 어둠 속이라 그의 얼굴은 보이지 않았다.

그들은 여러 가지 이야기를 나누었다. 말이 나온 김에 촌장의 아내인 마브라에 대해서도 이야기하게 되었다. 몸도 건강하고 어디 모자란 데도 없는 그녀가 평생 자신이 태어난 고향 마을을 벗어난 적이 없다고 했다. 도시도 철도도 본 적이 없고, 최근 10년 동안은 노상 난로 앞에 앉아 있을 뿐, 밤이 되어서야 바깥출입을 한다는 것이었다.

"그리 놀라운 이야기도 아닙니다!" 부르킨이 말했다. "소라게라든가 달팽이처럼 자신의 껍질 속으로 들어가려고 하는 천성적으로 고독한 인간들이 세상에는 적지 않습니다. 격세유전 현상인지도 모르고, 인간의 조상이 아직 사회적 동물이 아니라 굴에서 고독하게 살았던 시대로 돌아가는 것일지도 모릅니다. 그게 아니라면 다채로운 인간 성격 가운데 하나일 수도 있지요. 누가 알겠습니까? 전 자연과학자도 아니고, 제가 하는 일이 그런 일과 관련된 것도 아닌 걸요. 다만 제가 하고 싶은 말은 마브라와 같은 그런 인간들이 드물지 않다는 겁니다. 그렇습니다. 멀리서 찾을 필요도 없어요. 두어 달 전에 우리 도시에서 벨리코프라는 자가 죽었는데, 그리스어 교사였던 사람으로 저의 동료였습니다. 당신도 물론 그 사람에 대해서는 들어보신 적이 있을 겁니다. 그가 사람들의 이목을 끌었던 이유는 아무리 쾌청한 날이라 해도 항상 덧신에, 우산을 들고 반드시 솜 외투를 입고 밖을 나섰기 때문입니다. 그는 우산도 주머니에 넣고 다녔고, 시계도 잿빛 영양가죽으로 만든 주머니에 넣고 다녔어요. 그리고 연필을 깎으려고 칼을 꺼낼라치면 그 칼도 역시 작은 주머니에 들어 있었습니다. 게다가 언제나 옷깃을 세워 얼굴을 감추고 다녔기 때문에 그 사람 얼굴도 주머니 속에 들어 있는 것처럼 보였지요. 검은 안경을 쓰고, 스웨터를 입고, 솜으로 귀를 막고 다녔어요. 마차를 탈 때면 포장을 두르라고 명령하곤 했습니다. 한마디로 이 사람에게는 자기 자신을 무언가로 에워싸고자 하는, 말하자면 외부 현상으로부터 자신을 분리시키고 보호해주는 상자를 만들어내려는 항상적이고도 극복할 수 없는 지향이 나타났던 겁니다. 현실은 그를 초조하게 하고, 놀라게 하며, 언제나 불안에 떨게 했습니다. 그래서 그와 같은 자신의 소심함과 현실에 대한 혐오를 정당화할 요량으로 그는 언제나 과거와 존재한 적도 없는 것을 찬미했습니다. 그가 가르친 고대어 역시 그에게는 본질적으로 현실로부터 숨기 위한 덧신이자 우산이었던 겁니다.

'오오, 그리스어는 얼마나 낭랑하고 아름다운 말인가!' 그는 황홀한 표정을 지으며 이렇게 말하곤 했었죠. 그러고는 자기가 한 말을 입증하기라도 하는 것처럼 눈을 가늘게 뜨고 손가락을 들더니 '안트로포스*!' 하고 발음하는 것이었습니다.

벨리코프는 자신의 생각마저 상자 속에 감춰두려고 애썼습니다. 무엇인가를 금지하는 공고와 신문기사만이 그에게는 명료했습니다. 학생들이 밤 열 시 이후에 거리에 나가는 것을 금

---

*인간 혹은 인류를 의미하는 그리스어.

지하는 공고문이 붙는다거나 혹은 어떤 기사에서 육체적인 사랑이 금지되었다고 하면 금지되는 겁니다. 그걸로 그만인 겁니다. 그가 보기에 허가나 허용이라는 것에는 언제나 의심스러운 요소로, 무엇인가 마무리되지 않은 모호한 것이 숨겨져 있었습니다. 시에서 연극 동호회나 독서실 혹은 찻집 같은 것을 허용하면 그는 고개를 흔들면서 나직하게 말했습니다.

'물론 그럴 수 있겠지. 모두 좋은 일이야. 하지만 아무 일도 생기지 말아야 할 텐데.'

비록 그와는 아무런 관련도 없어 보이는 것일지라도 온갖 종류의 규칙 위반이나 탈선 내지 어긋남이 그를 의기소침하게 하는 것이었습니다. 동료들 가운데 누군가가 기도 시간에 늦는다든지, 혹은 김나지움 학생들의 어떤 장난에 대한 소문이 퍼진다든지, 혹은 늦은 밤에 여교사가 장교와 함께 있는 것을 보았다든지 하면 그는 몹시 흥분해서 아무 일도 생기지 말아야 할 텐데, 하고 계속 말하곤 했습니다. 교무회의에서도 그는 나름의 신중함과 세심함으로, 순전히 자신만의 상자 같은 꽉 막힌 생각으로 우리를 압박했지요. 남자 김나지움과 여자 김나지움 학생들의 행실이 바르지 않다느니, 학급이 너무 소란스럽다느니 하면서 아아, 당국의 귀에 들어가지 말아야 할 텐데, 아아 아무 일도 생기지 말아야 할 텐데, 하고 중얼거립니다. 그러고는 2학년에서 페트로프를, 4학년에서 예고로프를 제적시키면 좋을 텐데, 하고 말하는 겁니다. 그러면 어떻게 될까요? 한숨과 푸념, 창백하고 작은 얼굴, 아시는 것처럼 족제비처럼 작은 얼굴에 걸린 검은 안경으로 그는 우리 모두를 억눌렀습니다. 결국 우리가 항복했습니다. 품행 평가 부문에서 페트로프와 예고로프의 등급을 낮추었고, 그 아이들을 반성실에 가두고 마침내는 페트로프도 예고로프도 제적시켜버렸던 겁니다. 그에게는 교사들의 집을 찾아다니는 이상한 습관이 있었습니다. 동료 교사를 찾아와서는 앉아서 입을 꾹 다물고 무엇인가를 살피는 분위깁니다. 말없이 그렇게 한두 시간 앉아 있다가 가는 거죠. 그는 이것을 동료들과 친근한 관계를 유지하는 방식이라고 불렀습니다. 우리를 찾아다니고 또 그렇게 앉아 있는 것이 분명 그에게는 고역이었을 겁니다. 그래도 우리를 찾아왔던 건 그것을 동료의 의무라고 생각해서였습니다. 우리, 교사들은 그를 두려워했습니다. 심지어는 교장도 두려워했지요. 생각 좀 해보세요. 우리네 교사들이란 하나같이 생각이 깊고 투르게네프와 셰드린으로 교육받은 매우 점잖은 사람들입니다. 그런데 언제나 덧신을 신고 우산을 들고 돌아다니는 이 사나이가 김나지움 전체를 15년 동안이나 두 손에 틀어쥐고 있었던 겁니다! 김나지움뿐인가요? 도시 전체가 그랬습니다. 우리 부인들네들은 또 어떻고요. 토요일마다 열었던 집안 연극도 개최하지 못했습니다. 혹여 그가 알면 어쩌나 두려워서 말입니다. 사제들도 그가 있는 곳에서는 육식이나 카드놀이를 사양했습니다. 벨리코프 같은 자들의 손아귀 아래서 10년, 15년 지내는 동안 우리 도시 사람들은 모든 것을 두려워하게 되었습니다. 큰 소리로 말하는 것도 편지를 보내는 것도 친교를 나누는 것도 두려워했고, 가난한 사람을 돕고 읽고 쓰는 것을 가르치는 것도 두려워 했으니까요……"

이반 이바니치는 무엇인가 말하고 싶어서 헛기침을 했다. 그러나 우선 그는 파이프 담배를 피우더니 달을 바라보다가 그 다음에야 적당한 간격을 두고 말을 꺼냈다.

"그래요. 생각이 깊고 점잖은 데다가 셰드린과 투르게네프 그리고 버클*까지 읽은 사람들이 복종하고 견디었다니…… 바로 그게 문젭니다."

"벨리코프는 저와 같은 건물에서 살았습니다." 부르킨이 말을 이었다. "같은 층에 문 하나를 사이에 두고 말이죠. 우리는 자주 만났고, 그래서 저는 그가 집에서 어떻게 지내는지 알았지요. 집에서도 똑같았습니다. 헐렁한 실내복에 모자를 쓰고, 창문에는 덧문을 달고, 빗장을 걸었습니다. 온갖 금지와 제한의 연속이었습니다. 아아, 아무 일도 생기지 말아야 할 텐데! 채식만 하면 몸에 해롭지만, 육식을 할 수는 없었지요. 왜냐하면 혹시라도 사람들이 벨리코프가 절식 기간**을 지키지 않는다고 말할까봐 그런 겁니다. 그래서 그는 버터로 튀긴 농어를 먹곤 했지요. 채식도 아니지만, 육식이라고 할 수도 없는 식사였습니다. 사람들이 나쁘게 생각할까 두려워서 하녀도 두지 않았죠. 대신 예순 살쯤 먹은 요리사 아파나시를 들였는데, 그는

---

*헨리 토머스 버클(1821~1889). 영국의 역사학자. 대표작인 《영국문명사》를 통해 인간 정신과 자연 중심의 역사관을 제창했다.
**사순절 등 술과 육식을 금하고 몸가짐을 삼가는 기간.

술에 취해 있는 반미치광이지만 언젠가 졸병 생활을 한 적도 있고 해서 그럭저럭 요리를 할 줄 알았습니다. 아파나시는 늘 두 손을 비비며 문에 서 있었는데, 그러고는 깊은 한숨을 쉬면서 언제나 똑같은 말을 중얼거리는 것이었습니다.

'요즘은 저런 게 유행이야!'

벨리코프의 침실은 마치 상자처럼 작았고, 침대에는 휘장이 드리워 있었습니다. 자려고 누우면서 그는 머리끝까지 담요를 뒤집어썼지요. 덥고 숨이 막혔으며, 바람이 닫힌 문을 두드려 댔습니다. 난로에서는 윙윙하는 소리가 났고, 부엌에서는 불길한 소리가 들렸습니다……

담요 아래서도 두렵긴 마찬가지였습니다. 자신에게 무슨 일이 일어나진 않을까, 아파나시가 칼로 찌르거나 하진 않을까, 도둑이 숨어들진 않을까 두려워했습니다. 밤새 불안한 꿈에 시달렸고, 아침에 함께 김나지움으로 걸어갈라치면 창백한 얼굴에 피로한 기색이 역력했지요. 지금 그가 향하고 있는 사람 많은 김나지움이란 게 그의 전 존재에 반하는 얼마나 끔찍한 곳일지, 천성적으로 고독한 그 사람에게 저와 나란히 걸어간다는 게 얼마나 고통스러울지 알 수 있었습니다.

'학생들이 너무 시끄러워요.' 자신의 고통스러운 감정을 해명하려고 애쓰기라도 하는 것처럼 그가 말했습니다. '비할 바가 없다니까요.'

그런데 이 그리스어 교사가, 상자 속에 든 이 인간이 하마터면 결혼할 뻔 했다니까요."

이반 이바니치가 재빨리 헛간 쪽을 돌아보면서 말했다.

"농담이시죠!"

"아닙니다. 정말 이상한 일이지만 결혼할 뻔했습니다. 역사와 지리를 담당할 신임교사가 임명되었는데, 우크라이나 출신의 미하일 사비치 코발렌코라는 사람이었습니다. 근데 이 사람이 혼자가 아니라, 누나인 바렌카와 함께 온 겁니다. 젊고 키가 크고, 거무스름한 피부에 손도 큼지막했지요. 그래서 얼굴만 봐도 저음으로 말할 것 같은데, 실제로도 목소리가 나무통에서 나는 부—부—부…… 소리 같았습니다. 누나는 나이가 있는 축이어서 서른 살가량이었습니다. 그녀 역시 키가 크고 몸매가 좋았으며 눈썹이 검고 뺨이 붉었지요. 한마디로 말해 요조숙녀라기보다는 말괄량이에 가까웠어요. 쾌활하고 시끄러운 그녀는 한시도 가만있지 않고 우크라이나 로망스를 부르거나 큰 소리로 웃곤 했습니다. 아주 사소한 일에도 높은 목소리로 하하하, 하고 웃기 시작했고요. 지금 기억하기로는 우리와 코발렌코 남매가 처음 정식으로 안면을 튼 것은 교장의 생일날이었습니다. 의무적으로 참석한 터라, 긴장해서 굳어 있는 지루한 교사들 사이에서 우리는 새로운 아프로디테가 거품에서 탄생하는 것을 갑자기 보게 된 것입니다. 그녀는 몸을 뒤로 젖히고 양손을 허리에 대고 돌아다니면서 깔깔대고 노래하며 춤을 추었습니다…… 감정을 잘 실어 〈바람이 분다〉라는 노래를 불렀고, 그다음에는 다른 로망스를, 그리고 또 다른 노래를 불렀지요. 그녀는 우리 모두를, 심지어는 벨리코프마저도 매혹시켰습니다. 그는 그녀 옆에 앉아서 달콤하게 미소 지었습니다.

'우크라이나어는 부드럽고 유쾌한 울림이 고대 그리스어를 떠올리게 합니다.'

그 말이 그녀를 기쁘게 했고, 그녀는 자신이 가자크 지역에 농가를 가지고 있으며, 어머니가 그곳에 사시는데, 배와 참외, 카바키가 어찌나 좋은지 모른다고 아주 확신에 찬 목소리로 쾌활하게 떠들어댔습니다. 우크라이나 사람들은 호박을 카바키라 부르고, 카바키*는 쉰키라고 하지요. 자기네는 보르시**를 끓일 때 붉은색이 도는 버섯과 가지를 넣는데, 그 맛이 정말로 '너무너무 맛있어서 끝내준다'고 하더군요.

그렇게 계속 듣고 있자니, 느닷없이 우리 모두한테 똑같은 생각이 떠올랐습니다.

'저 둘을 혼인시키면 좋겠네요.' 교장 부인이 저에게 나직하게 말했습니다.

어쩐 일인지 우리 모두는 우리의 벨리코프가 결혼하지 않았다는 사실을 떠올렸고, 어떻게 지금까지 그런 인생의 중대사를 생각조차 해보지 않았는지 오히려 의아하게 생각되는 것이었습니다. 그는 여자들을 어떻게 대할까? 본인의 삶에 있어 핵심적인 이 문제를 어떻게 해결하고 있을까? 전에는 우리 모두 이 문제에 아무런 관심도 없었습니다. 아마도 날씨와 무관하게 덧신을 신고 휘장 아래서 잠을 자는 그런 인간이 사랑을 할 수 있

*선술집이라는 뜻의 러시아어.
**고기와 야채를 넣은 러시아 전통 수프.

을 것이라고는 상상조차 하지 못했던 모양입니다.

'저분은 이미 오래전에 마흔을 넘겼고, 여자는 서른 살……' 교장 부인은 자신의 생각을 명확히 했습니다. '저 여자 분이라면 저분에게 시집갈 것 같은데요.'

우리 지역 같은 곳에서는 지루함 때문에 얼마나 많은 일이 벌어지는지요. 불필요하고 어처구니없는 일이 수도 없이 일어나곤 합니다! 정작 필요한 일은 일어나지 않기 때문이기도 하지요. 어쨌든 가정을 꾸린다는 건 상상조차 할 수 없었던 이 벨리코프를 결혼시켜야 한다는 생각이 대체 어디서 느닷없이 찾아온 걸까요? 교장 부인과 장학관 부인 그리고 김나지움의 모든 교사 부인네들은 갑작스럽게 인생의 목표라도 발견한 것처럼 원기를 회복했고 심지어는 예뻐지기도 했습니다. 교장 부인은 극장 특별석을 구했고, 덕분에 우리는 화려하게 빛나는 바렌카가 부채를 손에 들고 행복한 표정으로 앉아 있는 것을 볼 수 있었죠. 그녀 옆에는 껍데기 속에서 집게로 끄집어낸 것처럼 등이 굽고 작은 벨리코프가 자리하고 있었어요. 제가 저녁 모임을 개최하려 하자 부인네들은 벨리코프와 바렌카를 반드시 초대하라고 요구했습니다. 한마디로 기계가 돌아가기 시작한 겁니다. 바렌카도 시집가는 것이 싫은 눈치는 아니었습니다. 남동생 집에서 얹혀사는 것이 그다지 유쾌한 일은 아니니까요. 몇날 며칠이고 남매가 말다툼을 벌이고, 서로 욕지거리를 해댔다는 것은 누구나 알고 있었습니다. 장면 하나를 그려보겠습니다. 코발렌코가 길을 걸어갑니다. 그는 건강하고 키가 큰 껑다리이며, 수를 놓은 셔츠를 입고, 모자 아래로 삐져나온 앞머리가 이마 위로 흘러내렸습니다. 한 손에는 책 다발을 들고, 다른 손에는 두꺼우며 옹이가 많은 지팡이를 들고 있습니다. 그의 뒤를 따라 역시 책을 든 누이가 걸어갑니다.

'그래, 미하일치크. 이 책 안 읽었지!' 누나가 큰 소리로 따지듯이 말합니다. '맹세코 말하지만, 넌 이 책을 읽지 않았어!'

'읽었다고 했잖아!' 지팡이로 보도를 쾅쾅 소리 나게 두들겨 대며 코발렌코가 소리칩니다.

'아아, 맙소사. 민치크! 일반적인 얘길 하는데 어째서 화를 내는 거니?'

'읽었다고 했잖아!' 다시 큰 소리로 코발렌코가 소리를 지릅니다.

집에서도 그들은 마치 남남인 것처럼 언쟁을 벌였습니다. 필시 바렌카는 그런 생활이 지겨웠을 터이고, 자신만의 공간을 원할 겁니다. 게다가 이것저것 따질 계제도 아니었고, 사실 그리스어 교사에게라도 시집을 가야겠다고 생각할 만한 나이였지요. 말이 나온 김에 드리는 얘기지만, 대다수 우리네 처녀들은 상대가 누구든 시집만 가면 된다고들 한답니다. 어찌 됐든 바렌카는 우리의 벨리코프에게 눈이 띄게 호의를 보이기 시작했습니다.

그럼 벨리코프는 어땠을까요? 그는 우리를 찾아오는 것처럼 코발렌코를 찾아갔습니다. 그를 찾아 가서 자리에 앉아서 잠자코 있는 겁니다. 그가 침묵하면, 바렌카는 〈바람이 분다〉를 노래하거나 검은 두 눈으로 생각에 잠겨 그를 바라보거나 혹은 느닷없이 큰 소리로 웃기 시작합니다.
'하하하!'
연애사업, 특히 결혼에서는 다른 사람들의 말이 엄청난 역할을 하는 법이지요. 교사들과 부인네들은 하나같이 벨리코프에게 반드시 결혼을 해야 하며, 그의 인생에서 결혼하는 일 말고는 더 이상 남은 게 없다고 단언하기 시작했습니다. 우리 모두는 그를 축하해주었고, 결혼이란 것은 신중한 발걸음이라는 둥의 잡다하고 속된 말을 엄숙한 얼굴로 말해주었습니다. 게다가 바렌카는 어리석지도 않고, 흥미로운 여자이고, 5등관의 딸이자 자신의 농가를 가지고 있었습니다. 중요한 것은 그녀가 진정성을 가지고 그를 상냥하게 대했던 첫 번째 여자였다는 사실이었습니다. 벨리코프는 머리가 빙글빙글 돌기 시작했습니다. 그리하여 그는 정말로 결혼해야 한다고 결심하기에 이르렀습니다."
"그렇다면 그 사람은 덧신과 우산을 거둬들였겠군요." 이반 이바니치가 말했다.
"그것은 불가능한 일이었습니다. 그는 탁자 위에 바렌카의 사진을 세워놓았고, 뻔질나게 나를 찾아와서는 바렌카와의 결혼 생활에 대해서, 결혼이란 것은 신중한 발걸음이라는 둥 말을 늘어놓았지요. 그는 코발렌코 집안에도 자주 들락날락거렸습니다만, 생활방식은 조금도 변하지 않았습니다. 심지어는 오히려 결혼하겠다는 결정이 그에게 병적으로 작용했습니다. 그는 마르고 창백해졌으며, 자신의 상자 속으로 더 깊이 들어간 것 같았습니다.

'바르바라 사비시나가 마음에 들어요.' 그가 희미하게 억지 웃음을 지으며 내게 말했습니다. '그리고 결혼이란 게 모든 인간에게 꼭 필요한 일이라는 걸 나도 압니다. 하지만…… 아시겠지만 이 모든 게 너무도 급작스럽게 일어난 일이라서…… 좀 더 생각해 봐야겠습니다.'

'뭘 생각한단 겁니까?' 제가 그에게 말했죠. '결혼하세요. 그냥 그러면 돼요.'

'아니에요. 결혼이란 것은 신중한 발걸음입니다. 나중에 어떤 일이 생기지 않으려면 당면한 의무와 책임을 우선 헤아려야 합니다…… 그것 때문에 불안해서 난 요즘 밤에 잠을 이룰 수가 없습니다. 고백합니다만, 나는 두려워요. 그녀와 남동생은 이상한 사고방식을 가지고 이상하게 생각하고 성격도 아주 강합니다. 결혼을 했다가 나중에 어떤 좋지 않은 일에 말려들지도 모를 일입니다.'

그래서 그는 청혼을 하지 않고, 교장 부인과 우리의 모든 부인네들이 엄청나게 짜증을 낼 정도로 차일피일 미루었습니다. 그는 계속해서 당면한 의무와 책임을 헤아렸으며, 그 와중에도 거의 매일 바렌카와 산책했습니다. 아마도 그렇게 하는 것이 그의 처지로서는 필요하다고 생각한 듯했습니다. 그러고는 가정생활에 대해서 이야기하려고 나를 찾아오곤 했습니다. 그리하여 십중팔구는 확실하게, 마침내 그는 청혼을 해서 지루

상자 속에 든 사나이 149

함 때문이거나 혹은 아무것도 할 일이 없어서 하게 되는 다른 수천 가지 일처럼 불필요하고도 어리석은 결혼이란 것을 할 뻔 했습니다. 만일 엄청난 스캔들이 터지지 않았다면 말입니다. 바렌카의 남동생인 코발렌코는 첫 만남에서부터 벨리코프를 증오했으며, 그를 참을 수 없어했다는 사실부터 말씀드려야 하겠습니다.

'정말 알 수가 없군요.' 그가 어깨를 으쓱하며 우리에게 말했습니다. '여러분께서 어떻게 저런 밀고자를, 저 불쾌한 상판대기를 견디고 계신지 이해할 수 없습니다. 아아, 여러분. 어떻게 여기서 살고 계십니까! 이곳 분위기는 숨이 턱턱 막히고 불쾌합니다. 정말로 여러분이 교육자고 교삽니까? 여러분은 공무원이고, 여기는 학문의 전당이 아니라 경찰서예요. 그래서 파출소에서 그런 것처럼 악취가 진동한다고요. 아닙니다, 여러분. 조금만 더 여러분과 생활하다가 저는 고향의 농가로 가서 거기서 새우나 잡고 우크라이나 아이들을 가르칠 겁니다. 저는 갈 테니, 여러분은 여러분의 유다와 함께 여기 남으세요. 죄 지은 놈들은 사라져야 합니다!'

때로 그는 눈물이 날 정도로 낮은 목소리로 껄껄대며 웃었고, 또는 두 팔을 벌리면서 날카롭고 빽빽거리는 목소리로 내게 묻곤 했습니다.

'왜 그자는 절 찾아오는 겁니까? 대체 뭘 원하는 거죠? 앉아서 뚫어져라 바라보기만 하면서.'

심지어 그는 벨리코프에게 '욕심쟁이 거미'라는 별명까지 지어주었습니다. 물론 우리는 그의 누이 바렌카가 '욕심쟁이 거미'한테 시집가려고 한다는 것을 그에게 말해주지 않았습니다. 그런데 언젠가 교장 부인이 그에게 그의 누이가 모든 사람들에게 존경받는 벨리코프 같은 든든한 사람에게 시집을 갔으면 좋겠다고 넌지시 말하자 그는 얼굴을 찌푸리면서 투덜거리는 것이었습니다.

'내가 알 바 아닙니다. 독사한테 시집을 가든지 말든지 맘대로 하라고 하세요. 남의 일에 끼어들고 싶지 않으니까요.'

그다음에 어떻게 되었는지 들어보세요. 어떤 장난꾸러기가 캐리커처를 그렸습니다. 덧신을 신고, 바지를 조금 걷어 올리고, 우산을 든 벨리코프가 바렌카의 손을 잡고 걸어갑니다. 그림 아래 '사랑에 빠진 안트로포스'라는 서명이 들어 있습니다. 정말로 딱 들어맞는 놀라운 제목이었습니다. 아무래도 그 화가는 하룻밤에 작업을 끝낸 것 같지는 않았습니다. 남녀 김나지움 교사들과 신학교 교사들 그리고 직원들까지 한 사람도 빼놓지 않고 모두 그림을 받았으니까요. 벨리코프도 하나 받았습니다. 캐리커처는 그에게 지극히 고통스러운 인상을 불러일으켰습니다.

우리는 함께 집을 나섰습니다. 5월 초하루, 일요일이었습니다. 교사들과 김나지움 학생들 전원이 김나지움에 모여 다 같이 걸어서 도시 근교의 숲에 가기로 한 날이었습니다. 집을 나섰습니다만, 그의 얼굴은 비구름보다 더 음울한 흙빛이었습니다.

'정말로 사악하고 나쁜 사람들입니다!' 그가 말했습니다. 이렇게 말하는 그의 입술은 떨리고 있었습니다.

저는 그가 가엾어졌습니다. 우리가 걸어가고 있는데, 코발렌코가 자전거를 타고 가는 것이었습니다. 그 사람 뒤에서 바렌카가 역시 자전거를 타고 갔는데, 그녀의 얼굴은 온통 빨개졌고, 지쳐 보였지만 쾌활하고 기분 좋은 모습이었습니다.

'우리 먼저 갑니다!' 그녀가 소리쳤습니다. '정말로 기막힌 날씨에요. 엄청나게 좋은 날씨라고요!'

두 사람이 시야에서 사라졌습니다. 벨리코프의 안색이 흙빛에서 흰색으로 변하기 시작했는데, 마치 마비라도 된 듯했습니다. 걸음을 멈추더니 그가 나를 바라보았습니다……

'미안합니다만, 이게 대체 뭐죠?' 그가 물었습니다. '필시 내가 뭘 잘못 본 게 아닐까요? 김나지움 교사와 여성이 자전거를 타고 다니는 것이 점잖은 행동입니까?'

'그렇지 않을 건 또 뭡니까?' 내가 말했습니다. '자전거를 타면 건강에도 좋은 것 아닙니까.'

'아니, 어떻게 그럴 수가?' 저의 평온함에 놀라면서 그가 소리쳤습니다. '무슨 말씀을 하시는 겁니까!'

그는 너무나도 경악한 나머지 더 이상 걷고 싶은 마음이 없어져서 집으로 돌아갔습니다.

다음 날에도 그는 시종일관 두 손을 신경질적으로 비벼대며 깜짝깜짝 놀라는 것이었습니다. 얼굴에는 언짢은 기색이 역력했습니다. 급기야는 조퇴를 하고야 말았는데, 그것은 그의 인생에서 처음 있는 일이었습니다. 점심도 먹지 않았습니다. 마당에는 여름 날씨가 한창이었는데도 저녁나절에 그는 따뜻하게 옷을 챙겨 입고서 코발렌코 남매에게 느릿느릿 걸어갔습니다. 바렌카는 집에 없었고, 그래서 그는 남동생만 만났습니다.

'앉으십시오.' 코발렌코는 냉담하게 말하고는 눈썹을 찌푸렸습니다. 아직 잠이 덜 깬 얼굴이었습니다. 방금 전에 점심을 먹고 쉬고 있던 터라 기분이 별로 좋지 않았습니다.

한 10분 정도 말없이 앉아 있던 벨리코프가 말문을 열었습니다.

'마음의 부담을 덜고자 찾아왔습니다. 정말로 몹시 괴롭습니다. 어떤 중상모략하는 놈이 나와 어떤 귀한 분을 희화적으로 그렸는데, 그분은 선생과 나 두 사람 모두에게 가까운 사람입니다. 이것은 나와는 아무런 관련도 없다는 사실을 선생께 보증하는 것이 나의 도리라고 생각합니다…… 나는 그런 조롱거리가 될 만한 어떤 빌미도 제공한 적이 없어요. 그와는 반대로 나는 언제나 아주 점잖게 처신해왔습니다.'

코발렌코는 뾰로통해서는 입을 꾹 다물고 앉아 있었습니다. 벨리코프는 잠시 기다렸다가 나직하고도 슬픈 목소리로 말을 이었습니다.

'거기 덧붙여 드릴 말씀이 더 있습니다. 나는 오래전부터 근무해 왔고, 선생은 이제 막 근무를 시작했습니다. 그래서 나는 나이 든 동료로서 선생에게 경고를 해주는 것이 의무라고 생각합니다. 선생은 자전거를 타고 다니는데, 이런 오락은 젊은이들을 교육하는 사람으로서는 부적절한 짓입니다.'

'왜 그런 겁니까?' 코발렌코가 처음으로 물었다.

'여기에 더 설명해야 할 것이 있습니까, 마하일 사비치? 정말로 모르시겠어요? 만일 교사가 자전거를 타고 다닌다면, 학생들은 어떻게 되는 겁니까? 물구나무라도 서서 다닐까요? 게다가 공문으로 허가되지 않은 사항이라면 해서는 안 되는 겁니다. 나는 어제 깜짝 놀랐습니다! 선생의 누님을 보는 순간 눈앞이 아찔했어요. 숙녀분들이나 소녀들이 자전거를 타다니, 이건 끔찍한 일입니다!'

'대체 뭘 원하는 겁니까?'

'미하일 사비치. 내가 바라는 건 딱 한 가지, 선생에게 경고하는 것입니다. 선생은 젊은 사람이고, 앞길이 창창합니다. 그러니 아주 신중하게 처신해야 합니다. 그런데 선생은 너무나도 무례한 태도를 취하고 있어요. 아아, 얼마나 무례하게 굴고 있는지! 선생은 수가 놓인 셔츠를 입고 무슨 책인가를 들고 언제나 거리를 쏘다니고 있지요. 그런데 이제 한 술 더 떠서 자전거까지. 선생과 누이가 자전거를 타고 다닌다는 사실을 교장 선생님이 알게 되고, 훗날 감독관의 귀에까지 들어간다면······ 뭐가 좋겠습니까?'

'나와 누이가 자전거를 타고 다니는 것은 누구에게도 문제되지 않습니다!' 코발렌코는 그렇게 말하고 나서는 얼굴이 시뻘겋게 되었습니다. '우리 집안일이나 가족사에 끼어드는 놈이 있으면 아주 박살을 내주겠어.'

벨리코프는 창백한 얼굴로 자리에서 일어났습니다.

'그런 어조로 이야기할 생각이라면, 난 더 이상 대화를 계속할 수 없습니다.' 그가 말했습니다. '그리고 부탁합니다만, 내가 있는 자리에서 상관에 대해서 그렇게 말하지 마세요. 선생은 존경심을 가지고 상관을 대해야 합니다.'

'내가 상관한테 욕지거리라도 했단 얘깁니까?' 악의를 품은 눈길로 그를 바라보면서 코발렌코가 물었습니다. '제발이지 날 그만 내버려두세요. 나는 정직한 인간이고, 당신 같은 사람과는 말을 섞고 싶지 않습니다. 밀고자는 질색이에요.'

벨리코프는 신경이 너덜너덜해진 듯했고, 얼굴에는 공포의 빛이 역력했습니다. 그는 서둘러 옷을 입기 시작했지요. 그로서는 난생처음 그런 거친 말을 들은 것이었습니다.

'선생 하고 싶은 대로 말해도 좋아요.' 현관에서 계단참으로 나가면서 그가 말했습니다. '하지만 미리 경고해두겠소. 만일 누군가가 우리가 하는 말을 들었다면, 그래서 사람들이 우리 대화를 곡해하지 않고 아무 일도 일어나지 않게 하기 위해 필요하다면 나는 우리 대화의 내용을 교장 선생님께 보고해야 합니다…… 주안점을 말이죠. 그것이 나의 의무예요.'

'보고를 하겠다고? 하시오! 가서 보고하시라고!'

코발렌코는 뒤에서 그의 목덜미를 움켜잡고는 밀쳐버렸습니다. 그 바람에 덧신이 부딪히는 요란한 소리를 내면서 벨리코프는 계단을 따라 아래로 굴러 떨어졌습니다. 계단은 높고 가팔랐지만, 그는 맨 아래까지 무사히 굴러 떨어졌어요. 자리에서 일어나면서 그는 안경이 무사한지 확인하려고 코를 만져보았습니다. 그런데 그가 계단을 따라 굴러 떨어진 바로 그 순간 바렌카가 두 명의 부인과 함께 들어왔습니다. 그들은 아래에 서서 모든 것을 보았던 것입니다. 벨리코프에게는 그것이 무엇보다 무서웠습니다. 웃음거리가 되느니 차라리 목이나 두 다리가 부러지는 편이 나았던 것이죠. 그도 그럴 것이 이제 온 도시가 알게 될 것이고, 교장과 감독관의 귀에까지 들어갈 테니까요. 아아, 아무런 일도 일어나지 않아야 할 텐데 말입니다! 사람들은 새로운 캐리커처를 그릴 것이고, 따라서 이 모든 것은 그가 사표를 내는 것으로 끝나게 될 것이었습니다……

그가 몸을 일으키자 바렌카는 그를 알아보았습니다. 그의 우스꽝스러운 얼굴과 구겨진 외투와 덧신을 보면서, 무슨 일이 벌어진 것인지 알지 못한 채 그가 잘못하여 우연히 굴러 떨어졌다고 생각한 그녀는 억제하지 못하고 집 전체가 떠나가라고 웃어대기 시작했습니다.

'하하하!'

그리하여 큰 소리로 울려 퍼지는 이 '하하하'로 인하여 모든 것은 끝이 났습니다. 혼담도, 지상에서의 벨리코프의 삶도 말이죠. 그에게는 바렌카가 말하는 것도 이미 들리지 않았고, 아무것도 보이지 않았습니다. 자기 집으로 돌아오자 그는 무엇보다 먼저 탁자에서 사진을 치워버렸고, 그다음에는 자리에 누워서 더 이상 일어나지 않았습니다.

사흘쯤 지나자 아파나시가 저한테 오더니 의사를 불러야 하지 않겠느냐고 물었습니다. 주인의 상태가 심상치 않았던 것입니다. 저는 벨리코프에게 갔습니다. 그는 담요로 몸을 감싼 채 휘장 아래 누워서 침묵했습니다. 뭔가를 물어봐도 가타부타만 대답할 뿐, 아무런 소리도 내지 않았습니다. 그는 누워 있고, 음울한 표정으로 얼굴을 찌푸린 아파나시는 주변을 어슬렁거리면서 연신 깊은 한숨을 내쉬는 것이었습니다. 그에게서는 마치 술집에서 나는 것처럼 보드카 냄새가 진동을 했습니다.

그리고 한 달 뒤, 벨리코프는 사망했습니다. 김나지움과 신학교에 재직했던 우리 모두가 그의 장례를 치렀습니다. 관에 누워 있는 그의 표정은 온유하고 만족스럽고 심지어는 유쾌해 보이기까지 했습니다. 마치 이제는 더 이상 나가지 않아도 될 상자 속에 마침내 자리하게 된 것이 기쁜 것 같았습니다. 그렇습니다. 그는 자신의 이상을 달성한 것입니다! 마치 그에게 경의를 표하기 위해서 그런 것처럼 장례식이 진행되는 동안 내내 흐리고 비가 오는 날씨였습니다. 그래서 우리 모두는 덧신을 신고 우산을 들고 있었습니다. 바렌카도 장례식장에 왔는데, 관이 무덤 속으로 들어갈 때 울음을 터뜨렸습니다. 우크라이나 여성들은 언제나 울거나 웃거나 한다는 사실, 즉 그들에게 중간의 기분은 없다는 사실을 알게 되었습니다.

고백합니다만, 벨리코프 같은 사람의 장례를 치른다는 것은 매우 만족스러운 일입니다. 묘지에서 돌아올 때 우리는 공손하고 엄숙한 표정이었습니다. 누구도 이런 만족감을 드러내고 싶어하지 않았습니다. 아주 오래전에, 그러니까 유년 시절에나 느꼈을 법한 느낌이었습니다. 어른들이 집을 비우고 난 후 완전한 자유를 만끽하면서 한 시간이고 두 시간이고 맘껏 정원을 뛰어다닐 때 맛보았던 것과 유사한 감정 말입니다. 아아, 자유, 자유! 자유가 주어질지도 모른다는 암시만으로도, 희미한 기대만으로도 영혼에 날개가 돋았던 것이지요! 안 그렇습니까?

우리는 좋은 기분으로 묘지에서 돌아왔습니다. 하지만 일주일도 채 지나지 않아서 삶은 전과 다름없이 가혹하고 피로하며 무의미한 것이 되어 흘러가는 것이었습니다. 공문으로 금지되지는 않았지만, 그렇다고 완전하게 허용되지도 않은 그런 삶 말이죠. 나아진 것은 없었습니다. 정말이지 우리는 벨리코프를 장사 지냈지만, 아직도 얼마나 많은 사람들이 그렇게 상자 속에 남아 있을 것이며, 그런 사람들이 앞으로는 또 얼마나 많을까요!"

"그렇다마다요." 이반 이바니치가 이렇게 말하고는 파이프 담배를 피우기 시작했다.

"그런 사람들이 또 얼마나 많을까요!" 부르킨이 되풀이했다.

김나지움 교사가 헛간 밖으로 나왔다. 키는 별로 크지 않고 뚱뚱하며 완전히 머리가 벗겨진 사내로, 검은 수염을 허리까지 닿을 정도로 길게 기르고 있었다. 개 두 마리가 그를 따라 함께 나왔다.

"아하, 달, 달이군요!" 위쪽을 바라보며 그가 말했다.

이미 한밤중이었다. 오른쪽으로 마을 전체가 보였고, 기나긴 길이 5베르스타 쯤 멀리까지 뻗어 있었다. 모든 것이 고요하고 깊은 잠에 잠겨 있어서 자연 속에서 그토록 고요할 수 있는지 믿기 어려울 정도로 움직임도 소리도 전혀 없었다. 달밤에 농가와 건초더미 그리고 잠든 버드나무를 낀 드넓은 마을길을 보노라면 영혼 또한 고요해지는 법이다. 밤 그림자의 어둠 속에서, 노동과 근심 그리고 슬픔을 벗어난 이런 평안 속에서 영혼은 온유하고 슬프며 아름다운 것이어서 별마저 그 영혼을 달콤하고 감동적으로 바라보며, 악은 이미 지상에 존재하지 않고, 모든 것은 무사태평한 것처럼 보이는 것이었다. 왼쪽 마을 끄트머리부터 들판이 시작되고 있었다. 들판은 멀리 지평선까지 이어져, 이 들판이 다하는 곳까지 달빛이 들어차 있었지만, 그곳 역시 어떠한 미동도 작은 소리도 없이 고요했다.

"그렇다마다요." 이반 이바니치가 되풀이해서 말했다. "우리가 도시의 무더위와 답답함 속에서 살아가며, 불필요한 서류를 써대고, 카드놀이를 하는 것, 이것이 상자 아닐까요? 우리가 나태한 인간들과 소송을 즐기는 사람들 그리고 어리석고 게으른 여자들 사이에서 평생을 보내고, 온갖 헛소리를 말하고 듣는 것, 이것이 상자 아닐까요? 원하신다면 무척 교훈적인 이야기를 해드리겠습니다."

"아닙니다. 이미 잘 시각입니다." 부르킨이 말했다. "안녕히 주무십시오."

두 사람은 헛간으로 들어가 건초 위에 누웠다. 두 사람이 막 담요를 덮고 잠이 들려 하는데, 갑작스럽게 또각또각 하는 경쾌한 발소리가 들려왔…… 헛간에 멀지 않은 곳을 누군가 돌아다니고 있었다. 잠시 걸어 다니다가 멈추고는 10분 남짓

또각또각 소리를 내는 것이었다…… 개들이 짖어대기 시작했다.

"마브라가 돌아다니는 겁니다." 부르킨이 말했다.

발소리가 잦아들었다.

"우리는 사람들이 거짓말하는 것을 보고 듣습니다." 이반 이바니치가 반대쪽으로 몸을 돌리면서 말했다. "이런 거짓말을 참기 때문에 사람들은 그를 바보라고 부릅니다. 빵 한 조각 때문에, 따뜻한 방 한 칸 때문에, 아무런 가치도 없는 관직 때문에 모욕과 하대를 견디고, 자신이 순수하고 자유로운 사람들의 편에 서 있다는 것을 대놓고 말하지 못하고, 스스로에게 거짓말하고 미소 짓는 겁니다. 안 됩니다. 더 이상 그렇게는 살 수 없습니다!"

"하지만 그건 이미 다른 얘깁니다, 이반 이바니치." 교사가 말했다. "그만 잡시다."

10분 쯤 지나자 부르킨은 이미 잠들었다. 하지만 이반 이바니치는 계속 전전반측하며 한숨을 내쉬었다. 그러더니 자리에서 일어나 다시 밖으로 나갔다. 그는 문 옆에 주저앉아, 파이프 담배를 피우기 시작했다.

구스베리
(1898년)

이른 아침부터 하늘 전체가 비구름으로 덮여 있다. 잿빛의 음산한 날들이 으레 그렇듯이 고요하고 무료했지만 덥지는 않았다. 들판 위에는 이미 오래전부터 비구름이 드리워 있어서 비가 오려니 했지만 비는 오지 않았다. 수의사 이반 이바니치와 김나지움 교사인 부르킨은 벌써 걷는 일에 지쳐버렸고, 들판은 끝이 없는 것처럼 생각되었다. 앞쪽 저 멀리 미로노시츠코예 마을의 풍차방앗간들이 간신히 눈에 들어오기 시작했고, 오른쪽으로는 일련의 언덕들이 길게 뻗어나가다 마을 너머로 사라졌다. 그들 두 사람은 여기가 강변이고, 건너편에는 초지와 초록의 버드나무들과 장원들이 있다는 사실을 알고 있었다. 언덕 중 하나 위에 올라서면 또다시 펼쳐지는 거대한 벌판과 전신국 그리고 멀리서 보면 기어 다니는 유충처럼 보이는 열차가 보이고, 쾌청한 날에는 도시까지도 시야에 들어왔다. 지금처럼, 모든 자연이 온유하고 생각에 잠긴 것처럼 보이는 고요한 날씨에 이반 이바니치와 부르킨은 눈앞에 펼쳐진 들판에 대한 사랑으로 충만했다. 두 사람은 이 나라가 얼마나 위대하고 아름다운지 생각했다.

"지난번 우리가 프로코피 촌장의 헛간에 머물렀을 때 말입니다." 부르킨이 말했다. "어떤 이야기를 말씀하시고자 하셨는데요."

"그래요. 그때 동생에 대한 이야기를 하고 싶었지요."

이반 이바니치는 천천히 한숨을 쉬더니 이야기를 시작하려고 파이프 담배를 피워 물었다. 그런데 바로 그때 비가 오기 시작했다. 5분 정도 지나자 거센 장대비가 쏟아졌고, 언제 멈출지 예측하기 어려운 지경이 되었다. 이반 이바니치와 부르킨은 잠시 멈춰 서서 생각했다. 이미 흠뻑 젖어버린 개들도 꼬리를 말아 넣고선 유순한 눈으로 그들을 바라보았다.

"어디로든 몸을 피해야겠습니다." 부르킨이 말했다. "알료힌에게 갑시다. 여기서 가깝습니다."

"가십시다."

그들은 옆길로 방향을 바꾸어, 큰길이 나올 때까지 때로는 곧바로 때로는 오른쪽으로 방향을 틀면서 수확이 끝난 들판을 따라 걸었다. 포플러나무와 정원, 그리고 창고의 붉은 지붕이 이내 모습을 드러냈다. 강이 반짝이더니 방앗간과 하얀 목욕장이 딸려 있는 드넓은 하구로 열려진 풍경이 드러났다. 여기가 알료힌이 살고 있는 소피노였다.

빗소리를 잠재우듯 큰 소리를 내며 방앗간은 돌아가고 있었고 제방이 흔들리는 듯했다. 짐마차 부근에는 비에 젖은 말들이 머리를 숙인 채 서 있고, 가마니를 뒤집어쓴 사람들이 오가고 있었다. 축축하고 더럽고 불편한 탓으로 하구의 풍경은 마치 차갑고 악의에 차 있는 것 같아 보였다. 이반 이바니치와 부르킨은 온몸이 축축하고 더럽고 불편하게 느껴졌고, 제방을 지나갈 때 진창길을 걷느라 두 다리가 무거웠다. 주인의 창고 쪽으로 올라가는 내내, 두 사람은 마치 서로에게 화가 난 것처럼 입을 꾹 다물었다.

어느 창고에선가 키질하는 소리가 들렸다. 문이 열려 있었고, 그곳으로부터 먼지가 몰려 나왔다. 문지방에는 알료힌 이 서 있었는데, 마흔 살 가량의 남성으로 키가 크고 포동포동했으며 머리가 길었다. 그래서인지 지주라기보다는 교수나 화가에 더 가까워 보였다. 그는 오래도록 세탁하지 않은 밧줄 같은 띠무늬가 있는 하얀 셔츠를 입었으며, 바지 대신 속바지 차림이었다. 장화에도 먼지와 지푸라기가 달라붙어 있었다. 코와 두 눈은 먼지 때문에 까맸다. 그는 이반 이바니치와 부르킨을 알아보았고, 분명히 매우 기뻐하는 눈치였다.

"자, 여러분. 집으로 들어가시지요." 미소 지으면서 그가 말했다. "저도 곧 가겠습니다."

커다란 이층집이었다. 알료힌은 아치 모양의 천장에 작은 창문들이 달려 있는 아래층 방 두 개를 사용하고 있었다. 예전에 관리인들이 살던 곳으로 가구는 소박했으며, 호밀 빵과 값싼 포도주 그리고 마구(馬具) 냄새가 풍겼다. 손님들이 오는 경우가 아니라면 그가 위층에 있는 화려한 방에 머무는 법은 거의 없었다. 하녀가 집 안에서 이반 이바니치와 부르킨을 맞이했는데, 젊고 너무나도 아름다워서 두 사람이 즉시 걸음을 멈추고 서로를 잠시 바라볼 지경이었다.

"두 분이 오셔서 얼마나 기쁜지 상상도 못하실 겁니다, 여러분." 그들과 함께 현관으로 들어서면서 알료힌이 말했다. "정말이지 생각도 못했습니다! 펠라게야!" 그가 하녀에게 말했다. "손님들께 갈아입을 걸 좀 내드려요. 이참에 나도 옷을 바꿔 입어야겠군요. 우선 몸을 씻으러 가야겠습니다. 아마 봄부터 씻지 않은 것 같네요. 두 분도 목욕장으로 가시지 않겠습니까? 그동안 채비를 해놓을 겁니다."

아름다운 펠라게야가, 그토록 우아하고 외모가 부드러운 펠라게야가 수건과 비누를 가져왔다. 알료힌과 손님들은 목욕장으로 걸어갔다.

"그렇습니다, 목욕하지 않은 지가 제법 오래되었습니다." 옷을 벗으면서 그가 말했다. "보시다시피 저희 집 목욕장은 좋습니다. 아버지께서 지으셨지요. 그런데 어쩌다 보니 씻을 틈이 없어서요."

그는 계단에 앉아서 긴 머리털과 목을 씻었다. 그의 주변에 있던 물이 갈색으로 변했다.

"그러네요, 솔직히 말씀드려서······." 그의 머리를 보면서 이반 이바니치가 의미심장하게 말했다.

"오랫동안 목욕을 하지 않았습니다." 알료힌이 겸연쩍어하면서 되풀이해 말했다. 다시 한 번 몸을 씻자 잉크가 퍼지듯 그의 주변에 있던 물이 군청색으로 변했다.

이반 이바니치는 밖으로 나가서 첨벙하는 소리와 함께 물속으로 몸을 던졌다. 그는 두 팔을 크게 저으며 빗속에서 수영을 했다. 그로 인해서 파도가 생겨났고, 파도 위로 백합꽃들이 일렁였다. 그는 하구 한가운데까지 헤엄쳐가 자맥질했다. 1분쯤 뒤에 그는 다른 곳에 모습을 드러내더니 더 멀리 헤엄쳤다. 그러고는 바닥에 닿으려는 듯 연신 자맥질을 하는 것이었다. "아아, 이런……" 그는 즐거워하며 이렇게 되풀이했다. "아아, 이런……" 그는 방앗간까지 헤엄쳐 갔으며, 거기서 농부들과 무엇인가에 대해 잠시 말하더니 방향을 되돌렸다. 하구 한가운데서 그는 내리는 비를 향해 얼굴을 돌리고 누웠다. 부르킨과 알료힌은 이미 옷을 입고 떠날 차비를 했지만, 그는 계속 헤엄치면서 자맥질했다.

"아아, 이런……" 그가 말했다. "아아, 이런."

"이제 그만하시죠!" 부르킨이 그에게 소리쳤다.

그들은 집으로 돌아왔다. 커다란 응접실에 램프가 밝혀지고, 풍덩한 실내복을 입고 따뜻한 슬리퍼를 신은 부르킨과 이반 이바니치가 안락의자에 자리를 잡고, 몸을 씻고 빗질을 한 알료힌이 새 프록코트를 입고 유쾌한 기분으로 따뜻함과 청결함, 마른 옷과 가벼운 신발의 감촉을 느끼며 응접실을 돌아다니고, 부드러운 미소를 띤 펠라게야가 소리도 없이 양탄자 위를 걸으면서 쟁반 위에 잼이 든 차를 내오고 난 후에야 비로소 이반 이바니치는 이야기를 시작하려고 했다. 그러자 부르킨과 알료힌만이 아니라, 도금된 액자 속에서 평온하고도 엄격하게 이쪽을 응시하던 노부인과 젊은 부인들과 군인들 역시 그의 말에 귀를 기울이는 것처럼 보였다.

"우리 집은 형제가 둘입니다." 이반 이바니치가 말을 시작했다. "나는 이반 이바니치이고, 아우는 나보다 두 살 어린 니콜라이 이바니치입니다. 나는 학문 분야로 나가 수의사가 되었지만, 니콜라이는 열아홉 살부터 세무감독국에서 근무했습니다. 우리 아버지 침샤-기말라이스키는 칸토니스트* 출신으로, 복무를 계속해서 장교가 된 후 우리에게 세습 할 수 있는 귀족 직위와 작은 영지를 남기셨지요. 영지는 아버지가 세상을 떠나신 후 빚 때문에 남의 손에 넘어갔습니다만, 어쨌든 우리는 유년 시절을 시골에서 자유롭게 보냈습니다. 농부의 자식들과 마찬가지로 밤낮으로 들판과 숲을 쏘다녔고, 말을 돌보았으며, 버드나무나 보리수 껍질을 벗겼고, 물고기를 잡기도 했고, 뭐 그 이외에도 여러 가지……. 아시겠습니다만, 살면서 단 한 번만이라도 농어를 잡아봤거나 혹은 맑고 서늘한 낮에 시골 가을 하늘을 떼 지어 날아다니는 매혹적인 개똥지빠귀들을 본 사람이라면 그는 이미 도시 사람이 아닙니다. 아마 죽을 때까지 자

---

*러시아에서 1856년까지 강제로 모병한 소년병을 가리킴. 이들은 특히 1853년 10월부터 1856년 2월까지 러시아와 연합국 사이에 벌어진 크림 전쟁에서 활약한 것으로 알려져 있다. 당시 연합국에는 영국, 프랑스, 사르데냐 왕국과 오스만 제국이 참가하였다.

유롭게 시간을 보내려고 할 테니까요. 내 동생은 세무감독국에서 계속 괴로워했습니다. 시간은 흘러만 가는데 동생은 여전히 같은 자리에 앉아 똑같은 서류들을 작성하며 계속 시골로 돌아갈 생각만 했던 겁니다. 동생의 이런 괴로움은 강변이나 호숫가 주변 어딘가에 작은 영지를 사겠다는 바람이나 꿈으로 조금씩 변형되어 나타나게 되었습니다.

동생은 선량하고 온유한 사람이었고, 나는 그런 녀석을 사랑했습니다. 하지만 평생을 자기 소유의 영지에 스스로를 유폐하려는 이런 바람에 나는 결코 공감할 수 없었습니다. 사람에게는 3아르신* 정도의 땅만 있으면 된다고들 합니다. 하지만 그 3아르신의 땅이란 것은 살아 있는 사람이 아니라 송장에게나 필요한 법이죠. 그리고 요즘에는 또 우리 같은 지식인들이 땅에 마음이 끌려서 영지를 가지려고 애쓰는 것은 좋은 일이라고들 이야기합니다. 하지만 이 영지란 것 또한 결국 3아르신의 땅과 같은 겁니다. 도시로부터 투쟁으로부터 속세의 소음으로부터 벗어나서 자신의 영지에 몸을 숨기는 것, 이것은 인생이 아니라 이기주의, 게으름일 뿐입니다. 일종의 수도 생활이지만, 공적이 없는 수도 생활이지요. 사람에게는 3아르신의 땅이나 영지가 아니라, 지구 전체와 모든 자연이 필요합니다. 그곳에서야 비로소 인간은 자유로운 영혼의 모든 본성과 특징을 발현할 수 있을 겁니다.

* 미터법 이전의 러시아 길이단위로 70센티미터가량이다. 3아르신은 약 2미터로 톨스토이의 〈사람에게는 얼마의 땅이 필요한가〉에 나오는 이야기이다.

내 동생 니콜라이는 사무실에 앉아서, 온 마당에 구수한 냄새를 풍겨대는 양배추 수프를, 그것도 풀밭 위에서 먹는 것을, 양지에서 잠을 자고 대문 뒤 벤치에 앉아서 몇 시간이고 들판과 숲을 바라보는 것을 꿈꾸었던 것입니다. 농업 관련 서적들과 달력에 나와 있는 온갖 종류의 조언들이 그의 기쁨이자 마음의 양식이 되었지요. 동생은 신문 읽는 것도 좋아했는데, 신문에서 읽는 것이라고는 오직 영지와 하천, 정원과 방앗간 그리고 물이 흐르는 연못이 딸린 어느 정도 면적의 경지와 초지가 매물로 나와 있는지에 대한 광고뿐이었습니다. 그의 머릿속에서는 정원의 길과 꽃, 과일과 찌르레기 새장, 연못 속의 붕어, 그런 온갖 종류의 것들이 그려졌던 것이지요. 이런 상상도는 그가 맞닥뜨리는 광고에 따라 다채로웠지만 무슨 까닭인지 구스베리는 반드시 들어 있었습니다. 구스베리가 없는 그 어떤 영지도, 그 어떤 매혹적인 공간도 생각할 수 없었던 것이지요.

'농촌 생활에는 나름의 편리가 있어요.' 그는 몇 번이고 이렇게 말하곤 했습니다. '발코니에 앉아서 차를 마시고, 연못에서는 오리가 떠다니고, 기막힌 향기가 나고, 그리고…… 그리고 구스베리가 자라고 말이죠.'

동생이 영지의 설계도를 그리면, 어느 경우에도 설계도에는 똑같은 것이 나와 있었습니다. 가)지주의 저택, 나)하인방, 다)채마밭, 라)구스베리. 동생은 인색하게 살았습니다. 충분히 먹지도 마시지도 않았고, 옷도 마치 거지처럼 볼품없이 입었어요. 그러면서 계속 돈을 모아 은행에 맡겼습니다. 무서우리만큼 탐욕스러웠지요. 그런 동생을 바라보는 것이 괴로워 나는 이것저것 주었고, 명절에는 선물을 부쳐주기도 했습니다. 하지만 그것마저 감춰버리더군요. 사람이 어떤 생각에 사로잡히게 되면, 아무 방도가 없는 법이죠.

세월이 흘러서 동생은 다른 지방으로 옮겨 갔습니다. 벌써 마흔 살이 넘었지만 여전히 신문에 난 광고를 읽고 저축을 계속 했지요. 그 후에 들자하니 동생이 결혼을 했다는 겁니다. 여전히 구스베리가 딸린 영지를 구입하겠다는 하나의 목적을 가지고 아무런 감정도 없이 늙고 못생긴 과부와 결혼한 것이었습니다. 단지 그 여자한테 돈이 좀 있었다는 이유로 말입니다. 동생은 계수와 더불어 인색하게 생활했습니다. 아내를 절반쯤은 굶겼고, 그녀의 돈은 자신의 명의로 은행에 맡겼습니다. 예전에 그녀가 우체국장의 아내였을 때에는 피로그*라든지 과실주는 넉넉하게 먹었는데, 두 번째 남편한테서는 흑빵조차 마음껏 먹지 못했지요. 그런 생활 때문에 여자는 쇠약해지기 시작했고, 한 3년 뒤에 갑자기 숨을 거두었습니다. 물론 동생은 그녀의 죽음에 자기가 책임이 있다는 생각은 한순간도 하지 않았습니다. 보드카처럼 돈도 사람을 이상한 존재로 만들곤 합니다. 내가 사는 도시에서 한 상인이 죽었는데, 죽기 전에 그자는 꿀을 한 접시 달라고 하더니 가지고 있던 모든 돈과 복권을 꿀과 함께 먹어버렸습니다. 어느 누구에게도 돈이 넘어가지 않게 할

*밀가루로 반죽하여 그 사이에 잼이나 고기 등을 다져 넣은 만두나 빵과 비슷한 러시아 전통 음식.

요량이었던 겁니다. 한번은 정거장에서 한 무리의 가축을 돌보고 있었는데, 그때 한 중개업자가 기관차에 깔려 한쪽 다리가 잘려나갔습니다. 우리는 그를 응급실로 옮겼습니다. 피가 어찌나 흐르던지 정말 끔찍했죠. 그런데 그자는 다리를 찾아달라고 계속해서 부탁을 하고 안절부절못하는 거였습니다. 잘려나간 다리에 신겨 있던 장화에 20루블이 들어 있었는데, 그걸 못 쓰게 되지나 않을까 걱정했던 겁니다."

"이야기가 옆길로 샜군요." 부르킨이 말했다.

"아내가 죽은 뒤에," 잠시 생각하더니 이반 이바니치가 말을 이었다. "동생은 영지를 물색하기 시작했습니다. 5년을 찾아다닌다 해도 결국 자기가 꿈꾸던 것과는 전혀 다른 영지를 사게 되는 법이죠. 내 동생 니콜라이는 중개인을 통해서 빚을 안고 112데샤티나*의 영지를 구입했습니다. 지주의 저택과 하인방, 정원이 딸려 있었지만, 과수원도 구스베리도 오리가 노니는 연못도 없었습니다. 강이 있었습니다만, 그곳의 물은 커피 색깔이었죠. 왜냐하면 영지의 한쪽은 벽돌 공장이었고, 다른 쪽은 화장터였기 때문입니다. 하지만 나의 니콜라이 이바니치는 전혀 슬퍼하지 않았습니다. 동생은 스무 그루의 구스베리를 주문해 심은 다음에 지주의 삶을 시작했습니다.

작년에 나는 동생을 찾아갔습니다. 그곳에서 뭘 어떻게 하고 사는지 가서 보자, 하고 생각한 겁니다. 편지에서 동생은 자

---

*미터법 이전에 사용되던 러시아 지적단위로 1데샤티나는 약 1만 제곱미터이다.

신의 영지를 '춤바로클로바 황무지, 다시 말하면 기말라이스코예'라고 불렀습니다. 나는 그날 오후에 '다시 말하면 기말라이스코예'에 도착했습니다. 더웠습니다. 도처에 시궁창과 담장, 울타리가 있었고 전나무가 줄 지어 심어져 있었습니다. 그래서 어떻게 마당으로 들어가야 하는지, 말은 어디에 매야 하는지 알 수 없었죠. 집으로 걸어가자니 돼지를 닮은 붉은 털의 뚱뚱한 개가 나를 맞이했습니다. 마찬가지로 돼지를 닮은 뚱뚱한 여자 요리사가 맨발로 부엌에서 나오더니 나리께서는 점심을 드시고 쉬고 계신다고 말하더군요. 동생한테 갔더니 담요로 무릎을 덮은 채 침대에 앉아 있었습니다. 좀 더 늙었고 살이 쪘으며 피부는 늘어져 있었습니다. 뺨과 코 그리고 입술이 앞으로 삐죽이 나와 있어서 당장이라도 이불 속에서 꿀꿀거릴 것 같았어요.

우리는 얼싸안고 눈물을 흘렸습니다. 기쁘기도 했지만, 언젠가는 우리 모두 젊었는데 이제는 백발이 성성해서 죽을 때가 되었구나 하는 슬픈 생각이 들어서였습니다. 동생은 옷을 챙겨 입고 자신의 영지를 보여주겠다며 나를 데리고 나섰습니다.

'근데, 여기서 어떻게 지내고 있는 거냐?' 내가 물었습니다.

'괜찮아, 덕택에. 잘 살고 있어.'

동생은 이미 예전의 소심한 가난뱅이 관리가 아니라, 진정한 지주이자 나리였습니다. 이미 여기 정착해서 익숙해졌고 이곳의 삶에 빠져 있었던 것입니다. 음식도 많이 먹고, 목욕탕에서 몸을 씻었으며, 살이 쪘습니다. 벌써 조합과 두 공장을 상대로 소송을 제기했으며, 농부들이 자신을 '나리'라고 부르지 않으면 불같이 화를 냈습니다. 그리고 자신의 영혼을 위해서도 확실하게, '나리'답게 배려를 했는데, 선행을 베푸는 것도 그냥 하는 것이 아니라 거드름을 피우며 베푸는 것이었습니다. 그런데 그게 어떤 선행이었을까요? 농부들의 온갖 질병을 소다와 피마자기름으로 치료하고, 영명축일(靈名祝日)*에는 마을 한가운데서 감사기도를 드리는 겁니다. 그리고 난 다음에는 보드카 반 양동이를 내주는 거죠. 동생 생각에는 그렇게 할 필요가 있다는 겁니다. 아아, 이 무시무시한 반 양동이 보드카! 밭을 짓밟았다는 이유로 오늘은 뚱뚱한 지주가 농부들을 군수한테 끌고 가고, 내일은 경축일이라 하여 농부들에게 보드카 반 양동이를 내주는 겁니다. 농부들은 술을 마시고 만세 하고 고함을 지릅니다. 술 취한 사람들은 동생에게 무릎을 꿇습니다. 형편이 나아져 배가 부르고 한가해지면 러시아인의 내부에는 자만과 극도의 파렴치가 자라나게 됩니다. 언젠가 세무감독국에서 개인적인 일에 관해서도 자기 의견을 갖기 두려워했던 니콜라이 이바니치가 지금은 오직 진실만을, 그것도 마치 장관이라도 된 것 같은 어조로 말하는 것입니다. '교육은 필수적이지만, 민중에게 교육은 아직 시기상조예요' 혹은 '대체로 체벌은 유해하지만, 몇몇 경우에는 유용하며 꼭 필요하기도 하지요' 이런 식입니다.

---

*자기의 세례명과 같은 이름을 가진 성인의 축일.

'나는 민중을 알고, 그들을 다루는 법도 알아.' 그가 말했습니다. '민중은 나를 사랑해. 내가 손가락만 까딱하면 나를 위해서 내가 원하는 건 뭐든 한다니까.'

이런 말을 현명하고 선량한 미소를 지어가며 하는 것이었습니다. 동생은 스무 번 정도 '우리 귀족들은' 혹은 '귀족으로서 나는' 하고 되풀이했습니다. 분명 우리 할아버지가 농부였고, 아버지는 졸병이었다는 사실을 잊어버린 겁니다. 심지어 어딘지 부자연스러운 침샤-기말라이스키라는 우리 성씨도 이제는 듣기 좋고 고상하며 매우 기분 좋게 생각되는 모양이었습니다.

하지만 문제는 그가 아니라 나 자신한테 있었습니다. 동생의 영지에 머물렀던 그 짧은 시간 동안 나에게 어떤 변화가 일어났는지 여러분에게 말씀드리고자 합니다. 밤에 우리가 차를 마실 때 하녀가 구스베리가 가득 들어 있는 접시를 내왔습니다. 사 온 것이 아니라, 묘목을 심은 그날 이후 처음으로 수확을 한 동생네 구스베리였습니다. 니콜라이 이바니치는 소리 내서 웃더니 눈물을 글썽이며 잠시 동안 말없이 구스베리를 바라보았습니다. 흥분해서 말을 할 수 없었던 것이죠. 그러더니 열매 하나를 입 안에 넣고서는 좋아하는 장난감을 마침내 손에 넣은 어린아이의 의기양양한 표정으로 나를 바라보는 것이었습니다. 그가 말했습니다.

'정말 맛있어!'

게걸스럽게 먹으면서 그는 연신 되풀이했습니다.

'아아, 얼마나 맛있는지! 형도 먹어봐!'

딱딱하고 시큼했습니다. 하지만 푸시킨이 말한 것처럼 '우리를 고취하는 기만이 진실의 어둠보다 더 소중한 법'이지요. 나는 자신이 충심으로 바라던 꿈을 그토록 명확하게 실현한 인간, 인생의 목적을 달성하고 원하던 것을 얻은 인간, 자신의 운명과 자기 자신에게 만족한 행복한 인간을 보았습니다. 인간의 행복에 관한 나의 사유는 어떤 까닭인지는 모르지만 언제나 무언가 우울한 것과 연루되어 있었습니다. 그런데 지금 행복한 인간을 보노라니 절망에 가까운 고통스러운 감정이 나를 사로잡는 것이었습니다. 밤이 되자 더욱 괴로웠습니다. 동생의 침실 옆에 나의 잠자리를 보아준 탓이었습니다. 동생이 잠들지 못하고, 자리에서 일어나 구스베리가 들어 있는 접시로 다가가서 열매 하나하나를 만져보는 소리가 들렸습니다. 나는 생각했습니다. 만족하고 행복한 인간들이 얼마나 있을까! 또한 이것은 얼마나 강력한 힘인가! 삶을 한번 돌아보세요. 강자들의 파렴치와 무위도식, 약자들의 무지몽매와 비열한 짓, 도처에 횡행하는 견딜 수 없는 가난과 답답함, 퇴화와 통음, 위선과 거짓…… 그러는 동안에도 집과 거리에는 고요와 평안이 깃들고, 도시에 거주하는 5만의 사람들 가운데 고함지르고 큰 소리로 분개하는 자는 단 한 사람도 없습니다. 식량을 구하려고 시장을 돌아다니고, 낮에는 먹고 밤에는 잠을 자는 인간들, 헛소리를 지껄여대고 결혼을 하고 또 아등바등하면서 살다가 고인을 묘지로 유순하게 끌고 가는 사람들을 우리는 보고 있습니다. 괴로워하는 사람들은 보지도 듣지도 못합니다. 인생에서 무서운 것들은 무대 뒤의 어딘가에서 일어나기 때문입니다. 모든 것은 고요하고 평온합니다. 그래서 오직 통계만이 저항하는 것입니다. 얼마나 많은 사람들이 미쳤으며, 얼마나 많은 보드카가 소비되었고, 얼마나 많은 어린이들이 식량 부족으로 죽어나갔는지 말이죠…… 분명히 그와 같은 질서는 필요합니다. 행복한 사람은 불행한 사람들이 말없이 자신의 부담을 지고 가기 때문에 즐거운 법입니다. 그리고 이런 침묵이 없다면 행복은 불가능할지도 모릅니다. 이것은 집단적인 최면입니다. 모든 만족하고 행복한 사람의 문 뒤에 망치를 든 누군가가 서 있다가 문을 두드리면서 불행한 사람들이 있다는 사실을 늘 일깨워야 합니다. 제아무리 행복하다 해도 인생은 이르든 늦든 발톱을 보여줄 것이며, 질병이나 가난, 상실 같은 재난이 덮칠 것이라는 사실을 일깨워야 합니다. 그렇게 되면 지금 행복한 사람이 다른 사람들을 보지도 듣지도 못하는 것처럼 다른 사람들도 그를 보지도 듣지도 않을 것이라는 사실을 언제나 일깨워야 하는 것입니다. 하지만 망치를 든 사람은 없고, 행복한 사람은 잘 살아갑니다. 인생의 사소한 근심걱정은 바람이 사시나무를 건드리듯 행복한 인간을 살짝 동요시키겠지만, 모든 것은 잘 되어가고 있는 겁니다."

"나 역시 만족스럽고 행복하다는 것을 그날 밤에 나는 알게 됐습니다." 자리에서 일어나면서 이반 이바니치가 말을 이었다. "나 또한 식사를 하고 사냥을 하면서 어떻게 살 것인지, 어떻게 신을 믿으며 어떻게 민중을 지배할 것인지를 가르쳤던 것입니다. 학문은 빛이고, 교육은 필수적이지만, 평범한 사람들은 아직도 읽고 쓰는 것만으로도 충분하다고 나 역시 말했습니다. 자유는 고귀하며, 공기가 없으면 살 수 없는 것처럼 자유 없이는 살 수 없지만, 아직은 기다려야 한다고 나도 말했습니다. 그렇습니다. 그렇게 말했습니다. 하지만 이제 묻습니다. 대체 무엇 때문에 기다려야 합니까?" 이반 이바니치가 화난 눈길로 부르킨을 바라보면서 물었다. "무엇 때문에 기다려야 하느냐고 물었습니다. 어떤 이유 때문에 그런 겁니까? 사람들은 내게 말합니다. 한 번에 이뤄지는 것은 없으며, 인생에서 모든 생각은 점진적으로 실현되며, 다 때가 있기 마련이라고 말이죠. 하지만 누가 그렇게 말합니까? 그것이 옳다는 증거가 어디 있냐는 말입니다. 여러분은 사물의 자연적인 질서나 현상의 합법칙성에 의지합니다. 하지만 분명 살아 있고 생각하는 인간인 내가, 굴을 뛰어넘거나 그 위로 지나갈 다리를 놓을 수가 있는데도, 굴 앞에 서서 그것이 스스로 덮이거나 진흙으로 막히는 것을 기다리고 있는 판국인데 질서며 합법칙성이 어디에 있습니까? 대체 무엇 때문에 기다려야 한다는 겁니까? 살아갈 힘이 없을 때까지 기다려야 합니까? 하지만 그사이에도 우리는 살아야 하며 또 살고 싶은 겁니다!

나는 아침 일찍 동생 집을 나섰습니다. 그날 이후로 나는 도시에서 사는 일이 견딜 수 없었습니다. 고요와 평온 때문에 의기소침해졌고 창문을 바라보는 것이 두렵습니다. 왜냐하면 이제 나에게는 식탁 주위에 앉아 함께 차를 마시는 행복한 가정보다 더 고통스러운 장면은 없기 때문입니다. 나는 이미 늙었고, 투쟁을 하기에는 적당하지 않습니다. 미워할 능력조차 없어요. 그저 충심으로 근심하고 화를 내며 짜증을 낼 따름입니다. 밤이면 밤마다 내 머릿속에는 이런저런 생각들이 몰려들어 불타고 있어서 잠을 잘 수가 없습니다…… 아아, 내가 젊기만 했더라면!"

 이반 이바니치는 흥분해서 방 안을 이리저리 거닐며 되풀이해서 말했다.

 "아아, 내가 젊기만 했더라면!"

 그는 갑작스럽게 알료힌에게 다가가더니 한 손을 잡고, 다른 손도 덥석 잡았다.

 "파벨 콘스탄티니치!" 울먹이는 목소리로 그가 말했다. "잠자코 있지 말아요. 자신을 잠들게 하지 마십시오! 젊고 힘 있고 원기 왕성할 때 쉬지 말고 선을 행하세요! 행복은 있지도 않고, 있어서도 안 됩니다. 만일 인생에 목적과 의미가 있다면, 그 목적과 의미는 우리의 행복에 있는 것이 결코 아니라, 무엇인가 보다 이성적이고 위대한 것에 있는 겁니다. 선을 행하세요!"

 이반 이바니치는 이 모든 것을 마치 자신의 개인적인 부탁을 하는 것처럼 가련하고도 애원하는 듯한 미소를 지으면서 말했다.

 그 후, 세 사람은 객실의 각 모퉁이에 있던 안락의자에 앉아서 입을 다물었다. 이반 이바니치의 이야기가 부르킨도 알료힌도 만족시키지 못했던 것이다. 어둠 속에서 마치 살아 있는 것 같았던 장군들과 귀부인들이 도금한 액자에서 지켜보는 가운데, 구스베리를 먹은 가난뱅이 관리에 대한 이야기를 듣는 것은 지겨운 일이었다. 어쩐 일인지 우아한 사람들, 여인들에 관해서 이야기하고 또 듣고 싶었다. 덮개가 씌워진 샹들리에도, 안락의자도, 발아래 양탄자도, 모든 것이 지금 액자에서 보이는 바로 그 사람들이 언젠가 여기에서 돌아다니기도 하고 앉기도 하고 차를 마셨다는 것을 말해주는 그 객실에 그들이 있다는 사실, 그리고 지금 여기에 아름다운 펠라게야가 소리 없이 돌아다니고 있다는 사실이 어떤 이야기보다 더 훌륭했던 것이다.

알료힌은 몹시 졸렸다. 농장일 때문에 새벽 세 시쯤 일어났기 때문에 지금은 두 눈이 감길 지경이었다. 하지만 손님들이 자기가 없는 상태에서 무슨 흥미로운 이야기를 하지는 않을까 두려워 자리를 떠나지 못했다. 방금 전에 이반 이바니치가 말한 것이 현명한지 어떤지 혹은 정당한지 아닌지, 그는 판단하지 않았다. 손님들은 곡물이나 건초 또는 타르에 대해서가 아니라, 그의 삶과 직접적인 관계가 없는 것에 대해 말했다. 그래서 그는 기뻤으며 그들이 이야기를 계속하기를 바랐다……

"그만 자야겠습니다." 자리에서 일어나면서 부르킨이 말했다. "이제 편히 주무시라는 인사를 드려야겠습니다."

알료힌은 작별을 고하고 아래쪽 자신의 거처로 갔지만, 손님들은 위에 남았다. 두 사람에게는 조각 장식이 된 두 개의 오래된 나무 침대가 있는 커다란 방이 주어졌다. 구석에는 상아로 만들어진 예수의 십자고상이 있었다. 아름다운 펠라게야가 손을 보아준 드넓고 서늘한 침대에서는 신선한 시트 냄새가 기분 좋게 풍겨 나왔다.
 이반 이바니치는 말없이 옷을 벗고 자리에 누웠다.
 "하느님, 우리의 죄를 사해주소서!" 그렇게 말하고는 머리까지 이불을 덮었다.
 탁자 위에 놓여 있던 그의 파이프에서 댓진 냄새가 강렬하게 풍겼다. 부르킨은 이 지독한 냄새가 어디서 나는 것인지 전혀 알아차리지 못한 채 오래도록 잠들지 못했다.
 밤새 비가 창문을 두드려댔다.

사랑에 관하여
(1898년)

다음 날 아침식사에는 매우 맛있는 피로그와 새우, 양고기 커틀릿이 나왔다. 그들이 식사를 하는 동안에 요리사 니카노르가 위층으로 오더니 점심식사를 어떻게 할지 묻고 갔다. 그는 포동포동한 얼굴에 눈이 작은 중키의 사내로, 면도를 하기는 했는데 콧수염은 면도된 것이 아니라 잡아 뜯긴 것처럼 보였다.

알료힌은 아름다운 펠라게야가 이 요리사와 사랑에 빠졌다고 말했다. 술꾼인 데다가 과격한 기질의 인간이어서, 그녀는 결혼은 하고 싶지 않고, 그렇게 사는 것에는 동의했다고 한다. 니카노르는 신앙심이 몹시 깊었고, 그래서 종교적인 신념 때문에 그렇게 사는 것에 동의하지 않았다. 그는 그녀가 자신에게 시집올 것을 요구했고, 다른 것은 바라지 않았다. 술 취했을 때에는 그녀에게 욕설을 퍼붓기도 했고 심지어는 때리기까지 했다. 그가 술에 취해 있을 때 그녀는 위층으로 몸을 숨기고 흐느껴 울었으며, 그럴 때에는 알료힌과 하녀가 필요한 경우에 그녀를 보호하려고 외출도 하지 않았다.

그들은 사랑에 대해서 이야기하기 시작했다.

"사랑은 어떻게 생겨나는 건지," 알료힌이 말했다. "어째서 펠라게야가 정신적인 면에서나 외모 면에서 그녀에게 더 잘 어울리는 다른 누군가가 아니라 못생긴 저 '낯짝'—우리 집에서는 다들 그자를 낯짝이라 부르죠—을 사랑하게 되었을까요. 사랑에서는 개인적인 행복이 중요한 문제인 만큼 모든 것을 다 알 수는 없는 일이고, 각자 좋을 대로 해석해볼 수 있습니다. 지금까지 사랑에 관하여 언급된 것 가운데 단 한 가지 논쟁의 여지가 없는 것은 '그것은 거대한 미스터리이다'라는 말입니다. 사랑에 관해 말하거나 쓴 나머지 모든 것은 해결이 아니라, 해결되지 않은 채 그렇게 남겨져 있는 문제 제기에 지나지 않습니다. 어떤 경우에는 적절해 보이는 해명이라 하더라도 여타의 수십 가지 경우에는 이미 쓸모가 없습니다. 그래서 제 생각에는 가장 좋은 방법은 일반화하려고 애쓰지 말고 개별적인 경우를 따로따로 해명하는 것입니다. 의사들이 말하는 것처럼 각각의 개별적인 경우를 개체화하는 것이 필요하다는 말이죠."

"전적으로 옳으신 말씀입니다." 부르킨이 동의했다.

"우리같이 점잖은 러시아 사람들은 해결되지 않은 채 남아 있는 이런 문제들에 애착을 보입니다. 대개 사람들은 사랑을 시로 표현하고, 장미와 밤꾀꼬리로 장식합니다만, 우리 러시아인들은 사랑을 숙명적인 문제로 장식하고, 더욱이 그런 문제들

가운데서도 가장 재미없는 것을 골라냅니다. 모스크바에서 내가 아직 대학에 다니고 있을 때, 여자 친구가 있었습니다. 사랑스러운 여자였는데, 내가 그녀를 품에 안고 있는 순간에도 매번 내가 한 달에 그녀에게 얼마를 줄 것인지, 그리고 지금 쇠고기가 1푼트에 얼마나 하는지를 생각하는 것이었습니다. 그렇게 사랑하고 있을 때에도 우리는 질문을 멈추지 않습니다. 이 사랑은 순수한지 그렇지 않은지, 현명한지 어리석은지, 그리고 결국 어디로 귀결될 것인지 등등. 이것이 좋은지 어떤지 저는 모릅니다. 하지만 이것이 방해하고, 불만족을 야기하고 초조하게 한다는 것은 알고 있지요."

그는 무엇인가를 말하고 싶어하는 듯했다. 혼자 살고 있는 사람들에게는 늘 흔쾌히 말하고자 하는 그런 무엇인가가 있기 마련이다. 도시에서는 독신자들이 그저 말이 하고 싶어서 목욕탕이나 레스토랑을 돌아다니는 경우도 많고, 그래서 때로는 목욕탕 일꾼이나 식당 종업원들에게 무척 흥미로운 이야기를 들려주기도 한다. 하지만 시골에서는 대개 그들이 손님들에게 자신의 속내를 토로하는 것이다. 지금 창으로는 잿빛 하늘과 비에 젖은 나무들이 보이고, 이런 날씨에는 어디 갈 곳도 없어서 그저 이야기하고 듣는 것 말고는 딱히 다른 할 일이 없는 법이다.

"저는 소피노에 살면서 오래전부터 농사를 짓고 있습니다." 알료힌이 말문을 열었다. "대학에서 학업을 마친 이후로 줄곧 말입니다. 받은 교육도 그렇고 성격도 그렇고 저는 노동하지 않는 책상물림형 인간이었습니다. 하지만 이곳으로 와서 보자니 영지에는 큰 빚이 있었습니다. 부분적으로는 아버지가 제 교육 때문에 많은 돈을 쓰셨던 탓이죠. 그래서 전 이 빚을 모조리 청산하지 않고서는 이곳을 떠나지 않겠노라고 결심했습니다. 얼마간의 반감 같은 것이 없지 않았지만, 그렇게 결심하고 여기서 일하기 시작했죠. 이곳의 토지는 소출이 많지 않습니다. 따라서 농사를 짓고도 손해를 보지 않으려면 농노제에 근거한 노동력을 이용하거나, 거의 같은 것이긴 합니다만, 날품팔이 농부들의 노동력을 이용해야 합니다. 아니면 농사꾼들의 방식으로 농사를 짓는 것이죠. 그러니까 들판에서 자기 식구들과 함께 몸소 일해야 하는 것입니다. 여기서 중간은 없습니다. 하지만 그 당시에는 그런 자세한 내막은 알지 못했습니다. 저는 한 뙈기의 땅도 놀리지 않았습니다. 이웃 마을의 모든 농부들과 아낙네들을 끌어모았어요. 맹렬한 기세로 일에 열을 올렸습니다. 저 역시 직접 밭을 갈고, 씨를 뿌리고, 풀을 베었습니다. 그때에는 배가 고파서 채소밭에서 오이를 먹는 시골 고양이처럼 괴로워하면서 혐오스럽게 얼굴을 찡그리기도 했습니다. 온몸이 아팠고, 걸으면서도 잠을 잤습니다. 처음에는 이런 노동하는 삶을 제 문화적인 습관과 쉽게 화해시킬 수 있을 것이라고 생각했습니다. 그러기 위해 필요한 것은 지금까지의 표면적인 질서를 고수하는 것으로 충분하다고 생각했던 거지요. 저는 이곳 2층의 전면 방에 거처를 잡았습니다. 그러고는 아침과 점심식사 후에는 리큐어가 든 커피를 내오도록 시켰습니다. 매일 밤 잠자리에 들기 전에 《유럽통보》*를 읽었습니다. 그런데 언젠가 이반 신부님이 오시더니 리큐어 한 잔을 단숨에 마셔버리는 것이었습니다. 《유럽통보》는 신부님의 딸들에게 넘어갔습니다. 여름, 특히 풀을 베는 시기에는 침대까지 갈 짬이 없어서 헛간의 썰매나 숲을 지키는 오두막 어딘가에서 잠이 들곤 했으니까요. 그런 참에 독서는 무슨 독서란 말입니까? 저는 점차 아래층으로 옮겨 가서 하인들의 부엌에서 밥을 먹기 시작했습니다. 예전에 누렸던 호사 가운데 유일하게 남은 것이라곤 여전히 아버지의 시중을 들고 있었고, 그래서 해고하기 곤란한 하녀 한 사람뿐이었습니다.

처음 몇 년 동안 저는 이곳의 명예재판관에 선출되었습니다. 가끔 시내로 가서 지방재판소 회의에 참석해야 했는데, 그게 기분 전환이 되어주었습니다. 이런 곳에서 두어 달 동안, 특히 겨울에 외출하지 않고 지낸다면 결국에는 검은 프록코트가 그리워지기 시작하는 법이죠. 그런데 지방재판소에는 프록코트도 제복도 연미복도 있는 데다, 또 법률가들은 일반교육을 받은 사람들이라 서로 말도 통했으니까요. 썰매에서 자다가 혹은 하인들 부엌에나 있다가, 깨끗한 속옷을 입고 가벼운 신발을 신고 가슴에는 장식용 사슬을 달고 안락의자에 앉아 있다니 이 얼마나 대단한 호사입니까!

*러시아 최초의 정치·문학잡지로 카람진이 1802년에 창간되었다. 최초의 《유럽통보》는 1830년에 폐간되었으며, 1866년에 스타슐레비치가 같은 이름의 잡지를 창간하여 1918년까지 발간되었다. 여기서 말하는 《유럽통보》는 후자로, 자유주의 계열의 월간지이며, 투르게네프와 곤차로프 등과 같은 당대 러시아의 대표적인 문사들의 글이 수록되어 있었다.

시내에서도 저를 진심으로 환대해주었고, 저도 기꺼운 마음으로 교제했습니다. 모든 교제 가운데 가장 견실하고, 사실대로 말씀드리자면, 가장 유쾌한 것은 지방재판소장 루가노비치와의 교제였습니다. 두 분 모두 그 사람을 아실 겁니다. 지극히 선량한 사람이니까요. 그 유명한 방화범 사건 직후의 일이었습니다. 사건 심리가 이틀이나 지속되어서 우리는 지쳐 있었습니다. 루가노비치가 저를 보더니 말했습니다.

'어떻습니까? 식사하러 우리 집에 가시지 않겠습니까?'

그것은 뜻밖의 일이었습니다. 왜냐하면 루가노비치와는 잘 알지 못했고, 그저 공식적으로만 만난 것뿐이라 그의 집에는 한 번도 가본 적이 없었기 때문입니다. 옷을 바꿔 입으려고 묵고 있던 방에 잠시 들렀다가 바로 식사를 하러 출발했습니다. 그리고 거기에서 루가노비치의 아내인 안나 알렉세예브나와 알게 된 것입니다. 당시 그녀는 아직 무척 젊었습니다. 스물두 살이 채 안 되었었죠. 저와 만나기 반년 전에 그녀는 첫아이를 낳았습니다. 다 지난 일입니다만 식사하는 내내 지워지지 않을 만큼 그녀는 너무나도 매력적이었습니다. 그런데 무엇이 그렇게 특별했는지는 지금도 명확하게 말할 수가 없습니다. 저는 젊고 아름다우며 선량하고 지적이며 매혹적인 여인, 그 이전에는 한 번도 만나지 못했던 여인을 본 것입니다. 그녀를 보자마자 이미 잘 알고 있는 사람처럼 느껴졌습니다. 마치 이 얼굴과 상냥하고 현명한 두 눈을 어린 시절 언젠가 어머니의 서랍장 위에 놓여 있던 앨범에서 본 것 같았습니다.

방화범 사건에서는 네 사람의 유대인이 유죄판결을 받았습니다. 배심원들은 그들이 공범임을 확인했지만, 제 생각으로는 전혀 근거가 없는 것이었죠. 식사를 하는 동안 저는 무척 흥분한 상태였고 마음이 괴로웠습니다. 제가 무슨 말을 했는지 기억나지 않습니다만, 안나 알렉세예브나는 연신 고개를 끄덕이면서 남편에게 말했습니다.

'드미트리, 어떻게 된 거예요?'

루가노비치는 누군가 일단 재판에 회부되었다면, 그것은 그 자에게 죄가 있다는 것이며, 판결의 정당성에 의혹을 표명하는 일은 법적인 질서 안에서나 서류상으로나 가능하며, 식사하는 동안이나 사적인 대화에서는 절대 불가하다는 견해를 확고하게 견지하는 그런 순박한 사람들 부류에 속하는 선량한 인간이었습니다.

'우리는 불을 지르지 않았어요.' 그가 부드럽게 말했습니다. '그러니 우리를 재판하지도, 감옥에 가두지도 않는 겁니다.'

그들 두 사람, 남편과 아내는 제가 조금 더 먹고 마시도록 애를 썼습니다. 몇몇 사소한 것들을 보고, 이를테면 그들 두 사람이 함께 커피를 내린다든지, 한 마디 말로 서로를 이해하는 것을 보고 저는 그들이 화목하고 순탄하게 살고 있으며, 손님이 온 것을 기뻐하고 있다는 결론을 얻을 수 있었습니다. 식사 후에 그들은 연탄(連彈)으로 피아노를 연주했고, 어두워지고 난 후에야 저는 숙소로 돌아갔습니다. 이것이 초봄의 일이었습니다. 그 이후 여름 내내 저는 두문불출하고 소피노에서 보냈습니다.

도시에 대해서는 생각할 겨를조차 없었지만, 균형 잡힌 몸매의 금발 여인에 대한 추억은 하루도 빠짐없이 남아 있었습니다. 그녀를 생각한 것은 아니지만, 그녀의 가벼운 그림자가 저의 영혼 위에 자리 잡은 것 같았습니다.

늦가을에 시내에서 자선공연이 열렸습니다. 현지사의 특별석에 들어갔다가 (저는 중간 휴식시간에 그리로 불려갔습니다) 안나 알렉세예브나가 현지사 부인과 나란히 앉아 있는 것을 보았습니다. 그녀의 아름다운 모습과 사랑스럽고도 상냥한 두 눈이 또다시 강렬하게 가다가왔고, 친밀감이 밀려들었습니다.

우리는 나란히 앉았다가 극장의 로비를 걸어 다녔습니다.

'조금 마르셨네요.' 그녀가 말했습니다. '아프셨나요?'

'그렇습니다. 감기에 걸려 어깨가 결리는 데다가, 비 오는 날에 잠을 못 잤습니다.'

'기운이 없어 보여요. 봄에 식사하러 오셨을 때는 더 젊고 더 원기 왕성했는데요. 그땐 활기가 넘치고 말씀도 많이 하셨어요. 무척이나 흥미로웠고, 그래서 고백하자면, 당신한테 조금 반하기까지 했답니다. 웬일인지 여름 동안에 자주 당신 생각이 났어요. 그리고 오늘 극장에 오려고 차비하는데 당신을 만날 거란 생각이 들더군요.'

그러더니 그녀는 소리 내서 웃기 시작했습니다.

'하지만 오늘은 기운이 없어 보여요.' 그녀가 되풀이해서 말했다. '그래서 좀 늙어 보여요.'

다음 날 저는 루가노비치 집에서 아침을 먹었습니다. 아침

사랑에 관하여 187

식사 후에 그들은 겨울 채비를 하려고 별장으로 갔는데, 저도 동행했습니다. 그들과 함께 시내로 돌아왔고 밤늦게까지 그 집의 고요하고 가정적인 분위기 속에서 차를 마셨습니다. 벽난로가 불타오르고, 젊은 어머니는 딸아이가 자는지 보려고 연신 들락날락했습니다. 그 일이 있은 후로는 시내로 오게 되면 저는 어김없이 루가노비치 집에 들렀습니다. 그들은 저에게 익숙해졌고, 저도 그랬습니다. 대개 저는 아무 연락도 없이 마치 한 집 식구처럼 찾아갔습니다.

'거기 누구세요?' 멀리 있는 방에서 느릿한 목소리가 들렸는데, 그것이 제게는 참으로 아름답게 생각되었습니다.

'파벨 콘스탄티노비치가 오셨습니다.' 하녀나 유모가 대답했습니다.

그러면 안나 알렉세예브나는 근심스러운 얼굴로 제게 다가와서는 매번 이렇게 묻는 것이었습니다.

'왜 그렇게 오래도록 오시지 않았나요? 무슨 일이 있었어요?'

그녀의 눈길, 그녀가 제게 내밀었던 우아하고 고상한 손, 그녀의 실내복, 머리 모양, 목소리, 발걸음은 매번 제 인생에서 무언가 새롭고 놀라운 그러면서도 매우 중요한 무엇인가에 대한 똑같은 인상을 불러일으켰습니다. 우리는 오래도록 이야기를 나누다가 또 각자 생각에 잠겨 한참을 말없이 있기도 했습니다. 때론 그녀가 피아노를 연주해주기도 했지요. 집에 아무도 없을 때면 저는 그냥 돌아가지 않고 남아서 그들을 기다렸습니다. 유모와 이야기하거나 아이와 놀거나 혹은 서재에 있던 터키풍의 소파에 누워서 신문을 읽었습니다. 그러다가 안나 알렉세예브나가 돌아오면 저는 현관에서 그녀를 맞이하며 그녀가 사 온 물건을 받아들였습니다. 왜인지는 모르지만 매번 저는 그 물건들을 소년과도 같은 승리감과 애착을 가지고 날랐습니다.

'새끼돼지를 사는 것보다 농사꾼 아낙네에게 성가신 일은 없다' 는 속담이 있지요. 루가노비치 집안사람들에게는 저와 교제하는 것보다 성가신 일은 없었습니다. 제가 오래도록 시내에 가지 않으면, 그것은 제가 아프거나 혹은 저에게 무슨 일이 일어났다는 것을 의미했으며, 두 사람 다 몹시 걱정을 했습니다. 외국어를 알고 있는, 교육받은 인간인 제가 학문이나 문학적인 저작에 종사하지 아니하고 농촌에 살면서 다람쥐 쳇바퀴 돌듯 분주하고, 일을 많이 하면서도 언제나 무일푼이라는 사실이 안타까웠던 것입니다. 그들은 제가 괴로워하고 있으며, 따라서 만일 제가 말하고 웃고 먹는다 해도 그것은 괴로움을 숨기기 위한 것이라고 생각했습니다. 심지어 정말로 기분이 좋았던 유쾌한 순간조차도 저는 그들의 탐색하는 듯한 눈길을 느끼곤 했습니다. 실제로 제가 곤경에 빠졌을 때, 채권자가 저를 핍박하거나 지불기한에 필요한 돈이 부족했을 때 그들은 특히 안절부절못했습니다. 남편과 아내가 창가에서 서로 속삭이고 나더니 남편이 제게 다가와 심각한 얼굴로 말했습니다.

'파벨 콘스탄티노비치, 지금 돈이 필요하시다면 사양하지 말

고 우리한테서 가져가시기를 부탁드립니다.'

그러고 나서는 무안해서 귀가 빨개지는 것이었습니다. 이런 일도 있었어요. 마찬가지로 창가에서 속삭이고 나서 그는 귀가 빨개져서는 제게 다가와서 말했습니다.

'나와 아내는 당신이 이 선물을 꼭 받아주시기를 부탁드립니다.'

그러면서 단추나 담배 케이스 혹은 램프를 주는 것이었습니다. 그 대신에 저는 시골에서 총으로 쏘아 잡은 새, 버터와 꽃을 그들에게 보냈습니다. 그러니까 그들 두 사람은 형편이 넉넉한 사람들이었던 겁니다. 처음에는 자주 돈을 빌렸습니다. 특별히 까다롭지 않은 곳이라면 어디서든 돈을 빌렸어요. 하지만 어떤 경우라도 루가노비치 집안에서 돈을 빌릴 수는 없었습니다. 새삼 무슨 말을 하겠습니까!

저는 불행했습니다. 집에서도 들판에서도 헛간에서도 그녀를 생각했습니다. 저는 거의 늙은이와 다름없는 (그녀의 남편은 마흔 살이 넘었으니까요) 재미없는 인간과 결혼하여 아이를 낳은 젊고 아름다우며 현명한 여자의 비밀을 이해해보려고 했습니다. 그토록 따분한 상식을 가지고 판단하고, 무도회와 야회에서는 견실한 인간들 주변을 맴돌고, 무기력하고 쓸모없으며, 마치 이곳으로 팔려온 사람처럼 공손하고 냉담한 표정을 짓고 있는 이 재미없는 인간, 선량하고도 소박한 인간, 그러나 행복해질 권리와 그녀에게서 아이를 가질 권리를 믿고 있는 인간의 비밀을 이해해보려고 애썼습니다. 어째서 그녀는 제가 아니라 그 사람을 만난 것인지, 우리네 삶에서 그와 같은 무시무시한 오류가 일어난 이유가 대체 무엇인지 이해해보려고 거듭 애를 썼습니다.

시내에 도착하면 저는 매번 그녀의 눈에서 그녀가 저를 기다리고 있었음을 보았습니다. 그녀 스스로도 이미 아침부터 제가 올 것 같은 뭔가 특별한 느낌이 들었다는 것을 털어놓았습니다. 우리는 오래도록 이야기하고 또 오래도록 함께 생각에 잠겼습니다. 하지만 우리는 서로에게 사랑을 고백하지 않았습니다. 수줍어하면서 마치 경쟁이라도 하듯이 사랑을 감췄습니다. 우리는 우리의 비밀을 우리 자신에게 드러나게 할 만한 모든 것을 두려워했습니다. 저는 부드럽고 깊이 있게 사랑했습니다만, 만일 우리에게 사랑과 투쟁할 힘이 충분하지 않다면, 우리의 사랑이 어떤 결과에 이르게 될 것인지를 생각하고 스스로에게 물었습니다. '나의 이 고요하고 슬픈 사랑이 그녀의 남편과 아이들 그리고 그토록 나를 사랑하고 그토록 나를 믿어주었던 이 집의 모든 행복한 삶의 흐름을 한순간에 무너뜨리는 일은 할 수가 없다. 이것이 순수한 것일까? 그녀가 나를 따라온다면 또 어디로 간단 말인가? 그녀를 어디로 데려갈 수 있단 말인가?

만일 내 삶이 아름답고 흥미롭다면, 예를 들어 내가 조국의 해방을 위해 투쟁한다거나 혹은 저명한 학자나 예술가 혹은 화가라면 그건 다른 문제겠지만, 평범하고 단조로운 일상으로부터 그녀를 또 다른 일상 혹은 훨씬 더 평범한 일상으로 데리고 가서 어쩌겠다는 것인가.

그리고 우리의 행복은 과연 얼마나 오래 지속될 수 있을까? 내가 병들거나 죽거나 혹은 그저 우리의 사랑이 식어버린다면 그녀는 어떻게 될까?

분명 그녀도 그렇게 생각했을 겁니다. 그녀는 남편에 대해서, 아이들에 대해서 그리고 그녀 남편을 마치 친아들처럼 사랑했던 친정어머니에 대해서 생각했습니다. 만일 그녀가 자신의 감정에 굴복한다면, 거짓말을 하거나 진실을 말해야 하지만, 그녀의 입장에서는 전자든 후자든 하나같이 무시무시하고 불편했을 겁니다. 자신의 사랑이 저에게 행복을 가져다줄 것인가, 그 사랑이 그렇지 않아도 온갖 불행으로 넘쳐나는 고통스러운 제 인생을 더 복잡하게 만들지는 않을까, 하는 문제로 그녀는 괴로워했습니다. 새로운 삶을 시작하기에는 이미 자신은 그렇게 젊지 않으며, 근면하거나 활력이 넘치지도 못한다고 그녀는 생각했습니다. 그래서 그녀는 제가 선량한 안주인이자 조력자가 될 현명하고 훌륭한 처녀와 결혼해야 한다고 남편과 함께 자주 말하곤 했습니다. 그러면서도 그 말이 끝나기가 무섭게 시내 어디에서도 그런 처녀는 찾을 수 없다고 덧붙이는 것이었습니다.

그러는 동안에 세월이 흘러갔습니다. 안나 알렉세예브나에게는 이미 아이가 둘 있었습니다. 제가 루가노비치 집안에 도착하게 되면 하녀는 상냥하게 미소 지었고, 아이들은 파벨 콘스탄티니치 아저씨가 오셨다고 소리치고는 제 목에 매달렸습니다. 모두가 기뻐했지요. 제 마음속에 무슨 일이 일어나고 있는지 그들은 몰랐습니다. 그들은 저 역시 기뻐하고 있다고 생각했습니다. 모두들 저의 내부에서 고상한 존재를 보았습니다. 어른들도 아이들도 고상한 존재가 방 안을 돌아다니고 있다고 느꼈으며, 그런 생각은 저와 그들의 관계에 어떤 특별한 매력을 불어넣었습니다. 제가 존재함으로 인해서 그들의 삶도 더욱 순수하고 아름다워지고 있는 것 같은 느낌이라고나 할까요. 저와 안나 알렉세예브나는 매번 걸어서 함께 극장에 가곤 했습니다. 우리는 안락의자에 나란히 앉았는데, 어깨가 맞닿았습니다. 저는 말없이 그녀의 손에서 오페라글라스를 가져왔고, 그럴 때면 그녀가 제게 가까운 사람이며, 제 여자고, 우리는 서로가 서로에게 없으면 안 되는 사람이라는 것을 느꼈습니다. 하지만 어떤 이상한 오해 때문에 극장에서 나올 때는 매번 마치 낯선 사람들처럼 인사하고 헤어졌습니다. 시내에서는 이미 우리에 관해 뜻 모를 이야기들을 해댔지만, 그런 떠도는 말 가운데 단 하나의 진실한 말도 없었습니다.

    최근 몇 년 동안 안나 알렉세예브나는 더욱 자주 어머니와 누이를 만나러 다니기 시작했습니다. 기분이 자주 언짢았으며, 자신의 인생이 불만족스럽고 영락한 것이라고 생각하기 시작했습니다. 그럴 때면 그녀는 남편도 아이들도 보고 싶어하지 않았습니다. 그녀는 그때 이미 신경쇠약으로 치료를 받고 있는 상태였습니다.

    우리는 침묵하고 또 침묵했습니다. 하지만 다른 사람들이 있는 곳에서 그녀는 저에게 이상하게 짜증을 내곤 했습니다. 제가 무슨 말을 하든지 제 말에 동조하지 않았습니다. 그래서 제가 논쟁을 벌이면, 그녀는 상대방 편을 드는 것이었습니다. 제가 접시를 떨어뜨리기라도 하면 그녀는 냉담하게 말했습니다.

'축하드립니다.'

그녀와 함께 극장에 갈 때 제가 오페라글라스 가져오는 것을 잊어버리면 그녀는 이렇게 말하는 것이었습니다.

'당신이 잊어버릴 줄 알고 있었어요.'

행이든 불행이든, 우리·인생에서 이르든 늦든 끝나지 않는 것은 아무것도 없습니다. 이별의 시각이 닥쳐왔습니다. 왜냐하면 루가노비치가 서쪽의 어느 현 지방재판소장으로 임명되었기 때문입니다. 가구와 말 그리고 별장을 팔아야만 했습니다. 별장으로 갔다 돌아오는 길에 마지막으로 정원이며 초록색의 지붕을 돌아보노라니 모두가 슬퍼지는 것이었습니다. 작별을 고해야 하는 것이 단지 별장만이 아니라는 사실을 저도 깨달았습니다. 8월 말에 우리는 의사의 권고에 따라 안나 알렉세예브나를 크림 지방으로 보내기로 결정했습니다. 얼마 후에 루가노비치는 아이들과 함께 서쪽의 현으로 출발하기로 했습니다.

우리는 커다란 무리를 이루어 안나 알렉세예브나를 배웅했습니다. 그녀가 이미 남편과 아이들과 작별을 마치고 열차 출발을 알리는 세 번째 종이 울리기까지 잠시 시간이 남아 있었을 때 저는 그녀가 잊어버린 꾸러미를 열차의 선반에 올려주려고 객실로 달려 들어갔습니다. 그리고 작별인사도 해야 했습니다. 거기, 객실에서 우리의 눈길이 마주쳤을 때, 우리 두 사람의 자제력이 마침내 소진되었을 때 저는 그녀를 끌어안았고, 그녀는 제 가슴에 얼굴을 묻었습니다. 눈에서는 눈물이 흘러내렸습니다. 눈물에 젖은 그녀의 얼굴과 어깨와 팔에 키스하면서 ―아아, 저와 그녀는 얼마나 불행했던지!―저는 그녀에게 사랑을 고백했습니다. 가슴을 찌르는 통증을 느끼면서 저는 우리가 사랑하는 것을 헤살 놓았던 그 모든 것이 얼마나 불필요하고 사소하며, 얼마나 기만적이었는지를 깨달았습니다. 사랑할 때 사랑에 대하여 생각하고자 한다면 통상적인 의미에서 행복이냐 불행이냐, 혹은 죄악이냐 선이냐 하는 것보다 더 높고 보다 중요한 것에서 출발해야 한다는 것을, 혹은 아예 생각할 필요조차 없다는 것을 알았습니다.

　마지막으로 키스를 하고 그녀의 손을 꼭 잡았습니다. 그리고 우리는 헤어졌습니다, 영원히. 열차는 이미 출발했습니다. 저는 비어 있던 옆 칸 객실에 앉았습니다. 첫 번째 정거장에 도착할 때까지 거기 앉아서 울었습니다. 그런 뒤 소피노에 있는 집까지 걸어갔습니다……"

　알료힌이 이야기하는 동안에 비가 그치고 태양이 얼굴을 내밀었다. 부르킨과 이반 이바니치는 발코니로 나갔다. 그곳에는 정원과, 지금은 햇살을 받아 마치 거울처럼 반짝이는 강 하구의 아름다운 전망이 펼쳐져 있었다. 그들은 넋을 놓고 이야기를 들었고, 동시에 그들에게 그토록 순수한 마음으로 이야기했던, 선량하고 현명한 눈을 가진 저 사내가 그의 인생을 보다 유쾌하게 해줄 수도 있었을 학문이나 어떤 다른 일에 종사하지 않고, 이 거대한 영지에서 다람쥐 쳇바퀴 돌리듯 이곳을 전전하고 있었다는 사실을 안타까워했다. 그리고 그들은 그가 객실에서 작별하면서 그녀의 얼굴과 어깨에 키스했을 때 젊은 여인의 얼굴이 얼마나 애처로웠을지를 생각했다. 두 사람 다 시내에서 그녀를 만난 적이 있었고, 부르킨은 그녀와 알고 지내기까지 했으며, 그녀가 미인이라고 생각했던 것이다.

제4부

귀여운 여인
(1899년)

퇴역 8등 문관 플레만니코프의 딸 올렌카는 생각에 잠긴 채 마당의 현관계단에 앉아 있었다. 더운 데다가 파리가 집요하리만큼 달라붙었다. 이제 곧 저녁이 온다고 생각하니 기분이 몹시 좋았다. 동쪽에서 검은 비구름이 다가왔고, 거기로부터 가끔 습기 찬 바람이 불어왔다.

이곳 마당에 있는 별채에 거주하고 있던, '티볼리' 유원지 소유주이자 극단주인 쿠킨이 마당 가운데 서서 하늘을 바라보았다.

"저런 또!" 그가 절망적인 어조로 말했다. "비가 또 올 모양이군요! 날이면 날마다, 하루도 빼놓지 않고 비가 와요. 일부러 그런 것처럼 말이죠! 이건 올가미라고요! 파멸입니다! 날마다 엄청난 손해가 나거든요!"

그는 손뼉을 치더니 올렌카를 바라보면서 말을 이었다.

"올가 세묘노브나, 바로 이게 인생입니다. 울고 싶은 심정이에요! 일하고, 애쓰고, 괴로워하고, 밤마다 잠도 못 자고, 어떻게 하면 나아질까 계속 생각하지만, 이게 뭡니까? 한편에는 무지몽매하고 야만적인 관객이 있습니다. 그들에게 최고의 오페레타나 몽환극, 위대한 가수들을 데리고 와봐야, 그게 무슨 소용 있나요? 대체 그자들이 뭘 알기나 할까요? 그들에게 필요한 건 가설극장입니다! 속된 걸 보여주면 그만이에요! 다른 한편으로는 날씨를 좀 보세요. 거의 매일 밤마다 비가 옵니다. 5월 10일부터 비가 오더니만 5월이 가고 6월이 다 지나는데도 그치질 않는군요. 정말 끔찍해요! 관객은 오지 않는데, 임대료는 내야 하잖아요? 배우들에게 급료도 줘야 하고!"

다음 날 저녁나절에 다시 비구름이 다가오자, 쿠킨은 히스테릭한 웃음을 터뜨리면서 말했다.

"이게 뭐야? 마음대로 해! 유원지 전체를 아예 물바다로 만들라고! 나도 물속에 꼬라박고! 이승에서도 없는 행복이 저세상에는 있겠냐만! 배우들한테 날 재판에 넘기라고 해! 재판이 뭐 대수야? 시베리아로 유배 가면 그만이지! 단두대면 또 어때! 하하하!"

그다음 날도 마찬가지였다……

올렌카는 말없이 진지하게 쿠킨의 말에 귀를 기울였다. 그러자 그녀의 두 눈에서는 눈물이 흘러나왔다. 쿠킨의 불행이 마침내 그녀의 마음을 움직였고, 그녀는 그를 사랑하게 되었다. 그는 키가 작고 여위었으며 노란 얼굴에 관자놀이의 머리털을 빗어 올리고 있었다. 늘 가늘고 높은 목소리로 말했는데,

말을 할 때면 입을 삐죽거렸다. 그의 얼굴에는 언제나 절망이 쓰여 있었지만 그럼에도 그는 그녀에게 진실되고도 깊은 감정을 불러일으키는 것이었다. 그녀는 언제나 누군가를 사랑했고, 그렇게 하지 않으면 견딜 수 없었다. 예전에 그녀는 아빠를 사랑했는데, 지금 그는 병이 들어 어두운 방 안락의자에 앉아 힘겹게 숨을 이어가고 있다. 그녀는, 2년에 한 번씩 브랸스크에서 다녀가곤 하는 숙모도 사랑했다. 훨씬 이전에, 그러니까 김나지움 예비학교에서 공부할 때는 프랑스어 교사를 사랑하기도 했다. 그녀는 조용하고 선량하며 연민의 정이 깊은 처녀로 온순하고 부드러운 시선을 가지고 있었으며 매우 건강했다. 그녀의 토실토실하고 발그스레한 뺨이나, 검은 반점이 있는 부드럽고 하얀 목덜미, 무엇인가 유쾌한 이야기를 들을 때 그녀의 얼굴에 떠오르는 선량하고 천진난만한 미소를 볼라치면 남정네들은 '그래, 괜찮은걸……' 하고 생각하면서 미소 지었다. 손님으로 온 여성들도 이야기 도중에 갑자기 그녀의 손을 붙잡고 너무나도 흡족한 나머지 이렇게 말하지 않을 수 없었다.

"귀여운 여자야!"

그녀가 태어나면서부터 살아 왔고, 유언장에 그녀 명의로 기록되어 있는 집은 도시 외곽의 '집시마을'에 있었는데, 티볼리 유원지에서 그리 멀지 않았다. 매일 저녁과 밤에 유원지에서는 음악을 연주하는 소리와 폭발음과 함께 폭죽이 터지는 소리가 들려왔다. 그것이 그녀에게는 쿠킨이 자신의 운명과 싸우면서 주적(主敵)인 냉담한 관객에게 돌진하여 그들을 점령하는 소리처럼 생각되었다. 그녀의 가슴은 달콤하게 잦아들었고, 조금도 자고 싶지 않았다. 그리하여 아침 무렵에 그가 집으로 돌아오면 그녀는 자기 침실의 창문을 나직하게 두드리고는 커튼 사이로 얼굴과 한쪽 어깨를 보여주면서 부드럽게 미소 지었다……

그가 청혼하여 그들은 결혼했다. 그리하여 그가 그녀의 목과 포동포동하고 건강한 두 어깨를 정당하게 보았을 때, 그는 손뼉을 치며 말했다.

"귀여운 여자야!"

그는 행복했다. 하지만 결혼식 당일과 밤에도 비가 왔기 때문에 그의 얼굴에는 절망의 표정이 사라지지 않았다.

결혼한 이후 그들은 잘 살았다. 그녀는 남편의 매표소에 앉아서 유원지의 질서를 감독하거나, 경비를 기록하고, 급료를 주었다. 그녀의 발그스레한 뺨과 빛이 나는 것 같은, 사랑스럽고 천진난만한 미소가 매표소의 창이나 분장실 혹은 식당에서 언뜻언뜻 보이곤 했다. 이미 그녀는 지인들에게 세상에서 가장 멋지고 중요하며 필요한 것은 극장이고, 진정한 즐거움을 얻거나 교양 있고 인도적인 인간이 되는 것은 오직 극장에서만 가능하다고 말하는 것이었다.

"그런데 관객들이 이걸 알고 있을까요?" 그녀가 말했다. "저 사람들은 가설극장 나부랭이나 있으면 돼요. 어제 우리가 〈개작 파우스트〉*를 공연했더니 거의 모든 특별석이 비었더라고요. 만일 나와 바네츠카가 어떤 저속한 작품을 상연하면 극장은 초만원일 거예요. 내일 나와 바네츠카는 〈지옥의 오르페우스〉**를 공연하니까, 와주세요."

극장과 배우들에 관해서 쿠킨이 한 말을 그녀는 되풀이했다. 그녀는 그와 마찬가지로 관객들이 예술에 냉담하고 무지몽매하다고 하여 그들을 경멸했다. 그녀는 리허설에 참견하고, 배우들의 연기를 교정했으며, 악사들의 행동거지를 감시했다. 지역신문에서 극단을 나쁘게 말하면 울음을 터뜨렸고, 그다음에는 해명하려고 편집국을 돌아다녔다.

배우들은 그녀를 사랑했고, 그녀를 '나와 바네츠카' 내지 '귀여운 여인'이라 불렀다. 그녀는 그들을 동정했고, 그들에게 조금씩 돈을 빌려주었다. 만일 그들이 자신을 속이는 경우가 생겨도 그저 조용히 울기만 할 뿐 남편에게 푸념을 늘어놓지 않았다.

겨울에도 그들은 잘 살았다. 시내의 극장을 겨우내 임대하여 우크라이나 극단이나 마술사 혹은 지역의 아마추어 동호인들에게 단기로 임차했다. 올렌카는 살이 찌고 온몸이 만족감으로 빛났다. 반면에 쿠킨은 마르고 누래졌으며 엄청난 손실에 대해 푸념을 늘어놓았다. 겨울 내내 사업이 그다지 나쁘지 않았음에도 말이다. 밤마다 그는 기침을 해댔고, 그녀는 남편에게 딸기즙과 보리수꽃 차를 마시게 하고, 오드콜로뉴로 몸을

---

*자크 오펜바흐와 함께 당시 오페레타 붐을 이끌었던 에르베의 〈작은 파우스트(Le Petit Faust)〉인 것으로 보인다.
**우리나라에는 〈천국과 지옥〉이라는 제목으로 소개된 자크 오펜바흐의 오페레타. 먹고 즐기는 데만 몰두하는 당시 상류층 인사들을 그리스 신화에 빗댄 풍자희극으로, 그 서곡은 관현악의 명곡으로 손꼽힌다.

닦아준 다음 자신의 부드러운 숄로 감싸주었다.

"당신은 정말 멋진 사람이야!" 그의 머리를 쓰다듬으면서 그녀가 지극히 진실된 마음으로 말했다. "당신은 정말로 좋은 사람이야!"

사순절에 그는 극단을 모집하려고 모스크바로 떠났다. 그가 없으면 잠을 잘 수 없었기 때문에 그녀는 줄곧 창가에 앉아서 별을 바라보았다. 그러면서 그녀는 자신을 암탉에 비유했는데, 암탉들도 닭장에 수탉이 없으면 밤새 잠을 이루지 못하고 불안해하기 때문이었다. 쿠킨은 모스크바에서 지체하게 되자 부활절에는 돌아오겠노라고 편지했다. 그는 편지에서 '티볼리'에 관한 지시를 적어 보냈다. 그런데 수난주간의 월요일* 밤 늦게 대문을 두드리는 불길한 소리가 갑작스레 들려왔다. 누군가가 나무통을 두드리는 것처럼 작은 문을 '쿵! 쿵! 쿵!' 하고 두드렸다. 잠이 덜 깬 하녀가 문을 열려고 맨발로 웅덩이를 텀벙 소리 내며 달려갔다.

"문 열어요, 제발!" 누군가가 문 뒤에서 알아듣기 힘든 목소리로 말했다. "전보 왔습니다!"

올렌카는 전에도 남편한테 전보를 받은 적이 있었지만, 어쩐 일인지 이번에는 망연자실했다. 그녀는 떨리는 손으로 봉인을 뜯고 다음과 같은 내용을 담은 전보를 읽었다.

'이반 페트로비치 금일 급사. 슈찰라. 지시를 기다리고 있음.

*사순절은 부활절 이전의 40일 동안을 가리키며, 수난주간은 부활절 직전 일주일로 쿠킨의 전보가 도착한 것은 돌아오겠다고 한 날 일주일 전이 된다.

화요일 장례식.'

전보에는 그렇게 '장례식'이라거나 어떤 알 수 없는 단어 '슈찰라'가 쓰여 있었다. 오페레타 극단의 연출가가 서명한 것이었다.

"여보!" 올렌카가 흐느끼기 시작했다. "사랑하는 바네츠카, 여보! 어째서 내가 당신을 만났을까? 왜 내가 당신을 알고 사랑하게 됐을까? 당신이 어떻게 불쌍한 올렌카를 버리고 가버릴 수 있어? 불쌍하고 불행한 나를……"

화요일, 쿠킨은 모스크바의 바가니코프 묘지에 매장되었다. 올렌카는 수요일에 집으로 돌아왔다. 자기 방으로 들어서기 무섭게 침대에 모로 쓰러지더니 거리와 이웃집 마당에까지 들릴 정도로 큰 소리로 흐느껴 울기 시작했다.

"귀여운 여자야!" 이웃사람들은 성호를 그으면서 말했다. "귀여운 여자 올가 세묘노브나. 아아, 그녀가 얼마나 슬프겠나!"

3개월이 지난 어느 날 올렌카는 상복을 입고 슬픔에 싸여 아침예배를 마치고 집으로 돌아가고 있었다. 그녀의 이웃 가운데 한 사람인 바실리 안드레이치 푸스토발로프 역시 교회에서 돌아가는 길에 우연히 그녀와 함께 나란히 걸어가게 되었다. 그는 상인인 바바카예프의 목재 창고를 관리하고 있었다. 밀짚모자를 쓰고, 금줄이 달린 하얀 조끼를 입고 있어서 상인이라기보다는 흡사 지주 같아 보였다.

"모든 일에는 나름의 질서가 있는 법입니다, 올가 세묘노브나." 동정하는 목소리로 그가 단정하게 말했다. "만일 우리의

귀여운 여인 205

가까운 사람 가운데 누군가가 죽는다면, 그것은 하느님의 뜻이므로 그 경우에 우리는 자신을 돌이켜보고 겸허한 마음으로 견뎌야 합니다."

올렌카를 작은 문까지 배웅하고 난 다음 그는 작별인사를 하고 멀어져 갔다. 그 일이 있은 다음, 그녀는 온종일 그의 단정한 목소리가 들렸고, 눈을 감으면 그의 시커먼 턱수염이 눈에 밟히는 것이었다. 그녀는 그가 무척 좋았다. 그리고 아마도 그녀 또한 그에게 깊은 인상을 준 것 같았다. 왜냐하면 얼마 후에 그녀가 잘 알지 못하는 나이 지긋한 여자가 커피를 마시러 왔기 때문이었다. 그 여자는 탁자에 앉자마자 곧장 푸스토발로프에 대해 말하기 시작했는데, 너무 훌륭하고 견실한 남자여서 어떤 신붓감이라도 즐거운 마음으로 그에게 시집갈 것이라는 것이었다. 사흘 뒤에는 푸스토발로프 자신이 예의를 갖추어 방문했다. 그는 오래 머무르지 않고 한 10분 남짓 앉아 있었는데, 거의 아무 말도 하지 않았다. 하지만 올렌카는 그를 사랑하게 되었고, 너무나도 사랑한 나머지 밤새 한잠도 자지 못한 채 마치 열병에 걸린 것처럼 열이 났다. 아침에 그녀는 나이 지긋한 여자를 부르러 사람을 보냈다. 이내 혼담이 성립되었고, 그 후 결혼식이 개최되었다.

결혼한 푸스토발로프와 올렌카는 잘 살았다. 통상적으로 그는 점심식사 전까지 목재창고에 앉아 있었고, 그다음에는 일을 보러 갔다. 그러면 올렌카가 자리를 이어받아 저녁때까지 사무실을 지키며 출납회계를 쓰고 물건을 내주었다.

"요즘에는 목재 값이 해마다 20퍼센트씩 올라가고 있어요." 그녀가 거래처 사람들과 지인들에게 말했다. "말도 마세요! 예전에는 우리도 이 지역의 목재를 거래했는데, 이제는 바시츠카가 목재를 구하려고 해마다 모길례프 현으로 가야 한다니까요. 게다가 세금은 또 어찌나 비싼지!" 두려움에 질려 두 뺨을 손으로 감싼 채 그녀가 말했다. "세금이 어찌나 비싼지!"

그녀는 이제, 아주 오래전부터 자신이 목재를 거래했고, 인생에서 목재가 가장 중요하고 쓸모 있는 것처럼 생각되었다. 들보라든가 얇은 널빤지, 각목, 윗가지, 외벽용 목재, 포가(砲架), 배판(背板) 같은 단어들이 어쩐지 친근하고 감동적으로 들렸다…… 밤에 잠을 잘라치면 그녀는 산더미 같은 판자와 얇은 널빤지 그리고 목재를 도시 너머 어딘가 멀리 실어 나르는 짐마차들의 끝도 없이 기나긴 행렬을 꿈에 보는 것이었다. 길이가 12아르신이고, 굵기가 5베르쇼크*되는 통나무들이 일개 연대를 이루어 늘어선 채로 진군을 하듯 목재저장고로 옮겨지는 모습이나, 통나무와 들보 그리고 배판이 마른 나무의 공명 소리를 내면서 부딪치고, 서로서로 쌓여가면서 한꺼번에 쓰러지고 다시 일어서는 모습이 꿈에 보였다. 꿈속에서 올렌카가 소리 지르면 푸스토발로프가 부드럽게 말했다.

"여보, 올렌카. 무슨 일이야? 성호를 그어!"

남편의 생각이 그녀의 생각이었다. 방 안이 덥다거나 요즘

*1베르쇼크는 4.45센티미터.

사업이 부진하다고 그가 생각하면, 그녀 역시 그렇게 생각했다. 그녀의 남편은 오락을 좋아하지 않았고, 그래서 휴일이면 집에 머물렀는데, 그녀도 마찬가지였다.

"당신은 언제나 집이나 사무실에 계시는군요." 지인들이 말했다. "극장이나 서커스에 가시면 어떤가요, 귀여운 여인."

"나와 바시츠카는 극장에 돌아다닐 시간이 없답니다." 그녀가 단정하게 대답했다. "우리는 노동하는 사람들이라서 하찮은 것에 신경 쓸 겨를이 없거든요. 극장에 뭐 좋은 게 있나요?"

토요일마다 푸스토발로프와 그녀는 저녁예배에 다녔고, 휴일에는 아침예배에 다녔다. 교회에서 돌아올 때면 그들은 감동 어린 얼굴을 하고 나란히 걸었다. 두 사람한테서는 좋은 냄새가 났으며, 그녀의 비단옷은 유쾌한 소리를 냈다. 집에서 그들은 여러 가지 잼을 넣은 버터 빵을 차와 함께 먹었고, 그다음에 피로그를 먹었다. 날마다 정오가 되면 마당은 물론 대문 너머 거리까지도 보르시와 구운 양고기나 오리고기 냄새가 났고, 육식을 금하는 기간에는 생선 냄새가 났다. 그래서 대문 옆을 지나노라면 먹고 싶다는 생각을 하지 않을 수가 없었다. 사무실에서는 언제나 사모바르가 끓고 있었고, 구매자들은 부블리크*를 곁들인 차를 대접받았다. 일주일에 한 번 그들은 대중목욕탕에 다녔고, 두 사람 모두 빨개진 채로 나란히 걸어서 돌아왔다.

"괜찮아요. 우린 잘 살아요." 올렌카가 지인들에게 말했다.

---

*가락지 모양으로 생긴 밀가루 빵으로 영어로는 베이글(bagel)이라 한다.

"하느님 덕분이에요. 모든 사람들이 제발 나와 바시츠카처럼 살면 좋겠어요."

푸스토발로프가 목재를 구하러 모길례프 현으로 떠나면 그녀는 매우 적적해하면서 밤마다 잠을 이루지 못하고 소리 내서 울었다. 그녀의 집 별채에 세 들어 사는 젊은 군(軍)수의사 스미르닌이 때때로 밤에 찾아오기도 했다. 그는 그녀에게 이야기를 들려주기도 하고, 그녀와 카드놀이를 하기도 했는데, 이것이 그녀에게는 소일거리가 되어주었다. 그의 가정생활 이야기가 특히 흥미로웠다. 그는 결혼해서 아들이 하나 있었지만 아내와는 작별한 터였다. 왜냐하면 그녀가 그를 배신하는 바람에 이제는 그녀를 미워하게 되었기 때문이었다. 그는 아들의 양육비 명목으로 매달 그녀에게 40루블을 보내주고 있었다. 이런 이야기를 들으면서 올렌카는 한숨을 쉬고 고개를 흔들었다. 그녀는 사내를 동정했다.

"신께서 당신을 구원하시기를." 돌아가는 그를 양초를 들고 계단까지 배웅하며 그녀가 말했다. "적적한 참이었는데 함께 시간을 보내주셔서 감사해요. 하느님이 당신의 건강을 지켜주실 것이고, 성모 마리아께서……"

이제 그녀는 남편을 흉내 내면서 매우 단정하고 신중하게 말을 하고 있었다. 수의사는 벌써 문 뒤로 자취를 감추었건만 그녀는 소리를 내서 그를 부르며 이렇게 말하는 것이었다.

"근데요, 블라디미르 플라토니치. 부인하고 화해하세요. 아들을 위해서라도 부인을 용서하세요! ……아이도 필시 모든 걸 이해할 겁니다."

푸스토발로프가 돌아오자 그녀는 수의사와 그의 불행한 가정생활에 대해 낮은 목소리로 이야기했다. 두 사람은 한숨을 내쉬고 고개를 흔들면서 필시 아버지를 그리워하고 있을 소년에 대해 말했다. 그다음에는 이상한 방향으로 생각이 흘러 두 사람은 성상 앞에 서서 공손하게 예배를 드리면서 하느님께 아이들을 점지해주십사 기도를 올렸다.

푸스토발로프 내외는 그렇게 고요하고 평화롭게 사랑과 완전한 조화 속에서 6년을 살았다. 그러던 어느 겨울날 바실리 안드레이치는 창고에서 뜨거운 차를 마신 다음에 모자를 쓰지 않은 채 목재를 내다 팔려고 나갔다가 고뿔에 걸리고 말았다. 뛰어난 의사들이 그를 치료했으나, 질병은 자신의 목적을 달성하여 그는 넉 달을 앓고 난 후에 죽고 말았다. 그리하여 올렌카는 다시 과부가 되었다.

"당신은 왜 나를 두고 떠난 거예요, 여보?" 남편을 매장하고 나서 그녀는 흐느껴 울었다. "슬프고 불행한 나는 이제 당신 없이 어떻게 살죠? 선량한 여러분, 부모 없는 이 고아를 불쌍히 여겨주세요······."

그녀는 모자와 장갑을 영원히 포기한 채 상장(喪章)이 달린 검은 정장을 입고 다녔다. 그녀는 교회에 가거나 남편의 무덤에 갈 때를 제외하고는 거의 집 밖 출입을 하지 않고 수녀처럼 집에서만 지냈다. 그렇게 6개월이 지나서야 비로소 그녀는 상장을 떼어냈고, 창의 덧문을 열기 시작했다. 이제 사람들은 아침이면 그녀가 하녀를 데리고 식료품을 사기 위해 시장에 가는 것을 보게 되었다. 하지만 그녀가 집 안에서 어떻게 생활하는지, 그녀의 집에서는 무슨 일이 일어나고 있는지에 대해서는 그저 어림짐작하는 도리밖에 없었다. 예를 들어, 그녀가 마당에서 수의사와 함께 차를 마시는 것을 보거나, 그가 소리 내서 그녀에게 신문을 읽어주는 것을 보고서, 혹은 우체국에서 마주친 아는 여자한테 그녀가 다음과 같이 말한 내용을 가지고 어림짐작했던 것이다.

"수의사에게 제대로 검진을 받지 않아서 우리 도시에 병이 많이 생기는 거예요. 사람들이 우유 때문에 병이 나고, 말과 암소 때문에 감염된다고들 말하잖아요. 가축의 건강에 대해서도 사람들 건강만큼이나 신경을 써야 한답니다."

그녀는 수의사의 생각을 되풀이했으며, 이제는 모든 점에서 그와 똑같이 생각했다. 그녀는 애착의 대상 없이 단 한 해도 살 수 없으며, 새로운 행복을 자기 집 별채에서 찾은 게 분명했다. 다른 여자 같았으면 사람들은 그것을 두고 비난했을 터이나, 올렌카에 대해서는 누구도 나쁘게 생각할 수 없었다. 그녀의 인생에서 모든 것은 그렇게 이해되었다. 그녀와 수의사는 그들의 관계에서 일어난 변화에 대해 누구에게도 말하지 않았고, 감추려고 애썼지만 그것은 성공하지 못했다. 왜냐하면 올렌카는 비밀을 간직할 수 없었기 때문이었다. 그와 함께 일하는 부대의 동료들이 손님으로 찾아오면 그녀는 차를 따라주거나 혹은 식사를 대접하면서 뿔 있는 가축의 역병과 가축결핵 그리고 도시의 도살장에 대해 말하기 시작하는 것이었다. 그럴 때면 그는 엄청나게 당황했고, 손님들이 떠나고 나면 그녀의 팔을 붙들고 화를 내며 투덜거렸다.

"당신이 알지 못하는 것에 대해서는 말하지 말라고 부탁했잖아! 우리 수의사들이 말하고 있을 때는 제발이지 끼어들지 마. 정말로 따분하거든!"

그러면 그녀는 놀란 눈으로 그를 바라보고는 불안하게 묻는 것이었다.

"볼로디츠카, 그러면 난 무슨 얘기를 하죠?"

그녀는 두 눈에 눈물이 그렁그렁해서 그를 껴안고는 화내지 말라고 애원했고, 두 사람은 행복했다.

그러나 이런 행복은 오래 지속되지 않았다. 수의사가 부대와 함께 영원히 떠났던 것이다. 부대가 시베리아 어디쯤인가 매우 먼 곳으로 이동했기 때문이었다. 그리하여 올렌카는 혼자 남게 되었다.

이제 그녀는 완벽하게 혼자였다. 아버지는 오래전에 세상을 떠났고, 그의 안락의자는 먼지를 뒤집어쓰고 다리도 하나 잃어버린 채 다락방에 널브러져 있었다. 그녀는 살이 빠지고 추해졌다. 그래서 거리에서 마주치는 사람들도 이전처럼 그녀를 바라보지 않았고, 그녀를 보고 미소 짓지도 않았다. 좋았던 시절은 이미 지나가서 저 뒤에 남겨진 게 분명했고, 생각하지 않는 편이 더 나은 어떤 미지의 새로운 인생이 시작되었다. 밤마다 올렌카는 안락의자에 앉았는데, 그러면 '티볼리'에서 음악이 연주되는 소리와 폭죽 터지는 소리가 들려왔다. 하지만 그것은 더 이상 아무런 생각도 불러일으키지 않았다. 그녀는 무심하게 빈 마당을 바라보았고, 아무것도 생각하지 않았으며, 아무것도 바라지 않았다. 그러고 나서 밤이 오면 자러 갔는데, 꿈에서 그녀는 빈 마당을 보았다. 마지못해 먹고 마실 뿐이었다.

무엇보다도 나쁜 점은 이제 그녀에겐 아무런 견해도 없다는 사실이었다. 그녀는 자신의 주변에 있는 사물을 보고 주변에서 일어난 모든 것을 이해했지만, 아무런 견해도 만들어내지 못했고, 무슨 말을 해야 할지 알지 못했다. 어떤 견해도 가지지 못한다는 것은 얼마나 무서운 일인가! 예컨대 병이 하나 있다거나 비가 온다거나 혹은 농부가 마차를 타고 가는 것을 본다고 치자. 그런데 무엇 때문에 병이 있고 비가 오며 농부가 마차를 타고 가는지 말할 수 없는 것이다. 심지어는 천 루블을 준다 해도 할 말이 전혀 없는 것이다. 쿠킨과 푸스토발로프와 함께 있을 때나 그 이후에 수의사와 함께할 때 올렌카는 모든 것을 해명할 수 있었고, 필요하다면 자신의 견해를 말할 수 있었다. 하지만 이제 머릿속에도, 그녀의 마음속에도, 마당에 있는 것 같은 공허가 자리하고 있었다. 그것은 마치 쑥이라도 씹은 것처럼 괴롭고 입맛이 썼다.

도시는 조금씩 사방으로 확장되었다. 집시마을은 이제 큰 거리가 되었고, 티볼리 유원지와 목재창고가 있었던 곳에는 이미 여러 채의 집이 들어섰고, 골목도 몇 개나 생겨났다. 시간은 얼마나 신속하게 질주하는가! 올렌카의 집은 점점 어두워졌고, 지붕은 녹슬었으며, 창고는 기울어졌다. 마당에는 온통 잡초와 가시 많은 엉겅퀴가 무성했다. 올렌카 자신도 늙고 추해졌다. 여름이 오면 그녀는 현관계단에 나와 앉아 있었는데, 그녀의 영혼은 전과 마찬가지로 공허하고 따분하며 쑥 냄새가 났다. 겨울이 오면 그녀는 창가에 앉아 눈을 바라보았다. 봄바람이 불고, 바람이 교회의 종소리를 전해주면 느닷없이 과거에 대한 기억이 밀려와, 그녀의 가슴은 달콤하게 오그라들고 눈에서는 눈물이 쏟아지기 시작했다. 하지만 이것은 그저 잠시뿐이고, 다시 공허함이 밀려들고, 그녀는 자신이 어째서 살고 있는지도 모르게 되어버린다. 검정고양이 브리스카가 응석을 부리며 부드럽게 가릉거리지만, 고양이의 이런 응석이 올렌카를 감동시키지는 못한다. 그녀에게 필요한 것은 무엇인가? 여전히 그녀에게는 그녀의 온 존재를, 온 영혼과 이성을 사로잡고, 그녀에게 사유와 생의 향방을 제공하며, 그녀의 늙어가는 피를 덥혀줄 그런 사랑이 필요한 것이리라. 그래서 그녀는 검정고양이를 옷자락에서 털어내고, 짜증 난 목소리로 말하는 것이다.

"가, 가란 말이야…… 여기선 너 따위 필요 없어!"

그렇게 하루가 하루에 연이어, 1년에 1년이 더해져 지나갔고, 어떤 기쁨도, 어떤 생각도 없었다. 하녀인 마브라가 말하는 그것으로 족했다.

마을의 가축을 길을 따라 몰고 내려가는 바람에 마당에 먼지가 구름처럼 자욱했던 7월 어느 무더운 날, 저녁나절에 갑자기 누군가가 작은 문을 두드렸다. 몸소 문을 열려고 올렌카가 나갔는데, 눈을 들어 살펴본 즉시 그 자리에서 굳어버렸다. 대문 뒤에는 이젠 머리가 희끗해진, 평상복을 입은 수의사 스미르닌이 서 있었다. 순간 모든 것이 다 생각났다. 그녀는 억제하지 못하고서 울음을 터뜨렸다. 단 한 마디도 하지 못한 채 그녀는 그의 가슴에 머리를 묻었다. 너무나도 큰 충격을 받은 나머지 그녀는 자신과 스미르닌이 어떻게 집 안으로 들어왔고, 차를 마시러 자리에 앉았는지도 알 수 없었다.

"여보!" 기쁨에 몸을 떨면서 그녀가 중얼거렸다. "블라디미르 플라토니치! 대체 어디서 오는 길이에요?"

"여기서 완전히 정착하고 싶소." 그가 말했다. "사표를 내고 마음껏 내 운을 시험해보려고, 정착생활이란 걸 좀 해보려고 온 거요. 아들 녀석도 김나지움에 보낼 때가 됐고 말이죠. 다 컸다니까요. 참, 아내와는 화해했소."

"그녀는 어디 있어요?" 올렌카가 물었다.

"아내는 아들과 함께 호텔에 있고, 이렇게 나만 집을 구하러 온 거요."

"하느님 맙소사. 우리 집에서 지내세요! 집을 뭐 하러 구한단 말이에요? 아아, 당신한테는 한 푼도 받지 않을 테니까요." 올렌카는 흥분하기 시작하더니 다시 울음을 터뜨렸다. "여기서 사세요. 난 별채면 충분하니까요. 정말로 기뻐요!"

다음 날이 되자 벌써 지붕이 색칠되었고, 벽도 하얗게 칠해졌다. 양손을 허리에 대고 몸을 뒤로 젖힌 채 올렌카는 마당을 돌아다니면서 이것저것 지시했다. 얼굴에는 예전의 미소가 빛나기 시작했고, 기나긴 잠에서 깨어난 것처럼 온몸이 되살아나 혈색이 돌았다. 수의사의 아내가 도착했다. 짧은 머리털에 변덕스러운 표정의, 마르고 예쁘지 않은 여자였다. 그 여자와 함께 아들 사샤도 왔는데, 나이에 비해 키가 작고 (아이는 벌써 아홉 살이 지나 있었다) 통통했으며, 반짝이는 하늘색 눈에 두 뺨에는 보조개가 패어 있었다. 마당에 들어서기가 무섭게 아이는 고양이를 뒤쫓아 달리기 시작했고, 이내 쾌활하고 기쁜 웃음소리가 들려왔다.

"아줌마, 이거 아줌마 고양이에요?" 아이가 올렌카에게 물었다. "고양이가 새끼를 낳으면 우리한테 한 마리만 좀 주세요. 엄마가 쥐를 무서워하거든요."

올렌카는 아이와 잠시 이야기를 나누고 차를 따라주었다. 그녀의 가슴 속은 따뜻해졌고, 달콤하게 조여졌다. 이 소년이 마치 자신의 친아들처럼 여겨진 것이다. 그래서 저녁에 아이가 식당에 앉아서 학과를 복습할 때면 그녀는 감동어린 눈으로 아이를 바라보면서 연민에 차서 속삭였다.

"얘야, 예쁘기도 하지…… 내 아이야. 어쩌면 그렇게 똑똑하고 뽀얗게 태어났다니."

"모든 면이 물로 둘러싸인 육지의 일부는," 아이가 읽었다. "섬이라고 불린다."

"육지의 일부는 섬이라 불린다……" 그녀가 되풀이했다. 이것은 몇 년 동안 지속된 침묵과 사유의 공백 이후에 확신을 가지고 그녀가 진술한 최초의 견해였다.

그래서 그녀는 이미 나름의 견해를 가지게 되었고, 저녁식사 자리에서 사샤의 부모와 함께 요즘 아이들이 김나지움에서 얼마나 힘들게 공부하는지에 대해. 하지만 그럼에도 고전교양이 실과교육보다 낫다는 이야기를 했다. 왜냐하면 김나지움만 졸업하면 도처로 길이 열려 있기 때문이라는 것이다. 원한다면 의사가 될 수도 있고, 기술자가 될 수도 있다는 얘기였다.

사샤가 김나지움에 다니기 시작했다. 아이의 어머니는 하리코프에 있는 누이한테 가더니만 돌아오지 않았다. 아이의 아버지는 날마다 가축의 무리를 살피러 어디론가 가버렸고, 따라서 이삼 일씩 집에 들어오지 않았다. 그래서 올렌카는 사샤가 완전히 내던져졌으며, 집 안에서 쓸모없는 사람이 되어버렸고, 배고파서 죽을 것이라는 생각이 들었다. 그래서 그녀는 아이를 자신의 거처인 별채로 옮겼고, 거기 있는 작은 방에서 지내도록 했다.

사샤가 그녀의 별채에서 산 지 어느덧 반년이 흘러갔다. 아침마다 올렌카는 그의 방에 들어간다. 아이는 한 손을 뺨 아래 받친 채 숨소리도 들리지 않을 만큼 깊이 잠들어 있다. 아이를 깨우는 것이 그녀는 안쓰럽다.

"사셴카!" 그녀가 애처롭게 말한다. "일어나라, 애야! 김나지움 가야지."

아이는 자리에서 일어나 옷을 입고 기도를 하고는 앉아서 차를 마신다. 아이는 세 잔의 차를 마시고, 두 개의 커다란 블리크와 버터를 바른 프렌치롤 반쪽을 먹는다. 아이는 아직도 완전히 잠에서 깨어나지 못해 기분이 언짢다.

"얘야, 사셴카. 동화를 끝까지 못 외웠지." 올렌카가 이렇게 말하더니 마치 먼 길을 배웅하기라도 하듯 아이를 바라본다. "네가 걱정이로구나. 얘야, 공부 열심히 해야지…… 선생님들 말씀 잘 듣고."

"아아, 제발 좀 내버려두세요!" 사샤가 말한다.

그런 다음 아이는 거리를 따라 김나지움으로 걸어간다. 작은 아이가 커다란 모자를 쓰고, 등에는 가방을 메고 있다. 그의 뒤를 따라 소리도 없이 올렌카가 걸어간다.

"사셴카—아!" 그녀가 소리 내서 부른다.

아이가 돌아보면 그녀는 아이 손에 대추야자 열매나 캐러멜을 쥐어준다. 김나지움이 자리하고 있는 골목으로 접어들게 되면 아이는 자기 뒤에서 키가 크고 뚱뚱한 여자가 따라오는 것이 부끄럽게 여겨진다. 아이가 돌아서서 말한다.

"아주머니, 집으로 가세요. 이제 나 혼자 갈 수 있어요."

그녀는 멈춰 서서 아이가 김나지움 현관으로 모습을 감출 때까지 꼼짝도 하지 않고 아이의 뒷모습을 바라본다. 아아, 정말로 그녀는 아이를 사랑하는 것이다! 그녀가 이전에 사랑했던 사람들 가운데에도 이토록 깊이 사랑한 사람은 없었다. 그녀의 내부에서 모정이 점점 더 강렬하게 타오르고 있는 지금처럼 그토록 헌신적이고 사심 없이 커다란 기쁨으로 그녀의 영혼이 굴복했던 적은 일찍이 없었다. 남이 낳은 소년을 위해서, 소년의 뺨에 팬 보조개를 위해서, 모자를 위해서 그녀는 자신의 모든 생을 바칠 태세가 되어 있었다. 그것도 기쁜 마음으로, 감동의 눈물을 흘리면서 말이다. 왜 그런가? 누가 그것을 알겠는가, 왜 그런지?

사샤를 김나지움에 데려다준 다음에 그녀는 만족스럽고 평온한 기분으로 애정으로 충만하여 조용히 집으로 돌아온다. 최근 반년 동안 젊어진 그녀의 얼굴은 미소 지으며 환하게 빛난다. 그녀를 만나는 사람들은 그녀를 보면서 기분이 좋아져서 말한다.

"안녕하세요, 귀여운 올가 세묘노브나! 어떻게 지내세요, 귀여운 여인이여?"

"요즘엔 김나지움에서 공부하는 것이 어려워졌답니다." 그녀가 시장에서 말한다. "어제는 1학년 아이들한테 우화를 주고 외우게 하더니, 라틴어 번역을 시키고, 과제까지 내주었다니까요. 정말이지…… 아니, 아이들한테 어쩌면 그럴 수가 있죠?"

그녀는 교사들과 수업과 교과서에 대해 말하기 시작한다. 그런데 그것은 사샤가 해준 것과 똑같은 이야기다.

두 시 무렵에 그들은 함께 점심을 먹고, 저녁에는 함께 수업을 준비하거나 운다. 아이를 침대에 눕히면서 그녀는 오래도록 성호를 긋고 나지막한 소리로 기도한다. 그다음에는 자려고 누워서 사샤가 학업을 마치고 의사나 기술자가 되어 자기 소유의 커다란 집과 말, 마차를 가지고 있고, 결혼해서 아이들이 태어날 멀고도 어렴풋한 미래를 몽상하는 것이다…… 그녀는 잠이 들어서도 여전히 똑같은 것을 생각한다. 감긴 눈에서 눈물이 흘러나와 뺨을 타고 흐른다. 그러면 검정고양이가 그녀의 옆구리 아래 누워서 가르릉거리는 소리를 낸다.

"가르릉…… 가르릉…… 가르릉……"

갑자기 작은 문을 세차게 두드리는 소리가 들린다. 올렌카가 잠에서 깨어나 두려움 때문에 숨을 죽인다. 그녀의 심장이 마구 쿵쿵거린다. 잠시 시간이 흐르고 다시 문 두드리는 소리가 들린다.

'하리코프에서 온 전보야.' 온몸을 떨기 시작하면서 그녀는 생각한다. '아이 어머니가 사샤를 하리코프로 데려가고 싶은 거야…… 오, 하느님!'

그녀는 절망에 빠진다. 머리와 팔다리가 차가워지고, 이 세상에서 자신보다 더 불행한 사람은 없는 것 같다. 하지만 잠시 시간이 흐르고 나자 목소리가 들린다. 그것은 수의사가 클럽에 갔다가 돌아오는 소리였다.

'이런, 천만다행이야.' 그녀가 생각한다.

가슴에서 조금씩 통증이 사라지고 다시 편안해진다. 그녀는 자리에 누워 사샤를 생각한다. 아이는 옆방에서 곤히 잠들어 있고, 가끔 잠꼬대로 중얼거린다.

"가만두지 않을 거야! 꺼져! 때리지 마!"

약혼자
(1903년)

I

이미 밤 열 시였고, 정원 위에는 보름달이 빛나고 있었다. 슈민 가문의 집에서는 마르파 미하일로브나 할머니가 분부한 저녁 기도가 이제 막 끝난 참이었다. 잠시 정원으로 나온 나쟈는 전채(前菜)를 내올 식탁이 응접실에 준비되는 모습과 호사스러운 비단옷을 입은 할머니가 분주하게 움직이는 모습을 볼 수 있었다. 본당 수석사제인 안드레이 신부는 나쟈의 어머니 니나 이바노브나와 함께 무엇인가에 대해 말하고 있다. 그리고 지금, 저녁 조명을 받고 있는 어머니는 창문으로 보니까 매우 젊어 보였다. 안드레이 신부의 아들인 안드레이 안드레이치는 그 옆에 서서 주의 깊게 이야기에 귀를 기울이고 있었다.

정원은 고요하고 서늘했으며, 어둑하고 평온한 그림자가 대지에 깔려 있었다. 어딘가 먼 곳에서, 아주 멀리, 아마도 교외에서 개구리들이 우는 소리가 들려왔다. 5월, 사랑스러운 5월이 느껴졌다! 그녀는 숨을 깊이 들이마시고, 여기가 아닌 저 하늘 아래 다른 어딘가, 나무들 너머, 이 도시에서 멀리 떨어진 들판과 숲 속에서 허약하고 죄 많은 인간은 이해할 수 없는 신비하고 아름다우며 풍요롭고 성스러운 봄의 일생이 이제 막 펼쳐지고 있다고 생각하려 했다. 그리고 나니 어쩐지 울고 싶어졌다.

그녀, 나쟈는 어느새 스물세 살이었다. 열여섯 살부터 결혼을 애타게 꿈꿔왔고, 그리하여 지금, 마침내 창문 너머에 서 있는 바로 그 사람 안드레이 안드레이치의 약혼자가 되었다. 나쟈는 그가 좋았다. 결혼식은 이미 7월 7일로 잡혀 있다. 그런데도 기쁘지가 않았고 밤에는 제대로 자지 못했으며, 그녀의 쾌활함도 사라져버렸다…… 부엌이 있는 지하실의 열린 창문으로 사람들이 서둘러 돌아다니는 소리와 도마질하는 소리, 문이 여닫히는 소리가 들려왔고, 구운 칠면조와 식초에 절인 버찌 냄새가 났다. 그리고 어쩐 일인지 나쟈에게는 지금 이 모든 것이 아무런 변화도 없이, 끝도 없이 평생 계속될 것이라는 생각이 들었다.

그때 누군가가 집에서 나와 현관계단에 멈춰 섰다. 그 사람은 열흘 전 쯤 모스크바에서 온 손님 알렉산드르 티모페이치 혹은 간단히 말해서 사샤였다. 어느 땐가 오래전에 먼 친척이자 영락한 귀족 미망인인 작고 마르고 병든 마리야 페트로브나가 도움을 요청하러 할머니를 찾아오곤 했는데, 그 여자의 아들이 사샤였다. 이유는 모르지만 사람들은 그가 뛰어난 화가라고들 말했으며, 그래서 그의 어머니가 죽었을 때 할머니는 고인의 영혼을 달래고자 그를 모스크바의 코미사로프 학교에 보냈다. 2년 후에 그는 미술학교로 옮겼고, 거기에서 거의 15년을 지내면서 변변치 못한 성적으로 건축학과를 졸업했다. 하지만 그럼에도 건축에는 관심이 없었고, 지금은 모스크바의 어느 석판 인쇄소에서 근무하고 있었다. 해마다 여름이면 거의 빼놓지 않고 그는 휴양하여 건강을 회복할 목적으로 할머니한테 오곤 했는데, 언제나 매우 병약한 상태였다.

그는 지금 오래 입어서 단이 다 해진 낡은 면바지에 프록코트를 갖춰 입고 코트의 단추까지 다 여미고 있었다. 셔츠도 다림질을 하지 않아서 전체적으로 다소 생기 없는 모습이었다. 매우 마른 데다가 눈은 컸으며, 손가락은 길고 가늘었다. 수염이 덥수룩하고, 피부는 검었지만 그럼에도 인물이 좋았다. 슈민 집안사람들과는 한 가족이나 마찬가지여서 마치 자기 집에 있는 것처럼 편안하게 지내고 있었다. 그가 이 집에서 머물고 있는 방은 이미 오래전부터 사샤의 방이라 불리고 있었다.

현관계단에 멈춰 선 그는 나쟈를 알아보더니 그녀에게로 걸어갔다.

"여기는 참 좋아요." 그가 말했다.

"물론이죠. 좋고말고요. 가을 이전까지는 여기 계실 거죠?"

"네, 아마 그럴 것 같습니다. 필시 9월까지는 여기서 지낼 듯합니다."

그는 까닭도 없이 소리 내서 웃더니 그녀 곁에 나란히 앉았다.

"여기 앉아서 엄마를 보고 있었어요." 나쟈가 말했다. "여기서 보자니까 정말 젊어 보여요! 물론 약점도 있지만," 잠시 침묵하더니 그녀가 덧붙였다. "어쨌든 엄마는 대단한 분이세요."

"그래요, 좋은 분입니다……" 사샤가 동의했다. "당신 어머님은 나름대로 물론 매우 선량하고 사랑스러운 분이에요. 하지만…… 어떻게 말씀드려야 할지. 오늘 아침 일찍 부엌에 갔더니 하녀 네 명이 바닥에서 잠을 자고 있더군요. 침대도 없고, 이부자리 대신 누더기를 덮고 있었는데, 악취하며 빈대와 바퀴벌레가…… 20년 전과 똑같습니다. 하나도 변한 게 없어요. 뭐, 할머니야 그렇다 칩시다. 할머니는 할머니니까요. 하지만 어머님은 아마 프랑스어도 하시고, 공연에도 참가하셨지요. 그러니까 아마 이해하실 겁니다."

사샤는 말을 할 때면 길고도 앙상한 손가락 두 개를 상대방에게 내미는 버릇이 있었다.

"이곳의 모든 것이 내게는 이상할 정도로 익숙해지지 않습니다." 그가 말을 이었다. "정말이지 누구 한 사람 일하는 사람이 없습니다. 어머님은 마치 공작부인처럼 온종일 산보만 하시고, 할머니 역시 아무것도 하지 않으세요. 당신도 마찬가지고. 게다가 약혼자인 안드레이 안드레이치 역시 아무것도 하지 않습니다."

나쟈는 그 말을 작년에도 들었고, 재작년에도 들은 것 같았다. 그래서 사샤가 다른 생각은 통 할 줄 모른다는 걸 그녀는 알고 있었다. 예전에는 그것이 우스웠지만, 지금은 어쩐 일인지 짜증이 나는 것이었다.

"그런 이야기는 하도 들어서 이제 신물이 나요." 그렇게 말하고 그녀는 자리에서 일어섰다. "무엇인가 좀 더 새로운 걸 생각해보세요."

소리 내서 웃더니 그 역시 자리에서 일어났다. 두 사람은 집으로 걸음을 옮겼다. 그녀는 키가 크고 아름다우며 몸매가 좋았고 그와 나란히 있으니까 매우 건강하고 잘 차려입은 것처럼 보였다. 그녀는 그것을 느꼈고, 그래서 그가 안쓰럽고 다소 거북스러웠다.

"게다가 당신은 불필요한 말을 많이 해요." 그녀가 말했다. "방금 전에도 나의 안드레이에 대해서 말했지만, 당신은 그이를 모르잖아요."

"나의 안드레이라…… 당신의 안드레이야 내 알 바 아닙니다! 나는 그저 당신의 청춘이 안타까울 따름입니다."

그들이 응접실로 들어갔을 때 사람들은 이제 막 저녁식사를 하려고 자리에 앉은 참이었다. 매우 뚱뚱하고 못생긴 얼굴, 눈썹이 짙고 콧수염이 나 있는 할머니, 혹은 집에서 부르는 대로 하자면 '조모님'이 무언가 큰 소리로 말하고 있었다. 소리로 보나 어투로 보나 그녀가 집안의 연장자라는 사실이 명확했다. 그녀는 시장에 열 개의 점포를 소유하고 있었고, 커다란 기둥들과 정원이 딸린 오래된 집도 가지고 있었다. 그런데도 그녀는 아침마다 파산하지 않게 해달라고 기도 드렸으며, 그때마다 울음을 터뜨리는 것이었다. 그녀의 며느리이자 나쟈의 어머니인 니나 이바노브나는 금발머리에 꼭 끼는 옷을 입고 있었고, 코안경을 쓰고 손가락마다 다이아몬드 반지를 끼었다. 안드레이 신부는 여윈 노인네로 이가 없어서 마치 무엇인가 무척 재미난 것을 이야기하려는 듯한 표정을 하고 있었다. 그의 아들이자 나쟈의 약혼자인 안드레이 안드레이치는 곱슬머리에 살집이 좋은 미남자로 얼핏 배우나 화가로 보였다. 그들 세 사람은 최면술에 대해 말하고 있었다.

"우리 집에 일주일만 있으면 건강이 회복될 거야." 사샤를 바라보면서 조모님이 말했다. "조금만 더 먹으렴. 얼굴이 그게 뭐냐!" 그녀가 한숨 쉬었다. "아주 끔찍하구나! 정말이지 영락없는 '돌아온 탕자'*야."

"아버지가 주신 재산을 탕진한 다음에," 안드레이 신부가 웃는 눈으로 천천히 말했다. "죄 많은 나는 우매한 가축들과 함께 풀을 뜯었나니……"

"아버지를 사랑합니다." 안드레이 안드레이치가 아버지의 어깨를 감싸며 말했다. "훌륭한 노인네죠. 선량한 노인입니다."

모두가 침묵했다. 사샤가 느닷없이 웃음을 터뜨리더니 냅킨을 입에 가져다 댔다.

"그러니까, 부인께서는 최면술을 믿으신다는 겁니까?" 안드레이 신부가 니나 이바노브나에게 물었다.

"물론, 꼭 믿는다고는 할 수 없어요." 니나 이바노브나가 매

*나누어준 재산을 탕진하고 비참한 몰골로 돌아온 자식에게 소를 잡아 먹였다는 성서 속 이야기.

우 진지한, 심지어는 엄격해 보이는 표정을 지어 보이면서 대답했다. "하지만 자연에는 비밀스럽고도 이해할 수 없는 것들이 많다는 것은 인정하지 않을 수 없어요."

"전적으로 동의합니다만, 한 가지 덧붙여야겠습니다. 믿음은 비밀스러운 것의 영역을 현저하게 축소시키는 법이지요."

커다랗고 기름진 칠면조가 나왔다. 안드레이 신부와 니나 이바노브나는 하던 대화를 이어나갔다. 니나 이바노브나의 손가락에 끼워진 다이아몬드 반지들이 빛을 발하더니, 그다음에는 눈에서 눈물이 반짝였다. 그녀는 흥분하기 시작했다.

"제가 감히 신부님과 논쟁할 수는 없겠지만," 그녀가 말했다. "그래도 인정하셔야 해요. 인생에는 해결되지 않는 수수께끼가 너무도 많다는 사실을요!"

"감히 단언하거니와 단 하나도 없습니다."

저녁식사가 끝난 다음 안드레이 안드레이치가 바이올린을 연주했고, 니나 이바노브나는 피아노로 반주했다. 그는 10년 전에 대학의 철학과를 졸업했지만, 어느 곳에서도 근무한 적이 없었다. 딱히 하는 일이 없었고, 그저 간간이 자선 목적의 연주회에 참여할 따름이었다. 시내에서는 그를 배우라고 불렀다.

안드레이 안드레이치가 연주하고 모두가 말없이 귀를 기울였다. 식탁에서는 사모바르가 조용히 끓고 있었고, 사샤만 혼자 차를 마셨다. 시계가 열두 시를 쳤을 때 바이올린 줄이 갑자기 끊어졌다. 모두가 웃음을 터트리더니 분주하게 서두르면서 작별인사를 나누기 시작했다.

약혼자를 배웅하고 나서 나쟈는 어머니와 함께 살고 있는 2층으로 갔다(아래층은 할머니가 차지했다). 아래층 홀에서 등불이 꺼지기 시작했지만, 여전히 사샤는 자리에 앉아서 차를 마셨다. 그는 언제나 오래도록 차를 마셨는데, 모스크바식으로 한 번에 일곱 잔씩 마셨다. 나쟈가 옷을 벗고 침대에 누운 다음에도 아래층에서 하녀가 청소를 하고, 할머니가 화를 내는 소리가 오래도록 들려왔다. 마침내 모든 것이 조용해졌다. 오직 사샤가 자신의 방에서 낮은 목소리로 기침하는 소리만이 간간이 들려왔다.

II

나쟈가 잠에서 깨어났을 때는 아마 두 시 무렵이었고, 동이 트기 시작했다. 어디선가 멀리서 야경꾼의 딱따기 소리가 들렸다. 잠을 자고 싶지 않았기 때문에 누워 있는 것이 몹시 편하기는 했지만 거북했다. 5월의 지나간 모든 밤들처럼 나쟈는 침대에 앉아서 생각하기 시작했다. 지난밤과 똑같은 불필요하고도 성가신 생각이었다. 말하자면 안드레이 안드레이치가 그녀를 따라다니기 시작하고, 청혼을 하고, 그녀가 그것을 받아들이고, 이 선량하고 똑똑한 사람의 가치를 점차로 조금씩 인정하기 시작한 것에 대한 생각이었다. 하지만 어쩐 일인지 지금, 그러니까 결혼식이 한 달도 남지 않은 시점에서 그녀는 두려움과 불안을 느끼기 시작했다. 마치 무엇인가 불명확하고 고통스러운 것이 그녀를 기다리고 있는 듯했다.

'똑—딱, 똑—딱……' 야경꾼이 게으르게 딱따기를 두드렸다. '똑—딱……'

크고 낡은 창문으로 정원이 보였고, 조금 떨어진 곳에서 만발한 수수꽃다리 관목이 추위로 인해 생기가 없고 잠이 덜 깬 모습으로 조밀하게 서 있었다. 희고 짙은 안개가 수수꽃다리 쪽으로 다가가서 그것을 뒤덮고 싶어하는 듯했다. 멀리 있는 나무 위에서는 까마귀들이 울어댔다.

'오오, 어째서 이리 괴로운 걸까?'

아마 모든 약혼자들이 결혼을 앞두고 똑같은 경험을 할 것이다. 누가 알겠는가! 아니면 사샤의 영향일까? 하지만 사샤는 벌써 몇 년 동안이나 마치 낭독이라도 하는 것처럼 같은 말만 되풀이한다. 그가 그런 말을 할 때면 유치하고 이상하다고 생각되는 것이다. 그럼에도 불구하고 어째서 사샤가 머릿속에서 떠나지 않는 것일까? 왜 그럴까?

야경꾼은 이미 한참 전부터 딱따기를 치지 않는다. 창문 아래쪽과 정원에서 새들이 지저귀기 시작했고, 안개는 정원을 빠져나갔다. 주위의 모든 것이 마치 미소처럼 봄빛으로 밝아졌다. 햇볕으로 더워지고 애정으로 넘치는 정원 전체가 이내 생기를 찾았고, 이슬방울들은 마치 다이아몬드 원석처럼 나뭇잎 위에서 반짝였다. 낡고 오래전부터 방치된 정원이 오늘 아침에는 그토록 젊고 아름답게 보이는 것이었다.

조모님은 이미 기침(起寢)하셨다. 사샤가 거칠고 나직한 소리로 기침하기 시작했다. 아래층에서 사모바르를 준비하고 의자를 움직이는 소리가 들려왔다.

시간은 천천히 흘러간다. 나쟈는 한참 전부터 일어나서 오래도록 정원을 산보했지만, 아침은 여전히 지속되고 있다.

울어서 눈이 부은 니나 이바노브나가 탄산수가 들어 있는 컵을 들고 정원에 나왔다. 그녀는 강신술(降神術)과 동종요법(同種療法)에 몰두하여 많은 책을 읽었고, 자신이 빠져들기 쉬운 의혹에 대해 말하기를 좋아했다. 이 모든 것이 나쟈에게는 깊고도 신비스러운 의미를 함축하고 있는 듯 보였다. 나쟈는 어머니에게 키스하고 나란히 걸었다.

"왜 울었어요, 엄마?" 그녀가 물었다.

"어젯밤에 어느 노인과 딸에 관한 중편소설을 읽기 시작했단다. 노인은 어디선가 근무하고 있는데, 상관이 그의 딸을 사랑하게 되었지 뭐니. 끝까지 읽지는 않았지만, 어느 대목에선지 눈물을 흘리지 않을 수 없었어." 니나 이바노브나는 그렇게 말하더니 물을 홀짝홀짝 마셨다. "오늘 아침에 그게 다시 생각나서 눈물이 났단다."

"저도 요즘 기분이 영 별로예요." 잠시 침묵하다가 나쟈가 말했다. "왜 밤에 잠을 못 자는 걸까요?"

"모르겠구나, 애야. 밤에 잠이 안 오면 나는 두 눈을 꼭꼭 감고, 이렇게 말이다. 그러고는 안나 카레니나는 어떻게 걷고 또 어떻게 말을 했을까를 상상하거나 역사적인 사건을 머릿속으로 그려본단다. 고대세계에서 ……"

어머니가 그녀를 전혀 이해하지 못하고 있으며, 이해할 수도 없다는 것을 나쟈는 느꼈다. 이런 느낌이 든 것은 난생처음이어서 그녀는 무서워지기까지 했고 숨고 싶었다. 나쟈는 자신의 방으로 갔다.

두 시가 되자 모두가 점심을 먹기 위해 자리에 앉았다. 수요일이자 육식을 금하는 날이었기 때문에 할머니에게는 야채수프와 노래미가 들어간 죽이 나왔다.

사샤는 할머니를 놀려줄 양으로 자기 몫의 고기수프에다 야채수프까지 먹어버렸다. 식사하는 동안에 그는 계속해서 농담을 해댔다. 하지만 그의 농담은 언제나 도덕적 교훈을 염두에 둔 묵직한 것이었고, 그래서 조금도 재미있지 않았다. 그가 농담을 하기 전에 매우 길고 수척하며 마치 시체 같은 손가락을 위로 치켜들 때면, 그가 몹시 위중해서 아마도 이 세상에서 살아갈 날이 얼마 남지 않았다는 생각이 들어서 눈물이 날 만큼 그가 불쌍해지는 것이었다.

점심식사가 끝난 다음 할머니는 쉬겠다며 자신의 방으로 갔다. 잠시 피아노를 친 다음 니나 이바노브나 역시 자리를 떴다.

"아, 사랑스런 나쟈." 사샤가 식사 뒤의 통상적인 이야기를 시작했다. "당신이 내 말에 귀를 기울인다면 얼마나 좋을까! 그럴 수만 있다면!"

그녀는 눈을 감은 채 오래된 안락의자에 깊숙이 앉았다. 그는 이 구석에서 저 구석으로 방 안을 조용히 왔다 갔다 했다.

"당신이 공부를 위해 떠날 수 있다면!" 그가 말했다. "오직 교양 있고 신성한 사람들만이 아름답고, 오직 그들만이 쓸모 있습니다. 그런 사람들이 많아지면 질수록 더우 빨리 지상에 하느님의 왕국이 도래할 겁니다. 그렇게 되면 당신의 도시도 전부 점차 파괴되어 돌 하나도 남지 않게 될 겁니다.*

마치 마법에 걸린 것처럼 모든 것이 거꾸로 뒤집히고 모든 것이 바뀔 것입니다. 그렇게 되면 여기에는 거대하고 웅장하기 이를 데 없는 집들과 정원, 비상한 분수들과 기막힌 사람들이 있을 겁니다…… 하지만 중요한 것은 그게 아니에요. 중요한 것은 지금 존재한다고 우리가 생각하는 군중, 그런 사악한 존재가 그때에는 없을 거란 사실입니다. 왜냐하면 한 사람 한 사람이 믿음을 가지고 무엇 때문에 살고 있는지 알게 될 것이기 때문입니다. 그리하여 어느 누구도 군중 속에서 의지할 바를 구하지 않을 겁니다. 친애하는 나쨔, 떠나세요! 모든 사람들에게 이런 미동도 하지 않는 잿빛 죄악의 삶에 물려버렸다는 걸 보여주세요. 당신 자신에게만이라도 그걸 보여주세요!"

"안 돼요, 사샤. 난 이제 결혼해요."

"에이. 관둬요! 그게 누구한테 쓸데가 있나요!"

그들은 정원으로 나가서 잠시 걸었다.

"사랑스런 나쨔. 어떤 일이 있어도 깊이 생각하고 이해해야

---

*〈마르코의 복음서〉 제13장 2절에서 인용한 문장. "지금은 저 웅장한 건물들이 다 보이겠지만, 그러나 저 돌들이 어느 하나도 제자리에 그대로 얹혀 있지 못하고 다 무너지고 말 것이다."

합니다. 당신의 이런 무위도식하는 생활이 얼마나 추악하고 비도덕적인지 말이죠." 사샤가 말을 이었다. "이걸 아셔야 합니다. 예를 들어, 만일 당신과 당신의 어머니 그리고 할머니가 아무 일도 하지 않는다면, 그것은 누군가 다른 사람이 당신들을 위해 노동하고 있다는 걸 뜻합니다. 당신들이 누군가 다른 사람의 인생을 갉아먹는다는 걸 의미합니다. 그것이 깨끗합니까? 추악하지 않은가요?"

나쟈는 '그래요, 맞아요'라고 말하고 싶었다. 자기도 알고 있노라고 말하고 싶었다. 하지만 눈에서 눈물이 나오는 바람에 그녀는 갑작스레 입을 다물고는 움츠러들더니 자신의 처소로 가버렸다.

저녁나절에 안드레이 안드레이치가 와서 평소대로 오래도록 바이올린을 연주했다. 대체로 그는 이야기하는 걸 좋아하지 않았고, 바이올린을 좋아했다. 아마도 연주할 때에는 침묵할 수 있기 때문에 그런 것 같았다. 열 시가 지나 집으로 가면서 그는 외투 차림으로 나쟈를 끌어안고는 얼굴이며 어깨, 손에 열렬하게 키스를 했다.

"사랑하는 나의 나쟈, 아름다운 그대!" 그가 중얼거렸다. "오, 난 정말 행복해! 기뻐서 미칠 것만 같아!"

이런 말을 그녀는 이미 오래전에 들은 것 같았다. 아주 오래전에. 혹은 어딘가에서 읽은 것 같았다…… 낡고 너덜너덜해지고 오래전에 내동댕이쳐진 소설책에서.

사샤는 홀에서 자신의 긴 다섯 손가락으로 찻잔을 받쳐 들고 탁자에 앉아서 차를 마시고 있었다. 조모님은 카드점을 치고 있었고, 니나 이바노브나는 책을 읽고 있었다. 램프 안에서는 등불이 탁탁 소리를 냈고, 모든 것이 조용하고 평온한 것처럼 보였다. 나쟈는 작별인사를 하고 위층의 자기 방으로 가서 누워 이내 잠들었다. 그러나 지난밤처럼, 날이 샐 무렵에 그녀는 이미 잠에서 깨어났다. 잠을 자고 싶지 않았고, 마음이 불안하고 고통스러웠다. 자리에 앉아서 머리를 무릎 위에 올려놓고 그녀는 약혼자에 대해서, 결혼에 대해서 생각했다…… 왜인지는 몰라도 그녀의 어머니가 고인이 된 남편을 사랑하지 않았고, 이제는 가진 것 하나 없이 완전하게 시어머니, 즉 조모님에게 의지해서 살아가고 있다는 사실이 나쟈의 머릿속에 떠올랐다. 나쟈는 어째서 지금까지 자신이 어머니한테서 무엇인가 독특하고 비범한 것만을 보아왔는지, 어째서 소박하고 평범하며 불행한 여인을 보지 못했는지 아무리 생각해도 알 수가 없었다.

사샤도 아래층에서 잠을 이루지 못하고 있었다. 그가 기침하는 소리가 들렸다. 이상하고 천진난만한 사람이야, 하고 나쟈는 생각했다. 그의 꿈, 그 모든 놀라운 정원들과 비상한 분수에서는 무엇인가 불합리한 것이 느껴졌다. 하지만 어찌된 일인지 그 천진난만함과 불합리함 속에 너무나도 기막힌 것이 들어 있어서 정말로 공부하러 떠나면 어떨까, 하는 생각이 들었다. 그러자 한기가 느껴지더니 기쁨과 환희의 감정이 심장과 가슴 전체를 가득 채우는 것이었다.

"하지만 그런 생각은 하지 않는 게 좋아. 생각하지 않는 게 좋아……" 그녀가 중얼거렸다. "생각하면 안 돼."

'똑—딱' 야경꾼이 어딘가 멀리서 딱따기를 쳤다. '똑—딱…… 똑—딱……'

III

6월 중순, 사샤는 갑자기 울적해하더니 모스크바로 떠날 채비를 했다.

"이 도시에서는 살 수 없습니다." 그가 음울하게 말했다. "수도도 없고, 하수시설도 없잖아요. 밥을 먹다가도 혐오감이 듭니다. 부엌이란 곳이 견딜 수 없을 정도로 더러우니까요……"

"기다려라, 돌아온 탕자여!" 할머니가 어쩐 일인지 속삭이는 소리로 설득했다. "7일이 결혼식 날이잖니!"

"싫습니다."

"9월까지 우리 집에서 지내려고 했잖아!"

"그런데 지금은 싫습니다. 저는 일해야 합니다!"

그해 여름은 습기가 많았고 쌀쌀했다. 나무들은 축축했고, 정원의 모든 것은 무뚝뚝하고 음울해 보였으며, 정말로 일하고 싶어하는 듯했다. 위층이든 아래층이든 방이란 방에서는 모두 모르는 여자들의 목소리가 들렸고, 할머니의 재봉틀은 쉬지 않고 돌아갔다. 지참품을 준비하느라 여념이 없었던 탓이다. 나쟈를 위해 외투만 여섯 벌이 마련되었는데, 할머니 말로는 그가운데 가장 싼 것이 300루블이나 한다는 것이었다. 이런 소동이 사샤를 초조하게 했다. 그는 자기 방에 앉아서 화를 냈다. 하지만 사람들이 계속 그를 설득해서 그는 7월 초하루 전에는 떠나지 않겠노라고 약속했다.

시간은 쏜살같이 흘러갔다. 6월 29일, 성 베드로 축일에 점심식사를 마치고 안드레이 안드레이치는 냐쟈와 함께 모스크바 거리로 갔다. 이미 오래전에 임대해서 젊은 부부를 위해 준비해둔 집을 다시 한 번 살펴보기 위해서였다. 이층집이었지만 지금은 위층만이 정돈되어 있었다. 세공을 한 것처럼 칠을 해놓은 응접실 바닥은 반짝반짝 빛나고 있었고 빈 스타일 의자와 피아노, 바이올린을 위한 악보대가 있었다. 물감 냄새가 났다. 벽에는 도금된 액자에 넣은 커다란 유화가 걸려 있었다. 벌거벗은 여인 곁에 손잡이가 깨진 연보랏빛 꽃병이 그려져 있는 그림이었다.

"기막힌 그림이지." 안드레이 안드레이치가 말하더니 경외심으로 가득 차 한숨을 내쉬었다. "시시마체프스키의 작품이야."

조금 더 들어가니 둥근 탁자와 밝은 하늘색 직물로 덮인 소파와 안락의자가 갖춰진 객실이었다. 소파 위에는 카밀라프카*를 쓰고 훈장을 단 안드레이 신부의 커다란 사진이 걸려 있었다. 그다음에 그들은 찬장이 딸린 식당으로, 그다음엔 침실로 들어갔다. 침실의 어스름 속에서 두 개의 침대가 나란히 자리

---

*그리스정교 사제들이 쓰는 차양 없는 모자.

하고 있었다. 침실의 가구를 배치할 때 이곳에서는 언제나 좋은 일만 있을 것이고, 다른 것은 생각할 수 없다는 점을 염두에 둔 것 같았다. 안드레이 안드레이치는 나쟈를 방마다 안내했는데, 그러는 동안 계속해서 그녀의 허리를 안고 있었다. 그녀는 자신이 약하고 죄가 있다고 느꼈으며, 이 모든 방과 침대, 안락의자가 미워졌다. 그녀는 벌거벗은 여자 때문에 구역질이 났다. 그녀가 안드레이 안드레이치를 더 이상 사랑하지 않거나 어쩌면 그를 사랑한 적이 없다는 사실이 분명해졌다. 하지만 그것을 어떻게, 누구한테, 왜 말해야 하는가를 그녀는 도무지 알 수 없었다. 낮이고 밤이고 간에 그것에 대해 생각했음에도 말이다…… 그녀의 허리를 껴안은 채 집 안을 서성대면서 그는 매우 달콤하고 겸손하게 말했으며, 무척이나 행복해했다. 하지만 그녀는 그 모든 것에서 오직 속물근성밖에 볼 수 없었다. 어리석고 유치하며 견딜 수 없는 속물근성. 그녀의 허리를 끌어안고 있던 그의 손도 그녀에게는 통나무 테처럼 뻣뻣하고 차갑게만 느껴졌다. 매순간 그녀는 도망쳐서 흐느껴 울고 창문으로 몸을 던질 준비가 되어 있었다. 안드레이 안드레이치는 그녀를 욕실로 데려가더니, 거기서 벽에 박힌 수도꼭지를 건드려 보았다. 그러자 갑자기 물이 쏟아져 나왔다.

"어때?" 하고 말하더니 그는 큰 소리로 웃었다. "다락에 100베드로*의 저수조를 설치하라고 시켰지. 이제 원하면 언제든지

*사회주의 혁명 이전의 액체 단위. 12.3리터에 해당한다.

물이 나올 거야."

그들은 정원을 지나서 거리로 나가 마차를 탔다. 바닥의 먼지가 짙은 구름처럼 피어올라 금방이라도 비가 올 것 같았다.

"춥지 않아?" 안드레이 안드레이치가 먼지 때문에 눈을 가늘게 뜨면서 물었다.

그녀는 침묵했다.

"어제 사샤가 말이야, 당신도 기억하지? 아무것도 하지 않는다고 날 비난하더군." 잠시 말을 멈추고 나서 그가 말했다. "그래, 그 친구 말이 맞아! 맞고말고! 난 아무것도 하지 않고, 할 수도 없어. 사랑하는 나쟈, 왜 그럴까? 언젠가 내가 휘장 달린 모자를 쓰고 근무하러 가야한다는 생각이 어째서 그렇게 역겨운 걸까? 변호사나 라틴어 교사 혹은 지방자치회의원을 보게 되면 왜 그렇게 기분이 나쁜 걸까? 오오, 어머니 러시아여! 오오, 어머니 러시아여! 그대는 얼마나 많은 무위도식하는 자들과 쓸모없는 자들을 품고 있는가! 허다한 고통을 겪고 있는 러시아여, 그대는 나와 같은 자들을 얼마나 많이 짊어지고 있는가!"

자신이 아무것도 하지 않는다는 것을 일반화해서 그는 그것을 시대의 징후라고 보는 것이었다.

"결혼하게 되면," 그가 말을 이었다. "함께 시골로 가자. 사랑하는 나쟈, 거기서 우리 일하자고! 정원과 강이 딸린 작은 땅을 사서 함께 일하고 인생을 관찰해보자…… 아아, 얼마나 좋을까!"

그가 모자를 벗었다. 그러자 바람 때문에 그의 머리털이 휘날렸다. 그의 말을 들으면서 그녀는 생각했다. '제발, 집으로 갔으면! 제발!' 거의 집 가까이 왔을 때 그들은 안드레이 신부를 앞질렀다.

"아버지가 가시는군!" 안드레이 안드레이치가 기뻐하면서 모자를 흔들었다. "난 아버지를 사랑해, 정말로." 마부와 계산을 마치면서 그가 말했다. "훌륭한 노인네야. 선량한 노인이라고."

저녁 내내 손님들이 올 것이고, 그들을 상대해야 하며, 미소 짓고, 바이올린 소리를 듣고, 온갖 쓸데없는 소리를 듣고 오직 결혼식에 대해서만 말해야 한다고 생각하면서 그녀는 화가 나고 언짢은 기분으로 집으로 들어섰다. 비단옷을 입어 한껏 화려하고 호사스러운 할머니는 손님들과 있을 때면 언제나 그렇듯 거드름을 피우며 사모바르 옆에 앉아 있었다. 교활한 미소를 지으면서 안드레이 신부가 들어왔다.

"건강한 모습을 뵙게 되오니 만족과 행복한 위로를 얻게 됩니다." 그가 할머니에게 말했다. 그가 농담을 하는 것인지 아니면 진지하게 그리 말하는 것인지 구별하기 어려웠다.

IV

바람이 창문과 지붕을 두드려댔다. 휘파람 소리가 들렸고, 난로 안에서는 집 귀신이 애처롭고 음울하게 노래를 불러댔다.

자정이 넘은 시각이었다. 집 안의 모든 사람들이 잠자리에 들었지만, 누구 하나 잠들지 못했다. 나쟈는 아래층에서 바이올린을 연주하는 소리가 들리는 듯했다. 덜컹하는 날카로운 소리가 들렸는데, 아마도 덧문이 바람에 날아간 모양이었다. 잠시 뒤에 니나 이바노브나가 잠옷 바람으로 양초를 들고 들어왔다.

"무슨 소리지, 나쟈?" 그녀가 물었다.

머리를 땋아서 묶고 겁먹은 미소를 짓고 있는 어머니는 이런 폭풍우 치는 밤에 더 늙고, 아름답지도 않고, 키도 더 작아 보였다. 나쟈는 얼마 전까지 자신이 어머니를 비범하다고 생각했으며, 그녀가 말하는 것에 자부심을 가지고 귀 기울였다는 사실을 떠올렸다. 그런데 지금은 그런 말이 도통 생각나지 않는 것이었다. 기억나는 것은 모조리 너무도 허약하고 쓸모없는 것뿐이었다.

난로에서는 낮게 노래하는 듯한 소리가 울려 퍼졌는데, 그중 어떤 것은 '아, 하느님 맙소사!' 하는 소리처럼 들리기도 했다. 나쟈는 침대에 앉아 있다가 갑자기 머리털을 사납게 움켜잡고는 흐느끼기 시작했다.

"엄마, 엄마." 그녀가 말했다. "어떻게 해야 할지 엄마가 안다면! 제발 부탁이야. 떠나게 해줘요! 부탁이야!"

"어디로 간단 말이니?" 영문도 모른 채 니나 이바노브나가 물었다. 그녀도 침대에 앉았다. "대체 어디로 가려고?"

나쟈는 오래도록 울었지만 한 마디도 내뱉을 수 없었다.

"이 도시를 떠나게 해줘요!" 마침내 그녀가 말했다. "결혼식은 있어서도 안 되고, 있지도 않을 거야! 난 그 사람을 사랑하지 않아…… 그 사람에 대해 말할 수도 없어."

"안 된다, 애야. 안 돼." 몹시 놀란 니나 이바노브나가 재빨리 말했다. "진정하렴. 기분이 언짢아서 그런 거야. 지나갈 거다. 흔히 있는 일이란다. 아마 안드레이와 다툰 모양인데, 원래 부부 싸움이란 게 칼로 물 베기야."

"아, 가요. 엄마, 가라고요!" 나쟈가 흐느껴 울었다.

"그래." 잠시 침묵한 다음에 니나 이바노브나가 말했다. "오래전에 너는 어린아이에 소녀였는데, 이제 어느새 약혼자가 되었구나. 자연에서는 언제나 순환이 일어나는 법이야. 너도 모르는 사이에 너 역시 어머니가 되고 할머니가 될 거다. 그리고 내가 그런 것처럼 너 역시 고집 센 딸을 두게 될 거야."

"사랑하는 엄마. 엄마는 현명하지만 불행해." 나쟈가 말했다. "엄마는 정말 불행해. 근데 왜 그렇게 뻔한 말을 하는 거야? 응, 왜 그러냐고?"

니나 이바노브나는 무엇인가를 말하고 싶어했지만, 한 마디도 하지 못하고 흐느껴 울더니 자기 방으로 돌아갔다. 난로 속에서는 다시 낮은 노래 소리가 들렸고, 그녀는 갑자기 무서워졌다. 나쟈는 침대에서 뛰어내려와 급히 어머니에게 갔다. 울어서 눈이 부은 니나 이바노브나는 하늘색 담요로 몸을 감싸고 두 손에 책을 들고서 침대에 누워 있었다.

"엄마, 내 말 좀 들어봐!" 나쟈가 말했다. "제발 부탁이니까, 깊이 생각하고 이해해줘! 우리의 삶이 얼마나 저급하고 굴욕적인지 엄마는 알아야 해. 난 눈을 떴어요. 이제 모든 게 다보여. 엄마의 안드레이 안드레이치는 어떤 사람이야? 그 사람은 똑똑하지 않아, 엄마! 하느님 맙소사! 엄마, 그 사람은 어리석다니까!"

니나 이바노브나가 갑자기 자리를 고쳐 앉았다.

"너와 할머니 때문에 괴로워 죽겠구나!" 얼굴을 붉히면서 그녀가 말했다. "난 살고 싶어! 살고 싶다고!" 그녀가 반복하더니 주먹으로 두 번 가슴을 후려쳤다. "내게도 자유를 줘! 난 아직 젊고, 살고 싶어. 그런데 너희들은 나를 할머니로 만들어버렸어!"

그녀는 슬프게 울더니 자리에 누워서 담요 아래로 몸을 웅크렸다. 그래서 그런지 너무도 작고 불쌍하며 어리석어 보였다. 나쟈는 자기 방으로 돌아가 옷을 갈아입고 창가에 앉아서 아침이 오기를 기다렸다. 그녀는 밤새 자리에 앉아서 생각했다. 누군가가 정원에서 계속 덧문을 두드려대며 휘파람을 불었다.

아침에 할머니는 밤새 정원에 바람이 불어 사과가 다 떨어지고 오래된 자두나무 한 그루가 부러졌다고 불평했다. 등불이라도 켜야 할 만큼 어둑하고 흐릿하며 우울했다. 모두가 춥다고 투덜거렸고, 비가 창문을 두드렸다. 차를 마신 다음에 나쟈는 사샤의 방으로 갔다. 아무 말도 하지 않고 그녀는 모퉁이에 있는 안락의자 옆에 무릎을 꿇고 앉더니 두 손으로 얼굴을 감쌌다.

"왜 그래요?" 사샤가 물었다.

"견딜 수가 없어요……" 그녀가 말했다. "전에는 어떻게 여기서 살 수 있었는지 도무지 모르겠어요! 약혼자도, 나 자신도, 이런 무위도식하고 무의미한 생활도 증오해요……"

"아니, 아니……" 여전히 영문을 몰라하며 사샤가 말했다. "괜찮아요…… 좋습니다."

"이런 생활이 싫어졌어요." 나쟈가 말을 이었다. "여기서는 단 하루도 견딜 수 없어요. 내일 여기를 떠나겠어요. 나를 데려가주세요, 제발!"

놀란 눈으로 사샤가 잠시 그녀를 바라보았다. 마침내 그는 사태를 알아차렸고 어린아이처럼 기뻐했다. 두 손을 흔들더니 기뻐서 춤이라도 추는 것처럼 슬리퍼로 장단을 맞추기 시작했다.

"대단해요!" 두 손을 비비면서 그가 말했다. "아아, 정말 잘 됐어요!"

매혹된 것처럼 그녀는 그가 당장이라도 무엇인가 의미심장하고 엄청나게 중요한 무슨 말인가를 할 것이라고 기대하면서 커다랗고 사랑스러운 눈을 깜빡이지도 않고 그를 바라보았다. 그는 아직 아무 말도 하지 않았지만, 그녀가 예전에는 알지 못했던 어떤 새롭고 드넓은 것이 자기 앞에 이미 펼쳐진 것만 같았다. 그래서 그녀는 기대로 가득 차서, 설령 목숨을 거는 일이 있다 해도 마다하지 않을 태세로 그를 바라보았다.

"내일 떠나겠습니다." 잠시 침묵하고 난 다음 그가 말했다. "당신은 나를 배웅하러 정거장으로 갑니다…… 당신의 짐은 내 가방에 넣을 것이고, 표도 준비하겠습니다. 세 번째 종소리가 들리면 열차에 타세요. 우리는 가는 겁니다. 나를 모스크바까지 배웅하고, 거기서 당신은 혼자 페테르부르크로 가세요. 신분증은 있죠?"

"있어요."

"맹세합니다만, 당신은 불평하거나 후회하지 않을 겁니다." 사샤가 열렬하게 말했다. "가서 공부하세요. 거기서 운명에게 당신을 맡기세요. 당신의 삶을 뒤집어엎으면 모든 게 변할 겁니다. 중요한 것은 삶을 뒤집어엎는 겁니다. 나머지 모든 것은 중요하지 않아요. 그러니까, 내일 우리는 떠나는 겁니다?"

"그럼요! 제발요!"

나쟈는 자신이 몹시 흥분해 있다고 생각했고, 지금까지 경험해보지 못했을 정도로 마음이 무거워 출발할 때까지 괴로워하고 고통스럽게 생각에 빠져 있을 줄 알았다. 하지만 위층의 자기 방으로 가서 침대에 눕자마자 울어서 부은 얼굴에 미소를 띠고서는 즉시 잠들어 저녁까지 곤하게 잤다.

V

마차를 부르러 사람을 보냈다. 이미 모자를 쓰고 외투를 입은 나쟈는 어머니와 자기 소유의 모든 물건들을 다시 한 번 보려고 위층으로 갔다. 방 안에서 그녀는 아직도 온기가 남아 있는 침대 곁에 서서 잠시 둘러본 다음에 조용히 어머니에게로 갔다. 니나 이바노브나는 잠들어 있었고, 방은 고요했다. 나쟈는 어머니에게 키스하고 흐트러진 머리카락을 정리해준 다음 2분 정도 서 있었다…… 그리고는 천천히 아래층으로 돌아왔다.

마당에는 비가 세차게 오고 있었다. 포장을 친 마차가 흠뻑 젖은 채 현관 입구에 서 있었다.

"냐쟈야, 거기 따라 타지 말거라." 하녀가 가방을 싣기 시작했을 때 할머니가 말했다. "이런 날씨에 무슨 배웅을 하겠다고! 집에 있으렴. 이렇게 비가 오는데!"

냐쟈는 무엇인가 말하려 했지만 그럴 수 없었다. 이윽고 사샤가 냐쟈를 자리에 앉히고 두 다리를 두터운 천으로 덮어주었다. 그러고는 자신도 옆자리에 앉았다.

"잘 가거라! 하느님이 축복하실 게야!" 현관계단에서 할머니가 소리쳤다. "사샤야, 모스크바에 가면 편지해라!"

"알겠습니다. 안녕히 계세요, 조모님!"

"성모 마리아께서 지켜주시길!"

"이런, 날씨 하고는!" 사샤가 말했다.

냐쟈는 그제야 울음을 터뜨렸다. 이제 그녀가 확실히 떠난다는 사실이 분명해졌던 것이다. 할머니와 작별인사를 하고, 어머니를 들여다보았을 때만 하더라도 믿기지 않았던 사실이 말이다. 안녕, 도시여! 그러자 불쑥 모든 것이 떠올랐다. 안드레이도, 그의 아버지도, 새로운 집도, 꽃병과 함께 있던 벌거벗은 여자도. 그 모든 것이 이제는 놀랍지도 그녀를 괴롭히지도 않았고, 그저 유치하고 사소했으며 계속해서 뒤로 뒤쪽으로 사라져갔다. 그들이 객실에 자리를 잡고 열차가 움직이기 시작했을 때 그토록 크고 심각했던 이 모든 과거가 작은 덩어리로 오그라들었고, 지금까지 거의 알지 못했던 거대하고 드넓은 미래가 펼쳐지는 것이었다. 비는 열차의 창문을 두드렸고, 오직 초록의 벌판만이 보였다. 전신주와 철조망에 앉아 있던 새들이 때때로 보였다 사라졌다. 그녀는 너무나 기쁜 나머지 숨이 멎는 듯했다. 그녀는 자신이 자유롭게 떠난다는 것, 공부하러 떠난다는 것을 떠올렸다. 이것은 언젠가 아주 오랜 옛날에 카자크의 땅으로 간다*고 했던 말과 똑같은 것이었다. 그녀는 웃기도 하고, 울기도 하고, 기도하기도 했다.

"괜찮아―아!" 싱긋 웃으며 사샤가 말했다. "괜찮아!"

VI

가을이 지나갔고, 그 뒤를 따라 겨울도 지나갔다. 이제 냐자는 몹시 울적해서 날마다 어머니와 할머니를 생각했으며, 사샤를 생각했다. 집에서는 온화하고 다정한 편지가 속속 도착했다. 이미 모든 것이 용서되고 망각된 것처럼 보였다. 시험이 끝난 5월, 그녀는 건강하고도 쾌활한 모습으로 집으로 출발했는데, 사샤를 만나보려고 도중에 모스크바에 들렀다. 그는 여전히 작년

---

*15~17세기 러시아에서 영주들의 가혹한 수탈을 벗어나기 위해 흑해와 카스피해 사이의 카프카스 지역으로 이주하는 사람들이 있었다. 그곳은 억압과 박해가 없는 자유로운 땅을 의미했다.

여름과 똑같은 모습이었다. 수염이 더부룩하고 머리털은 덥수룩했으며, 여전히 똑같은 프록코트에 면바지를 입고 있었다. 전과 마찬가지로 두 눈은 크고 아름다웠다. 하지만 안색은 건강하지 못했고 고달파 보였다. 그는 다소 늙고 말랐으며 여전히 기침을 했다. 어쩐 일인지 냐쟈는 그가 평범하고 시골스럽다고 생각되었다.

"아니, 냐쟈가 왔잖아!" 그렇게 말하더니 그가 쾌활하게 웃음을 터뜨렸다. "아아, 냐쟈! 그리운 사람 같으니!"

그들은 담배연기가 자욱하고 숨이 막힐 정도로 잉크와 물감 냄새가 물씬 풍기는 인쇄소에 잠시 앉았다. 그다음에 그들은 사샤의 방으로 갔는데, 그곳에도 담배연기가 자욱했으며, 침을 뱉은 흔적도 있었다. 탁자 위 식어버린 사모바르 주위에 검은 종이에 싸인 깨진 접시*가 놓여 있었다. 탁자 위에도 마룻바닥에도 죽은 파리가 많았다. 이곳의 모든 것을 살펴보건대 사샤는 비위생적인 생활을 했고, 생활의 편의라는 것들과는 완전히 담을 쌓은 채 되는대로 살고 있었다. 만일 누군가가 사적인 행복이라든가 사생활이나 자기애에 대해서 말을 한다면 그는 전혀 이해하지 못하고 그저 웃음을 터뜨릴 것이다.

"괜찮아요, 모든 게 순조롭게 잘됐어요." 냐쟈가 서둘러 말했다. "엄마가 가을에 페테르부르크로 날 찾아오셔서 말씀하시더군요. 할머니가 화를 내시지 않고, 그저 내 방에 자주 오셔서

*당시에 파리를 죽이는 데 쓰이던 도구. 검은 종이에 독을 적시고 접시 위에 물을 담아 그 물을 먹은 파리가 죽게 했다.

벽을 향해 성호를 긋는다고 말이죠."

사샤는 쾌활해 보였지만, 기침을 하고 떨리는 목소리로 말했다. 그래서 냐자는 그를 눈여겨보았지만, 그가 정말로 심각하게 아픈 것인지 아니면 그저 그렇게 보이는 것인지 알 수 없었다.

"소중한 사샤!" 그녀가 말했다. "당신은 아파요!"

"아니, 괜찮아요. 아프지만, 그렇게 심하진 않으니까……"

"아아, 맙소사……" 냐자가 흥분하기 시작했다. "왜 치료를 받지 않는 거죠? 왜 건강을 돌보지 않는 거예요? 소중하고 사랑스러운 사샤." 그렇게 말하고 나자 그녀의 눈에서 눈물이 왈칵 솟구쳤다. 무슨 까닭인지 그녀의 상상 속에서 안드레이 안드레이치, 꽃병과 함께 있던 벌거벗은 여자, 그리고 지금은 유년 시절처럼 그렇게도 멀리 떨어져 있는 것처럼 보이는 그녀의 모든 과거가 되살아났다. 사샤가 작년처럼 그렇게 새롭고 지적이며 흥미롭지 않게 생각되었기 때문에 그녀는 울음을 터뜨렸던 것이다. "사랑스러운 사샤. 당신은 정말로 몹시 아픈 거예요. 당신을 그렇게 창백하거나 여위지 않도록 하려면 어떻게 해야 할지 모르겠어요. 난 당신한테 정말 큰 신세를 졌잖아요! 당신이 나를 위해 얼마나 많은 것을 해주었는지 당신은 상상도 못할 거예요. 선량한 사샤! 본질적으로 지금 당신은 나에게 가장 가깝고 육친과도 같은 사람이에요."

그들은 잠시 앉아서 이야기를 나누었다. 냐자가 페테르부르크에서 겨울을 보내고 난 지금 사샤에게는, 그의 언어와 미소로부터 그의 모든 용모로부터 진부하고 시대에 뒤지고 오래전에 한물간, 그리하여 필시 무덤으로 떠나간 무엇인가의 기운이 감돌았다.

"난 내일모레 볼가로 갑니다." 사샤가 말했다. "뭐, 그다음엔 마유(馬乳) 치료를 할 겁니다. 마유를 마셔보려고 해요. 친구 부부가 나와 함께 갈 텐데, 부인이 참 놀라운 사람이에요. 나는 계속해서 그녀에게 공부하러 떠나라고 설득하고 있죠. 그녀가 자신의 삶을 뒤집어엎기를 바라고 있거든요."

잠시 이야기를 하고 난 다음, 그들은 정거장으로 갔다. 사샤는 그녀에게 차와 사과를 대접했다. 열차가 움직이기 시작하자 그는 미소를 지으며 손수건을 흔들었다. 그의 발걸음만 보아도 그가 몹시 아프고 얼마 살지 못할 것이란 것이 분명해 보였다.

정오 무렵 나쟈는 고향 도시에 도착했다. 정거장에서 집으로 가노라니 거리는 매우 넓어 보였지만, 집들은 작고 납작해 보였다. 거리엔 사람들이 없었고, 불그스레한 외투를 입은 독일인 조율사와 마주쳤을 뿐이었다. 모든 집들이 먼지로 뒤덮인 것 같았다. 이미 팍삭 늙고 예전처럼 뚱뚱하며 예쁘지 않은 할머니가 나쟈의 두 손을 잡더니 그녀의 어깨에 얼굴을 묻고 오래도록 울면서 떨어질 줄 몰랐다. 니나 이바노브나 역시 몹시 늙고 수척해져서 어쩐지 온몸의 살이 내려 있었다. 하지만 예전과 다름없이 몸에 꼭 끼도록 옷을 입었으며, 손가락에서는 다이아몬드 반지들이 반짝였다.

"사랑하는 나쟈!" 그녀가 온몸을 떨면서 말했다. "사랑하는 딸아!"

그들은 자리에 앉아 말없이 울었다. 할머니도 어머니도 과거는 영원히 되돌릴 수 없이 상실되었음을 느끼고 있는 것 같았다. 사교계의 지위도 없고, 예전의 명예도 없으며, 손님을 초대할 권리도 없는 것이다. 평온하고 걱정근심 없는 삶의 한가운데로 느닷없이 한밤중에 경찰이 들이닥쳐 가택수색을 하고 집주인의 공금횡령에 문서 위조가 드러나는 일과 같은 처지다. 그리되면 평온하고 걱정근심 없는 삶은 영원히 끝이다!

나쟈는 위층으로 가서 예전과 똑같은 침대와 하얗고 소박한 커튼이 드리워진 똑같은 창문을 보았다. 창문으로는 햇살이 넘치는 쾌활하고도 소란스러운 예전의 그 정원이 보였다. 그녀는 탁자와 침대를 건드려보더니 잠시 앉아서 생각에 잠겼다. 점심을 잘 먹고, 맛나고 기름진 크림이 들어간 차를 마셨다. 하지만 무엇인가가 부족했고, 방에서는 공허함이 느껴졌고, 천장은 낮았다. 밤에 그녀는 자려고 누워 이불을 뒤집어썼다. 이런 따뜻하고 몹시 부드러운 침대에 누워 있다는 것이 어쩐 일인지 우스웠다.

니나 이바노브나가 잠시 들어오더니 죄인들처럼 수줍고도 주의 깊게 살피는 표정으로 자리에 앉았다.

"그래, 어떠니 나쟈?" 잠시 침묵하더니 그녀가 물었다. "만족해? 정말 만족해?"

"좋아요, 엄마."

니나 이바노브나가 일어나더니 나쟈와 창문을 향해 성호를 그었다.

"네가 보는 것처럼 난 신심이 깊어졌단다." 그녀가 말했다. "요새 철학을 공부하고 있어서 계속해서 생각하고 또 생각한 단다…… 그래서 내게는 지금 많은 것이 대낮처럼 분명해졌구나. 내가 보기에 인생 전체가 프리즘을 통해 지나가도록 하는 것이 무엇보다 필요해."

"엄마, 할머니 건강은 어떠셔?"

"괜찮으신 것 같아. 네가 사샤와 함께 떠나고 너한테서 전보가 왔을 때 할머니가 전보를 읽다가 쓰러지셨어. 사흘을 꼼짝도 않고 누워 계셨단다. 그러고는 계속해서 기도하고 우셨지. 근데 지금은 괜찮아."

그녀가 자리에서 일어나 방 안을 서성거렸다.

'똑―딱……' 야경꾼이 딱따기를 쳤다. '똑―딱, 똑―딱……'

"인생 전체가 프리즘을 통해 지나가도록 하는 것이 무엇보다 필요해." 그녀가 말했다. "그러니까 다른 말로 하자면, 의식 속에서 인생을 가장 작은 요소로, 그러니까 일곱 가지 기본 색깔로 분할하여 각각의 요소를 개별적으로 연구해야 한다는 말이지."

니나 이바노브나가 무슨 말을 더 했는지, 언제 그녀가 나갔는지 나쟈는 듣지 못했다. 이내 잠들어버렸기 때문이다.

5월이 가고 6월이 왔다. 나쟈는 벌써 집에 익숙해졌다. 할머니는 사모바르 주위에서 분주하게 움직였고, 깊은 한숨을 쉬었다. 니나 이바노브나는 밤마다 자신의 철학을 이야기했다. 하지만 예전과 마찬가지로 이 집에서 그녀는 식객처럼 살았다. 동전 한 닢이라도 얻으려면 할머니한테 가야만 했다. 집에는 파리가 많았고, 방 안의 천장은 점점 더 낮아지는 것 같았다. 조모님과 니나 이바노브나는 안드레이 신부와 안드레이 안드레이치와 마주칠까 저어해서 바깥출입을 하지 않았다. 나쟈는 정원이며 거리를 쏘다녔고, 집들과 잿빛 담장들을 바라보았다. 그녀에게는 도시의 모든 것이 이미 오래전에 낡고 생명이 다한 것처럼 보였고, 모든 것이 무엇인가 젊고 신선한 것의 종말이나 시작을 기다리고 있는 것 같았다. 오오, 만일 그 새롭고 생생한 삶이 더 빨리 온다면, 그러면 자신의 운명을 똑바로 대담하게 응시하고, 자신이 정당하다는 것을 의식하고 쾌활하고 자유로워질 텐데! 그런 삶은 이르든 늦든 오고야 말 것이다! 그때가 되면 네 명의 하녀가 지하 단칸방에서 불결하게 살 수밖에 없는 할머니의 집으로부터는, 그때가 되면 이런 집으로부터는 아무런 흔적도 남지 않을 것이고, 망각되어 누구 한 사람 기억하지도 않을 것이다. 이웃한 담장의 소년들만이 나쟈를 즐겁게 해주었다. 그녀가 정원을 산보할 때면 그 아이들은 담장을 두드리고 소리 내서 웃으면서 그녀를 놀리는 것이었다.

"약혼자! 약혼자!"

사라토프의 사샤로부터 편지가 왔다. 쾌활하고도 춤추는 필체로, 그는 볼가 여행이 완전히 성공적이었다고 썼다. 하지만 사라토프에서 가벼운 병에 걸리는 바람에 목소리도 나오지 않고 이미 2주일 동안 병원에 누워 있다고 했다. 이것이 무엇을 뜻하는지 그녀는 알았다. 확신과도 같은 예감이 그녀를 사로잡았다. 이런 예감과 사샤에 관한 생각이 예전만큼 그녀를 격동시키지 않는다는 사실 때문에 그녀는 불쾌했다. 그녀는 무지무지 살고 싶었고, 페테르부르크가 그리웠다. 사샤와의 만남도 사랑스럽지만 이미 멀고도 먼 과거의 일로 생각되었다! 그녀는 밤새 잠을 이루지 못했고, 아침이 되자 창가에 앉아서 귀를 기울였다. 실제로 아래층에서 목소리가 들려왔다. 불안한 목소리로 할머니가 무엇인가를 재빨리 물어보았다. 그러더니 누군가가 울음을 터뜨렸다…… 나쟈가 아래층으로 내려가자 할머니가 모퉁이에 서서 기도하고 있었는데, 얼굴은 울어서 부어 있었다. 탁자 위에 전보가 놓여 있었다.

할머니가 우는 소리를 들으며 나쟈는 오래도록 방 안을 거닐었다. 그러고는 전보를 들고서 끝까지 읽었다. 어제 아침에 사라토프에서 폐결핵으로 알렉산드르 티모페이티, 혹은 간단히 말해서 사샤가 죽었다고 적혀 있었다.

할머니와 니나 이바노브나는 추도식을 부탁하려고 교회로 갔다. 나쟈는 오래도록 방을 돌아다니면서 생각했다. 그녀는 사샤가 바란 것처럼 자신의 인생이 뒤집어졌다는 것을, 여기서 그녀는 고독하며 낯설고 불필요하다는 것을, 여기 있는 모든 것이 그녀에게는 필요하지 않다는 것을, 예전의 모든 것은 그녀한테서 떨어져나가서 마치 불에 타 바람에 날려가버린 재처럼 사라져버렸다는 것을 명확하게 자각했다. 그녀는 사샤의 방에 들어가서 잠시 서 있었다.

'안녕, 사랑스러운 사샤!' 그녀는 생각했다. 그러자 그녀 앞으로 새롭고 드넓으며 광대한 인생이 그려졌다. 아직도 불분명하고 비밀로 가득 찬 그 인생이 그녀를 매혹시키면서 손짓하는 것이었다.

그녀는 짐을 챙기려고 위층의 자기 방으로 갔다. 다음 날 아침에 생기에 차고 쾌활한 모습의 그녀는 식구들과 작별하고 도시를 떠났다. 다시는 돌아오지 않을 것이라고 생각하면서.

해설

러시아 중단편소설의 정수를 만나다!

김규종(경북대학교 노어노문학과 교수)

19세기 러시아 문학이라면 한국인은 누구나 장편소설을 연상한다. 그것은 투르게네프, 도스토옙스키, 톨스토이가 차지하고 있는 문학적 위치가 실로 대단하기 때문이다. 우리에게도 친숙한 중편소설 〈첫사랑〉에도 불구하고 투르게네프는 장편소설 《아버지와 아들》,《귀족의 둥지》,《처녀지》의 작가로 기억된다. 중편소설 〈가난한 사람들〉로 명성을 얻었지만 도스토옙스키는 《죄와 벌》,《백치》,《카라마조프의 형제들》 같은 장편소설 작가로 이름을 남겼다. 톨스토이도 예외가 아니다. 수많은 저작을 남겼지만 톨스토이 역시 장편소설 《전쟁과 평화》,《안나 카레니나》,《부활》의 작가로 잊히지 않을 이름을 얻었기 때문이다.

러시아 문학에서 장편소설이 차지하는 빛나는 전통을 생각할 때 안톤 체호프는 아주 색다른 이력의 작가다. 500여 편에 이르는 그의 산문은 장편소설이 아니라 모두 단편과 중편소설이기 때문이다. 체호프가 특히 단편소설에서 재능을 드러낸 데에는 생활고(生活苦)도 한몫한 것으로 알려져 있다. 상인이었던 아버지가 파산하고 모스크바로 야반도주했을 때 열여섯 살이었던 체호프는 아조프 바다에 면한 항구도시 타간로크에 홀로 남겨진다. 김나지움 3학년에 재학 중이던 그는 가산을 수습하고 가정교사로 생계비를 벌면서 1879년 모스크바 대학교 의학부에 진학하게 된다.

1880년을 전후한 시기에 러시아에서는 가벼운 유머 소품이 인기를 얻고 있었다. 농노 해방을 단행한 알렉산드르 2세의 불완전한 개혁이 진보와 보수 양측에 심각한 피로와 저항을 야기했기 때문이었다. 우리는 그것을 〈처녀지〉와 연관된 진보와 보수의 논쟁에서 확인할 수 있다. 무겁고 진지하며 정치적인 문제보다는 사소하고 일상적이며 재미있는 이야기에 이끌리는 독자들이 많아졌다는 이야기다. 당시에 유머 소품으로 인기를 끌었던 잡지는 《잠자리》와 《자명종》 등이었다.

어려서부터 연극과 글쓰기에 재능을 보였던 체호프는 김나지움에 다닐 때 이미 자신의 이름으로 유머잡지 《말더듬이》를 제작해 모스크바에 있던 형들에게 보내기도 했다. 학교에서 간행된 잡지 《여가(餘暇)》에도 그의 글이 실렸다고 전해진다. 1879년 가을 체호프는 대학 진학을 위해 모스크바로 이주한다. 맏형 알렉산드르는 한 유머잡지에서 근무하고 있었고, 작은형 니콜라이도 유머잡지에 캐리커처를 그렸다. 형들의 뒤를 따라 안톤 체호프도 소품을 유머잡지에 기고하기 시작한다.

1880년 체호프의 두 작품 〈돈 강 지주 스테판 블라디미로비치가 학자이자 이웃 프리드리히에게 보내는 편지〉와 〈장편소설과 중편소설 등등에서 가장 자주 만나게 되는 것은?〉이 《잠자리》에 실리게 된다. 그때 체호프가 사용한 서명은 안토샤였고, 이로써 체호프는 문학에 입문한다. 그 이후에 체호프의 소품은 온갖 유머잡지들, 즉《파편》,《자명종》,《관객》,《모스크바》,《귀뚜라미》,《잠자리》,《세간의 소문》,《빛과 그림자》 등에서 발표된다. 체호프는 본명 대신 여러 종류의 필명을 사용했는데, '성미 급한 인간', '발다스토프', '루버', '월리스', '환자 없는 의사', '안톤손', '비장 없는 인간' 및 '안토샤 체혼테' 등이 그것이다. 그 가운데 안토샤 체혼테가 가장 자주 사용된 서명이었다.

체호프가 처음부터 유머 소품의 대가가 된 것은 아니다. 혹독한 시련과 글쓰기 훈련을 겪고 나서야 온전히 작가 대접을 받을 수 있었기 때문이다. 예컨대 《잠자리》의 편집자 우편함에는 체호프가 편집부에 보낸 원고에 대한 답변이 남겨져 있었는데, 그 내용은 "사례금 대신 피마자기름을 받으시오"였다고 한다. 어디 그뿐인가! 체호프는 "피지도 못하고 시들었군. 유감이야!"라거나 "무진장 긴데 꽃은 없군!" 같은 답장을 받기도 한 것으로 전해진다.

문제는 신출내기 작가의 재능에만 있지는 않았다. 유머잡지를 발행하는 주인들의 목표는 무엇보다 돈벌이였다. 따라서 그들은 작가들을 언제나 빚쟁이 정도로 치부했다. 어떤 잡지들은 작가들에게 보다 짧게 쓰기를 요구했고, 다른 곳에서는 원고를 무게로 달아서 값을 치르기도 했다. 출판은 매우 어려웠고, 작품에 대한 보수를 받기는 훨씬 더 어려웠다.

체호프는 이따금 농담으로 유머 소품을 '빙어'라고 불렀다. 유머 소품 가격이 어물전 빙어보다 비싸지 않았기 때문이다. 체호프는 한 줄에 5코페이카, 단편소설 한 편에 6내지 7루블쯤 받은 것으로 전해진다. 하지만 그 적은 돈을 받으려 해도 몇 번씩 편집부를 들락거려야 했다.

가난 때문에 그 시기에 체호프는 한 해에 100~150편의 작품을 썼으며, 가능한 모든 장르를 시도했다. 유머 소품은 물론이려니와 보고기록, 연극 평론, 재판 보고서, 우스꽝스러운 광고, 격언, 달력에 희극적 주석 달기, 신문사설, 외국 작가 모방 등등. 체호프가 우스개로 말한 것처럼 시(詩)와 밀고(密告)를 제외하고 모든 것을 시도했다고 말할 수 있다. 이와 아울러 체호프를 괴롭혔던 것은 한정된 글쓰기 소재와 검열이었다. 유머잡지 소유주들은 정부를 자극할 만한 위험한 소재나 차르가 검열할 가능성이 높은 소재도 일체 다루지 못하게 했다.

예를 들면, '휘장'이라는 단어는 차르 군대의 명예를 손상한다는 이유로 금지했으며, '대머리'라는 말은 실제로 대머리였던 차르 알렉산드르 3세를 연상시킬 수 있다고 하여 금지되었다. 체호프는 하루에도 몇 작품씩 썼지만 끝내 가난을 극복하지 못했다. 이러한 악조건 속에 빠른 속도로 작업이 이루어지기는 했지만, 이 시기에 그는 이미 적지 않은 놀라운 단편들을 썼다. 그럼에도 어느 누구도 그의 진정한 작가다운 재능을 인정하지 않았다.

의학도였던 체호프는 소아과 전문의가 되려고 했으나, 연구 작업이 더 매력적으로 보였다. 그는 러시아 의학사에 관한 방

대한 저작을 쓰기로 결심하고 역사적인 지식의 원천에 접근하려고 시도한다. 고대의 연대기, 민간전승, 러시아 노래, 차르의 칙령, 다양한 역사기록에 몰두하여 동료 문사들을 적잖게 놀라게 했다. 하지만 체호프는 작업을 끝까지 진행하지 못했다.

의사로서 체호프의 진료도 비교적 짧은 시간 동안 지속됐다. 방심한 상태에서 환자에게 약 대신 치명적인 독을 처방하는 실수를 한 것이다. 다행히 밤새워 환자 거주지에 도착하여 화를 미연에 방지할 수는 있었다. 그와 아울러 어떤 죽어 가던 여자가 단말마의 고통이 찾아온 시각에 체호프의 손을 잡고 그대로 죽어버리는 사건도 발생한다. 이 사건은 그에게 강력한 영향을 미쳤고, 마침내 체호프는 의사 간판을 떼어내고 만다. 그러나 유명 작가가 된 후에도 그는 의학과 완전히 작별하지는 않았다. 무상으로 농부들을 진료하기도 했고, 의학 연구를 지속했으며, 학술기관 설립에 진력하고, 유명 학자와 교류하기도 했다. 의학은 체호프에게 다른 작가들에게 허용되지 않은 환자들의 세계, 병원과 의사들의 세계를 열어 보였다. 그의 작품에 자주 등장하는 다채로운 의사들의 형상은 이런 경험과 무관하지 않은 것으로 보인다.

1886년 3월, 체호프는 당대의 저명 작가 드미트리 그리고로비치에게 편지를 받는다. 그는 신문에서 안토샤 체혼테의 서명으로 출간된 작품을 읽고 체호프의 독특함과 진솔함에 매료되었다.

확신컨대 당신은 걸출하고 진실로 예술적인 작품들을 쓸 운명을 타고 났습니다. 만일 당신이 그런 기대를 실현하지 않는다면 당신은 엄청난 도덕적인 죄를 지게 되는 겁니다. 그토록 드물게 주어지는 재능을 존중하세요. 시한부 작업은 던져버려요. 나는 당신의 재산 상태를 모릅니다. 재산이 별로 없다면 차라리 굶으세요. 예전에 우리가 굶었듯이 그렇게 말입니다. 단숨에 써지는 것이 아니라, 내적인 분위기의 행복한 시간에 써지는 것, 오래 생각하고 완수된 것의 저작을 위한 당신의 인상을 간직하세요.

그리고로비치의 편지는 젊은 소설가 체호프의 내면세계를 지진해일처럼 강타한다. 3월 28일자 체호프의 답장 가운데 일부를 보자.

당신 편지는 번개처럼 저를 격동시켰습니다. 저는 흥분했고, 하마터면 울음을 터뜨릴 뻔했습니다. 하지만 지금도 편지가 제 영혼에 깊은 흔적을 남겼다는 것을 느낍니다. 제가 그런 높은 상찬을 받을 자격이 있는지 판단할 힘이 제겐 없습니다. 그런 칭찬이 저를 놀라게 했다는 사실만을 다시 한 번 말씀드립니다. 존경을 표해야 할 재능이 제게 있다면, 지금까지 그것을 존중하지 않았다는 사실을 당신의 순수한 심성 앞에 고백합니다. 그것이 저에게 있다는 것을 느꼈지만, 그것을 하찮은 것으로 보는 데 익숙했습니다.
지금까지 저는 문학의 과업을 지극히 경박하고, 부주의하며 헛되이 대했습니다. 하루 넘게 작업한 단 하나의 단편도 기억하지 못합니다. 화재에 관한 기록물을 리포터들이 쓰듯이 그렇게 단편을 썼습니다. 기계적으로 절반쯤은 무의식적으로. 저에게 소중하고, 왜 그런지 모르지만 제가 소중하게 간직해온 형상들과 장면들을 단편에 소모하지 않으려고 무던히 애쓰면서 글을 썼습니다. 모든 희망은 미래에 있습니다. 저는 고작 스물여섯입니다. 설령 시간이 빠르게 지나간다 해도 무엇인가를 할 수 있는 시간은 있겠지요. (《체호프 전집》 제11권, 76~78쪽)

우리가 오늘날 알고 있는 소설가이자 극작가 체호프의 진정한 탄생은 이 사건을 계기로 이루어진다. 이미 400편 가까운 유머 단편을 쓴 체호프는 조용히 눈을 들어 다가올 먼 미래를 응시한다. 그리고 1887년, 고향 타간로크를 방문하여 새로운 소설을 위한 자료 수집에 착수한다. 다음 해 중편소설 〈스텝〉이 발표되자 당대의 유명 소설가 프세볼로트 가르신은 "러시아에 새로운 일류작가가 나타났다!"고 환호했다고 한다. 바야흐로 '안토샤 체혼테'가 과거 속으로 사라지고 '안톤 체호프'가 러시아 문학에 등장한 것이다.

영국의 에드거 앨런 포, 프랑스의 기 드 모파상과 함께 현대 중단편소설을 완성한 작가로 일컬어지는 안톤 체호프의 작품들 중에서 주요 작품을 엄선한 이번 선집에는 작가의 창작연대 순서에 따라 모두 열 편의 작품이 수록되어 있다. 25년에 걸친 체호프의 창작 기간을 3등분하여 출간된 《4권으로 된 A. P. 체호프 전집(А. П. Чехов, Сочинения в четырех томах)》을 번역의 저본으로 삼고 각 시기를 대표하는 작품을 선별, 다시 4부로 엮었다. 따라서 독자 여러분은 창작 초기의 체호프, 즉 '안토샤 체혼테'라는 필명으로 발표된 작품부터 만년의 체호프가 보여준 원숙한 작품까지 두루 일별할 수 있는 기회를 가지게 되는 셈이다.

먼저, 제1부의 네 작품은 체호프 창작 초기의 대표작들로 재능 넘치는 풍자와 해학이 풍성하다. 간이 너무도 작아 스스로 파멸해버린 인간을 그린 〈관리의 죽음〉, 오랜만에 만난 중학교 동창생 앞에서 신분과 지위 때문에 제풀에 찌그러지는 작은 인간을 다룬 〈뚱뚱이와 홀쭉이〉, 사람을 문 개가 권력자의 소유인가, 아닌가를 둘러싸고 벌어지는 백주대낮의 개그콘서트 〈카멜레온〉. 사소한 인물들의 일상을 통해 삶의 웃지 못할 희극성을 포착해내는 청년 체호프의 재능이 빛을 발하는 작품들이다. 하지만 이들 초기 작품들에서도 단순한 유머 소품을 넘어서는 삶의 아이러니에 대한 자각이 엿보이는데, 가엾은 마부 이오나의 말 못할 상실을 그린 네 번째 작품 〈우수〉에서는 특히 이러한 면이 두드러진다.

1883년에 집필된 〈관리의 죽음〉은 주인공 체르뱌코프의 운명을 통해 우리의 삶을 돌아보게 하는 작품이다. 러시아어로 '체르비'는 벌레나 구더기를 뜻하며, 따라서 체르뱌코프라는 이름은 '보잘것없는 인간'을 의미한다. 관청의 하급관리 체르뱌코프가 극장에서 오페레타 공연을 보다가 재채기를 한다. 마침 앞자리에 앉아 있던 상급자의 대머리에 그의 침이 튀게 되어 사건이 진행된다. 그저 단순한 실수로 생각하고 넘어가면 그만일 텐데, '작은 인간' 체르뱌코프는 안절부절못한다.

노심초사하던 그는 여러 차례 해명을 시도하지만, 상대는 그저 화를 낼 뿐이다. 이미 까맣게 잊어버린 일을 연사흘 일깨우며 따라다니는 체르뱌코프의 심사를 이해하지 못하기 때문이다. 아무런 사건도 되지 않는다고 생각하는 상급자와 그런 상급자의 태도가 미흡하다고 생각하는 하급자의 엇갈림으로 사건은 정점으로 달려가고, 너무나도 작고 하찮은 인간 체르뱌코프의 급작스러운 죽음으로 작품은 막을 내린다.

우연히 터져 나온 재채기와 우연히 앞자리에 앉았던 상급자의 대머리가 야기한 하급관리의 죽음이라니! 스물세 살짜리 신출내기 작가 체호프에게 인생은 더러 우연을 배제할 수 없는 것으로 보였던 것이다. 우리를 둘러싼 일상에서 우연의 요소가 얼마나 많은지, 그런 우연으로부터 우리는 얼마나 자유롭고 당당하며 의연한지, 생각해보라고 작가는 넌지시 일깨우는 것 같다.

〈관리의 죽음〉과 같은 해에 탈고된 〈뚱뚱이와 홀쭉이〉는 재미있기도 하지만 쓸쓸한 분위기가 역력하다. 중학교 동창생 둘이 정거장에서 만난다. 오래전에 있었던 추억담을 스스럼없이 나눌 정도로 두 사람은 친밀한 관계였다. 아내와 아들을 뚱뚱이한테 소개한 홀쭉이는 관리로서 자신의 성공과 경제적인 여유로움을 자랑한다. 하지만 그것도 잠시. 뚱뚱이가 도달한 직위는 홀쭉이가 감히 범접할 수조차 없는 까마득한 높이라는 사실이 드러난다. 자, 여러분 같으면 이런 상황에서 어떻게 하겠는가? 나는 8급 공무원인데, 우연히 마주친 중학교 동창생은 3급 공무원이라면? 아무런 동요 없이 평정심을 유지한 채 친구와 유쾌한 대화를 계속할 수 있을까?

홀쭉이는 그렇게 하지 못한다. 얼굴은 창백해지고 온몸은 돌처럼 굳어버리는 것이다. 친구를 부르는 호칭도 '자네'에서 '각하'로 급변한다. 뚱뚱이의 심사는 점차 뒤틀리고, 그들은 이내 작별한다. 작별하는 장면조차 부자연스럽기 그지없다. '각하'를 연발하면서 아부하는 홀쭉이와 그것이 역겨운 뚱뚱이의 어색한 악수를 떠올려보시라. 〈뚱뚱이와 홀쭉이〉는 서열로 사회적 관계를 분명히 하고자 하는 나약한 남성의 심성을 재현한다. 상하관계나 수직적인 위계질서로 서열을 구분하는 본능에 충실한 러시아 하급관리의 자화상이 우스꽝스럽고 씁쓸하게 그려져 있는 작품이다.

1884년 작 〈카멜레온〉은 상당히 강력한 풍자가 장전되어 있다. 백주대낮에 길을 가던 경찰서장 오추멜로프가 노동자 흐류킨의 손가락을 문 보르조이 강아지를 두고 한바탕 소동을 벌인다. 강아지가 장군 소유라면 하층민 흐류킨의 손에 난 상처 따위는 그에게 아무런 문제도 되지 않는다. 노동자 주제에 감히 장군의 강아지를 해코지하려 하다니! 하지만 장군의 소유가 아니라면 오추멜로프는 치안 책임자로서 강아지에게 본때를 보여주려고 한다. 따라서 사태의 핵심은 강아지의 임자를 밝히는 데 있다.

권력을 쥐고 있는 장군의 형님이 소유한 강아지가 멀쩡한 사람을 물어도 아무렇지도 않은 19세기말 러시아 사회의 풍속도. 힘도 돈도 권력도 없는 노동하는 인간은 부당한 폭력에 아무런 저항도 할 수 없는 사회. 그런 사회의 단면을 작은 일상 속에서 적나라하게 보여주는 경찰서장 오추멜로프. 독자는 오추멜로프가 이리저리 동요하는 모습을 보면서 웃음을 억제할 수 없다. 그러나 작품이 끝나고 나면 오추멜로프가 대표하는 관료주의의 폐해를 실감하지 않을 수 없는 것이다. 강아지보다도 못한 대접을 받고 살아가야 했던 19세기 러시아 하층민의 고단한 일상과 그들에게 군림하며 떵떵거렸던 상층귀족 그리고 그들에게 아부하던 중간 지배층의 양상이 확연하게 손에 잡히는 작품이 〈카멜레온〉이다.

　1886년에 탈고된 〈우수〉는 스물여섯 살 청년작가의 소품이라고 하기에는 상당히 깊은 성찰이 담겨 있는 작품이다. '나의 이 슬픔을 누구에게 전할 것인가', 하는 부제(副題)가 소설의 주제를 내포하고 있다.
　며칠 전에 아들을 잃은 마부 이오나는 누군가에게 자신의 엄청난 상실과 슬픔에 대해 말하고 싶어 한다. 눈이 많이 내리는 한겨울 페테르부르크의 대로에서 그는 눈을 흠씬 뒤집어 쓴 채 손님을 기다린다. 기다리던 손님을 맞이했지만 누구도 그의 말에 귀를 기울이지 않는다. 자신의 관심사에만 몰두하거나 냉담하게 두 눈을 감아버릴 뿐, 마부의 넋두리 따윈 듣고 싶지 않은 것이다. 번화한 도회지 페테르부르크를 활보하는 군중 속에서 혈혈단신 고독을 절감하는 이오나. 건물 문지기에게, 합숙소의 동료 마부에게 말을 걸어보지만 그들 역시 그의 말을 들어주지 않는다. 아아, 누가 이오나의 슬픔과 상실에 마음과 귀를 열어줄 것인가! 어디를 둘러보아도 아무도 없다.

이오나는 마침내 마구간에 있는 자신의 말(馬)에게 간다. 말을 향해 자신이 하고 싶었던 아프고 슬픈 말을 쏟아내는 것이다. 아들 쿠지마 이오니치가 갑자기 허망하게 죽어버린 사실을 낱낱이 말에게 고하는 것이다. 시골에서 자신을 기다리고 있을 어린 딸아이 아니시야에 대해서도 이오나는 말을 했을 것이다. 인간이 다른 인간의 말에 귀를 기울이지 않으면 그 인간은 어떻게 살아갈 것인가. 인간과 인간의 격의 없는 소통이 단절되어버릴 때 인간의 최종선택은 무엇일까. 그런 무거운 문제를 〈우수〉는 우리에게 던지고 있는 것이다.

제2부를 구성하는 〈6호실〉은 이번 선집에 수록된 유일한 중편소설이다. 체호프는 서른 살 나이에 폐결핵으로 각혈을 시작하고, 정신적으로도 위기를 경험한다. 단편집 〈황혼〉으로 명망 있는 푸시킨 상을 수상하고 문단의 기대를 한몸에 받게 되면서 창작 과정과 작가로서의 의식에 대한 고민도 커져갔던 것이다. 이를 타개하고자 그는 홀몸으로 사할린 여행을 감행했고, 정치범을 포함한 각종 죄수들이 넘쳐나던 유배와 저주의 섬 사할린 여행은 체호프의 인생에 깊은 자취를 남긴다. 그 직접적인 결과물이라 할 수 있는 〈6호실〉은, '비폭력 무저항'이라는 톨스토이의 가르침에 정면으로 이의를 제기한 작품으로 이를 기점으로 체호프는 자신의 고유한 사유와 창작의 길을 향한 전환점을 맞

이하게 된다.

　러시아 지방 소도시의 병원장 안드레이 라긴은 어느 날 우연히 병원의 별채에 가게 된다. 그곳은 정신병자들만 따로 수용하는 공간이다. 라긴은 거기서 여느 환자들과는 사뭇 다른 이반 그로모프를 만난다. 그로모프와 이야기를 나누기 시작하면서 라긴은 자신의 환자가 대단한 지식인임을 깨닫는다. 그 도시 어느 곳에서도 만난 적이 없는 인텔리와 대화하는 재미에 푹 빠져드는 라긴. 그러나 이상한 소문이 빠르게 도시에 퍼져 나간다. 라긴 의사가 미쳤다는!

　그로모프는 인간이 외부의 자극, 이를테면 부정과 불의 그리고 폭력에 저항해야 한다고 믿는다. 그러나 라긴은 인간의 평안과 만족이 인간의 외부에 있지 않고, 내부에 있다고 말하면서 순응과 무저항을 설파한다. 물질적이며 정신적인 고통에 대해서도 그로모프는 직접적인 반응을 말하지만, 라긴은 그것으로부터 자유와 해방을 말한다.

　병원의 신참의사 호보토프가 두 사람이 정신병동에서 대화하는 모습을 목격하고 소문의 진상을 확인한다. 라긴이 미쳤다고 확신한 호보토프는 그를 정신병동에 강제로 입원시키고, 라긴은 순순히 그의 명령에 복종한다. 그로모프는 즉시 사태의 진상을 파악하지만 라긴은 그저 일시적인 오해로 인한 사건이라고 생각한다. 밖으로 나가 산보하고 싶다는 그의 요청은 정신병동 수위 니키타의 가공할 폭력 앞에 허무하게 꺾이고, 그 이튿날 라긴은 폭력으로 인해 야기된 혼수상태에서 숨을 거둔다.

　정신병원에 강제 수감되어 있는 환자들은 자기네에게 마련된 삶을 순순히 수용해야 한다던 라긴의 주장은 공허한 것이었다. 자신이 정작 정신병자로 수감되자 강제와 억압으로부터 해방을 시도하다가 목숨을 잃은 것이다. 폭력에 저항하지 말고, 외부의 억압과 불의에 항거하지 말 것이며, 내부의 평온과 만족을 얻으라던 라긴의 주장은 모두 공염불에 지나지 않았던 셈이다.

우리는 〈6호실〉에서 체호프의 강력한 목소리를 듣는다. 그것은 사회적 억압과 부당성, 독재와 강압, 폭력과 강제에 대해서 최후의 순간까지 저항하고 투쟁하지 않으면 안 된다는 것이다. 그 모든 부정과 불의가 나와 너, 우리 모두가 아니라, 우리와 일면시고 없는 사람들을 겨냥한다고 해도 저항과 투쟁의 논리는 동일하다는 것이 체호프의 판단이다. 불의와 폭력이 설령 오늘은 나를 피해 간다고 해도 그것은 내일이나 그 내일 우리를 반드시 찾아올 것이기 때문이다. 일시적으로 체호프가 의지했던 비폭력 무저항주의에 대한 톨스토이의 가르침은 그렇게 자리를 내주고 멀리 떠나갔다. 이제 체호프는 30대 초반의 성숙한 작가로서 자신에게 주어진 길과 소명을 찾아 묵묵히 제 길을 걸어가기 시작한다. 체호프 자신만의 목소리와 얼굴로!

제3부에는 서정적 3부작으로 알려진 〈상자 속에 든 사나이〉, 〈구스베리〉, 〈사랑에 관하여〉가 실려 있다. 체호프가 가장 왕성하게 창작생활을 하던 시기에 집필된 것으로 체호프 산문의 정수를 대면할 수 있게 해주는 이들 작품을, 체호프는 본래 하나의 소설로 다룰 요량이었다고 전해진다. 그런 기획 대신에 세

상과 만나게 된 소설에는 일관된 두 사람의 등장인물이 있다. 수의사 이반 이바니치와 김나지움 교사 부르킨이다. 그들이 앞의 두 편에서 각기 화자로 등장하고, 〈사랑에 관하여〉에는 그들이 우중에 방문하게 되는 지주 알료힌이 화자로 등장한다. 이러한 구성상의 연계성 외에도 이들 작품은 한계에 갇힌 인간 존재의 비극을 다룬다는 점에서도 공통점을 가진다.

〈상자 속에 든 사나이〉에서 우리는 문제적인 인물 벨리코프를 만난다. 그는 러시아 문학에서 보통명사가 된 인물이다. 세상의 모든 것과 절연한 채 금지와 억압의 세계에서 살아가는 그리스어 교사 벨리코프. 아무리 쾌청한 날씨라고 해도 그는 언제나 덧신을 신고, 우산을 들고 반드시 솜 외투를 입고 출타한다. 옷깃을 세워 그 속에 얼굴을 감추고, 검은 안경을 쓰고, 스웨터를 입고, 솜으로 귀를 막고 다니는 벨리코프. 그에게는 자신을 껍질로 에워싸려는, 말하자면 외부현상으로부터 자신을 분리시키고 보호해주는 상자를 만들어내려는 지향이 나타난 것이다.

벨리코프의 사회생활이 어떠했을 것인가 하는 점은 미루어 짐작 가능하다. 그의 의식에서 무엇인가를 허용하고 관대하게 수용한다는 것은 아예 자취조차 없다. 그에게 모든 것은 금지와 억압의 대상에 지나지 않는다. 사람들의 입길에 오를까봐 여자 요리사도 쓰지 않을 정도로 결벽증에 시달리던 벨리코프가 하마터면 장가를 갈 뻔했던 사건이 생겨난다. 동료 교사 코발렌코의 누나 바렌카와 엮어질 기회가 있었던 것이다. 이미 독자 여러분이 예측할 수 있겠지만, 그런 일은 끝내 실현되지 않는다. 그와 같은 결말 역시 벨리코프가 가진 기질적이고 성격적인 결함에서 기인한다.

〈상자 속에 든 사나이〉에서 작가의 주제는 명쾌하다. 그런 벨리코프는 세상에 유일자로 존재하지 않는다는 사실이다. 벨리코프 하나가 없어진다 해도 두 번째 세 번째 벨리코프는 지속적으로 우리 곁에 존재하면서 우리의 영혼과 정신, 꿈마저도 말려 죽이고 만다. 설령 그들이 느닷없이 사라진다 해도 우리의 삶은 특별한 변화 없이 어제와 그제처럼 흘러갈 것이라는 체호프의 비관적인 관점이 드러난다.

〈구스베리〉에서는 벨리코프에 대한 부르킨의 이야기를 듣고 난 이반 이바니치가 이야기를 받는다. 그는 자신의 친동생 니콜라이 이바니치에 관한 이야기를 시작한다. 수의사이자 선량한 지식인으로 살아온 이반과 달리 니콜라이에게는 형과는 지극히 다른 생의 강렬한 지향이 있다. 그것은 영지를 소유한 지주귀족이 되어 구스베리를 맛보는 것이다. 그리하여 니콜라이는 자신의 꿈을 설계도에서 구체화하였는데, 거기에는 반드시 네 가지가 들어 있었다. 지주의 저택, 하인방, 채마밭 그리고 구스베리.

자신의 꿈을 실현하기 위해 니콜라이는 아주 인색하게 생활하면서 사랑 없는 결혼을 하고 마침내 소망하던 지주귀족이 된다. 그리하여 이반은 동생의 초대를 받아 영지로 아우를 방문한다. 〈구스베리〉는 이런 기둥 줄거리를 바탕으로 하여 이반이

니콜라이에게 어떤 감정과 사유를 경험하게 되었는지를 하나하나 전개해 나가는 서술방식을 취한다. 소설에서 압도적으로 기막힌 대목은 하녀가 구스베리가 가득 담긴 접시를 들고 나타난 이후 두 사람의 표정과 대화에서 드러난다.

구스베리를 본 니콜라이는 감동에 겨워 소리 내서 웃더니 눈물을 글썽인다. 정말 맛있다고 말하면서 그는 게걸스럽게 구스베리를 먹는다. 반면에 이반은 구스베리가 아주 딱딱하고 시큼하다고 느낀다. 구스베리를 둘러싸고 극과 극의 대조를 보이는 이 장면은 형제 사이의 돌아올 수 없는 다리를 상징한다. 거짓과 기만, 구매된 지주귀족의 자리에 도취되어 살아가는 니콜라이와 그런 아우를 용납할 수도 이해할 수도 없는 이반. 그 이후로 이반은 회의주의자가 되어 지금까지 살아오고 있다.

이제 젊은 날의 사랑으로 인해 수십 년을 홀로 살아온 지주 알료힌의 이야기 〈사랑에 관하여〉가 펼쳐진다. 모스크바에서 대학 교육을 받았지만 알료힌은 고향인 소피노에서 몸소 농사를 짓는 지주의 삶을 살기 시작한다. 학창 시절의 취미와 도락은 완전히 내팽개쳐버리고 진정한 농사꾼의 길을 걸어 나가는 것이다. 지식인이었던 그는 명예재판관이 되어 어느 날 지방재판소장 루가노비치의 젊고 아름다운 부인 안나 알렉세예브나를 만나게 된다. 사건은 거기서 발단한다.

첫눈에 서로 호감을 가지게 된 두 사람은 긴 세월 동안 교유하면서 서로를 걱정하고 배려하면서 단 한 번도 금단의 영역을 넘지 않는다. 하지만 오랜 시간 금지와 금기의 지속으로 인한 심리적 육체적 쇠약으로 인해 안나는 깊은 병을 얻어 의사들의 권고에 따라 크림으로 떠나게 된다. 그들 사이의 영원한 작별이 다가온 것이다.

열차가 출발하기 직전 알료힌은 그녀가 잊어버리고 간 바구니를 집어 들고 열차로 뛰어 오른다. 거기서 두 사람은 마침내 여태까지 유폐시켰던 감정을 폭발적으로 분출한다. 그때 알료힌은 사랑의 진실에 대한 생생한 깨달음에 도달한다.

가슴을 찌르는 통증을 느끼면서 저는 우리가 사랑하는 것을 헤살 놓았던 그 모든 것이 얼마나 불필요하고 사소하며, 얼마나 기만적이었는지를 깨달았습니다. 사랑할 때 사랑에 대하여 생각하고자 한다면 통상적인 의미에서 행복이냐 불행이냐, 혹은 죄악이냐 선이냐 하는 것보다 더 높고 보다 중요한 것에서 출발해야 한다는 것을, 혹은 아예 생각할 필요조차 없다는 것을 알았습니다.

그럼에도 그들은 작별하고 다시는 만나지 못한 채 수십 년의 세월을 놓아 보낸다. 그들은 앞으로도 그렇게 살아갈 것이다.

제3부의 작품들이 이렇게 한계에서 벗어나지 못하는 존재의 비극을 다루었다면 제4부에서 만나는 작품들을 통해 체호프는 이제 삶 자체를 어떻게 받아들일 것인가 하는 질문을 던진다. 누군가를 사랑하지 않으면 삶의 의미를 완전히 상실해버리는 여인 올렌카와 자신을 둘러싼 일상을 송두리째 뒤엎어버림으로써 삶의 의미를 되찾아나가는 나쟈의 이야기는 다소 구슬프지만, 우리에게 삶의 본원적인 의미를 되새기게 한다.

〈귀여운 여인〉이라는 제목을 처음 접한 독자들은 미국 영화 〈귀여운 여인〉(1990)을 먼저 떠올릴 수도 있을 것이다. 하지만 체호프의 소설은 줄리아 로버츠와 리처드 기어의 달콤 쌉쌀한 사랑이야기와는 사뭇 다른 양상을 취한다. 아름답고 귀여운 여인 올렌카는 누군가에게 사랑하고, 그로 인해 사유하고 숨 쉬며, 살아나갈 힘과 동기를 얻는 인물이다.

유원지 소유주이자 극단주인 쿠킨의 아내로서 그녀는 연극과 극장에 관한 남편의 모든 견해에 절대적으로 공감하며 살아간다. 쿠킨이 급사한 다음에는 목재상인 푸스토발로프와 재혼하여 행복한 날들을 맞이하고, 이제 그녀의 관심은 온통 목재로 옮아간다. 6년 세월이 흐른 다음 푸스토발로프가 감기로 죽자 올렌카는 다시 혼자가 된다. 하지만 반년 후 별채에 머물고 있는 수의사 스미르닌과의 관계가 깊어지자, 그녀의 관심은 다시 수의사와 관련된 것들로 변해간다.

수의사 스미르닌이 소속부대의 이동으로 인해 영원히 올렌카를 떠나게 되자 그녀는 정말로 혼자가 되고 만다. 예전에는 귀여운 여인이라 불려도 손색이 없던 그녀의 외모는 일그러지고, 당당하게 피력했던 견해들도 사라져버린다. 그렇게 텅 빈 삶을 마지못해 유지해나가던 어느 날, 스미르닌이 아홉 살배기 아들 사샤를 데리고 다시 그녀 앞에 나타난다. 이제 올렌카의 모든 관심은 사샤에게 집중되고 그녀는 다시 예전의 활기와 생기를 되찾게 된다.

〈귀여운 여인〉은 우리에게 인간 존재와 삶의 가장 기본적인 조건이 무엇인지 나직하게 속삭인다. 그것은 아무 조건이나 제

약 없는 자유로운 연대와 소통이 아닌가 한다. 올렌카가 사랑했던 대상은 그 자체로 이미 그녀에게 모든 것이다. 모든 것을 던지고 모든 것을 바쳤기 때문에 그녀는 살아갈 수 있었고, 그런 까닭에 그녀는 삶의 생기와 활기를 유지할 수 있었다. 그녀가 사랑한 대상이 누구였든, 그것은 이미 문제되지 않는다.

〈약혼자〉는 체호프의 마지막 단편소설이다. 1903년 〈약혼자〉와 장막극 〈벚나무 동산〉을 탈고한 다음 체호프의 병세는 돌이킬 수 없는 지경에 이른다. 거기가 그의 창작세계의 종착점이었다. 따라서 이들 두 작품에는 다소 비슷한 냄새가 느껴지는데, 그것은 아름답고 긍정적인 생을 향한 낙관이다.

열여섯 살 때부터 결혼을 꿈꾸었던 나쟈는 어느새 스물세 살이 되었고, 이제 그녀는 결혼을 목전에 두고 있다. 결혼 상대는 부유한 신부의 아들이자 말수 적고 바이올린을 잘 연주하는 안드레이다. 나쟈의 집에는 먼 친척이며 폐병환자이자 인쇄공인 사샤가 휴양하고 있는데, 사샤는 벌써 오래전부터 나쟈에게 결혼이 아니라, 공부를 하라고 권하고 있다.

7월 7일로 예정된 결혼식을 앞두고 나쟈는 아름다운 5월의 밤에 잠을 이룰 수 없다. 결혼이 가져다줄 행복한 미래를 향한 설렘이 아니라, 근원을 알 수 없는 고통과 불안이 그녀를 엄습하기 때문이다. 그럴수록 예전에는 느끼지 못했던 사샤의 말에 대한 공감이 새록새록 생겨나기 시작한다. 무위도식하는 삶을 끝장내고, 공부하러 멀리 떠나라고 하는 사샤의 말이 크게 들리기 시작하는 것이다.

마침내 그녀는 결혼식을 목전에 두고 사샤를 따라 먼 길을 나선다. 사샤는 모스크바에서 내리고, 나쟈는 페테르부르크에서 여학교에 입학한다. 당연히 그녀와 안드레이의 혼사는 파국을 맞는다. 거의 1년이 흐른 다음 나쟈는 모스크바에 들러 사샤를 만나고 엄마와 할머니가 살고 있는 집으로 귀환한다. 사샤는 작년보다 훨씬 더 쇠약해졌고, 예전만큼 지적인 활기와 명석함을 보여주지 못한다. 엄마와 할머니의 삶은 작년이나 그 이전과 달라진 것이 조금도 없다. 자신이 살았던 2층 방에서 그녀는 공허함과 낮아진 천장을 느낀다. 그러던 어느 날 사샤가 폐결핵으로 사망했다는 전보가 날아들고 다음 날 나쟈는 짐을 챙겨서 그곳을 떠난다. 다시는 돌아오지 않을 것이라고 생각하면서.

마지막 소설에서 체호프가 강조했던 구절이 우리의 가슴을 파고든다. "우리의 인생은 뒤집어엎어져야 한다!" 지금까지 살아왔던 삶의 양상을 완전히 방기하고 새롭게 갈아엎어야 한다고 만년의 체호프는 말하고 있는 것이다. 다른 사람의 노동과 생산에 의지하여 기생충처럼 살아가는 삶이 아니라, 우리 모두가 하나도 예외 없이 하루 세 시간 정도 노동하는 삶을 체호프는 생각했던 것이다. 훗날 영국의 철학자이자 수학자 버트런드 러셀은 《게으름에 대한 찬양》(1935)에서 이런 생각을 구체화한다. 우리가 하루에 세 시간씩 노동한다면 세상사람 모두가 자유롭고 행복하며 교양 있고 품위 있는 인간다운 삶을 누리게 될 것이라고! 체호프는 그것을 수십 년 앞서서 설파했던 것이다.

러시아 문학을 연구하다 보면 흥미로운 점을 발견하게 된다. 러시아 문학의 독특한 전통 가운데 하나가 두 가지 이상의 문학양식에 정통한 작가들이 즐비하다는 점이다. 러시아 문학의 비조라 할 푸시킨은 걸출한 계관시인이지만, 동시에 소설 《대위의 딸》과 《예브게니 오네긴》의 작가다. 레르몬토프도 내로라하는 시인이지만 장편소설 《우리시대의 영웅》을 집필했다. 장편소설 《죽은 혼》의 작가 고골은 희곡 〈감사관〉으로도 이름을 날린 극작가이기도 했다.
　소설가 투르게네프는 산문시 〈문지방〉의 시인이자 희곡 〈시골에서의 한 달〉을 집필한 극작가였다. 톨스토이도 예외가 아니다. 그는 〈어둠의 힘〉, 〈계몽의 열매〉, 〈산송장〉을 남긴 극작가이자 〈예술이란 무엇인가〉 같은 미학이론서의 저자이기도 하다. 이런 식으로 도스토옙스키 정도를 제외하면 거의 모든 19세기 러시아 작가들은 두 가지 이상의 문학양식의 대가였다. 체호프는 막심 고리키 바로 이전에 이런 전통을 잇는 작가다. 그 역시 산문과 희곡의 두 가지 양식에서 빼어난 솜씨를 선보인 작가였기 때문이다. 체호프 자신은 죽기 전에 자신의 작품들이 몇 년 안에 잊힐지도 모른다고 근심했다고 전해진다. 그러나 그의 예상과는 달리, 그가 세상을 버린 지 이미 100여 년 세월이 지났지만 그의 소설과 희곡은 여전히 건재하다.
　〈갈매기〉, 〈바냐 외삼촌〉, 〈세 자매〉, 〈벚나무 동산〉 같은 체호프의 장막희곡은 단막극과 더불어 세계적으로 공연되고 있다. 마찬가지로 그가 남긴 중단편 소설 역시 수많은 언어로 번역되어 허다한 독자들의 심금을 울리고 있다. 19세기 러시아 문학의 황금기를 대표하는 투르게네프, 도스토옙스키, 톨스토이와 견주어 전혀 손색없는 체호프의 산문은 그 나름대로 독특한 재미와 교훈이 있다.

　선배 작가들의 대작과 비교할 때 위대한 사상과 해결이 부재하다는 지적을 받았을 때 체호프는 간결하게 대답한다. "작가들의 과제는 문제를 해결하는 것이 아니라, 문제를 제기하는 데 있다. 《예브게니 오네긴》에서도 《안나 카레니나》에서도 문제는 해결되어 있지 않다." 나아가 문학과 대면할 때 우리가 언제나 위대한 사상과 만나기를 앙망하지는 않는다. 소통과 공감이라는 우리 시대의 과제를 염두에 둘 경우에도 위대함보다는 상호교류에 기초한 대화 가능성에 방점이 찍히지 않을까! 그 점에서 체호프의 모더니티는 의미심장하다.

　시간과 더불어 결코 퇴색하지 않고 환하게 빛을 발하는 고전 작가의 반열에 오른 체호프의 소설이 독자 여러분의 인생과 추억에 담담하되 아름다운 여운을 남겼으면 하는 바람 간절하다.

안톤 체호프
연보

1월 17일 러시아 남부의 항구 도시 타간로크에서 태어남.	1860
타간로크의 김나지움 입학. 아버지의 잡화점에서 어린 시절부터 일을 함.	1868
아버지의 파산으로 가족 모두 모스크바로 이주. 체호프 혼자 타간로크에 남아 고학으로 학교를 다님.	1876
김나지움 졸업. 모스크바로 이주하여 모스크바 대학교 의과대학에 입학.	1879
페테르부르크의 유머잡지 《잠자리》에 〈돈 강 지주 스테판 블라디미로비치가 학자이자 이웃 프리드리히에게 보내는 편지〉와 〈장편소설과 중편소설 등등에서 가장 자주 만나게 되는 것은?〉 두 작품을 동시에 게재. 생계를 위해 여러 잡지에 다양한 필명으로 잡다한 글을 게재.	1880

유머 잡지 《파편》의 편집장이자 유명 작가 레이킨과 서신을 교환. 단편소설 〈관리의 죽음〉, 〈뚱뚱이와 홀쭉이〉 등을 발표.	1883	
모스크바 대학교 의과대학을 졸업하고 치카노의 병원에서 잠시 근무. 단편소설 〈별장 여자〉, 〈카멜레온〉 등을 발표. 첫 단편집 《멜포메나의 이야기들》 출간. 12월 결핵 징후 발견.	1884	《멜포메나의 이야기들》
단막극 〈큰길에서〉 탈고. 단편소설 〈별장 사람들〉 발표.	1885	
《신시대》지 편집장 수보린과 친교를 맺음. 작가 D. V. 그리고로비치와 주고받은 서신을 계기로 생계 수단으로서의 글쓰기를 버리고 본격적인 작가로의 길을 걷게 됨. 단편소설 〈우수〉, 〈악몽〉, 〈청혼〉, 〈인간〉, 〈바니카〉 등을 발표.	1886	《잡화집》
단막 보드빌 〈고니의 노래〉, 장막극 〈이바노프〉 완성. 11월 19일 모스크바 코르시 극장에서 〈이바노프〉 초연. 단편집 《황혼》 출판.	1887	《황혼》
단막 보드빌 〈곰〉, 〈청혼〉 등을 발표. 중편소설 《스텝》 출판. 단편집 《황혼》으로 푸시킨 상 수상. 12월 페테르부르크에 머물면서 차이코프스키와 교우함.	1888	《스텝》
1월 31일 페테르부르크 알렉산드린스키 극장에서 〈이바노프〉 공연. 단막 보드빌 〈싫든 좋든 비극배우〉, 〈결혼 피로연〉과 장막극 〈숲의 수호신〉 탈고. 단편소설 〈졸도〉, 중편소설 〈지루한 이야기〉 등을 발표. 12월 27일 모스크바 아브라모프 극장에서 〈숲의 수호	1889	〈숲의 수호신〉

신〉 초연.

4월부터 12월까지 사할린 여행. 단편소설 〈구세프〉 발표.	1890
단막 보드빌 〈기념식〉 발표. 단편소설 〈농사꾼 아낙네들〉, 중편소설 〈결투〉 발표. 이탈리아, 프랑스 등 처음으로 유럽을 여행.	1891 《사할린 섬》
모스크바 남부의 멜리호보(현재 체호프 박물관 소재지)로 이주. 《러시아 사상》에 중편소설 〈6호실〉 기고, 큰 반향을 일으킴. 1893년까지 콜레라 전염 확산 방지 의료 활동에 참여.	1892
단편소설 〈검은 수사〉, 〈대학생〉, 〈문학 선생〉 등을 발표. 밀라노, 니스 등 남유럽을 여행하고 멜리호보로 돌아옴.	1894
야스나야 폴랴나를 방문해 톨스토이와 만남. 단편소설 〈아리아드네〉, 중편소설 〈3년〉 등을 발표.	1895
장막극 〈갈매기〉 완성. 단편소설 〈다락방이 있는 집〉, 〈나의 인생〉 등을 발표. 10월 17일 페테르부르크 알렉산드르 극장에서 〈갈매기〉 초연.	1896 〈갈매기〉
결핵이 악화되어 병원에 입원. 장막극 〈바냐 외삼촌〉, 중편소설 〈농부들〉 발표.	1897 〈바냐 외삼촌〉
고리키와 교우하며 서신을 교환. 건강이 악화되어 멜리호보에서 크림 반도에 있는 휴양도시 얄타로 이주. 단편소설 〈이오니치〉와 '작은 3부작'이라 불리는 〈상자 속에 든 사나이〉, 〈구스베리〉, 〈사랑에 관하여〉 발	1898

표. 12월 17일 모스크바 예술극장에서 〈갈매기〉가 공연되어 큰 성공을 거둠.

단편소설 〈귀여운 여인〉, 〈개를 데리고 다니는 여인〉 발표. 10월 26일 모스크바 예술극장에서 〈바냐 외삼촌〉 초연.	1899	《개를 데리고 다니는 여인》
장막극 〈세 자매〉 탈고. 중편소설 〈골짜기에서〉 발표. 러시아 학술원의 명예회원으로 선출.	1900	
모스크바 예술극장의 배우 올가 크니페르와 결혼. 1월 31일 모스크바 예술극장에서 〈세 자매〉 초연.	1901	〈세 자매〉
단막 보드빌 〈담배의 해독에 관하여〉의 최종 판본 완성. 단편소설 〈주교〉 발표. 페테르부르크에서 10권으로 된 최초의 전집 《작품》 출간.	1902	《작품》
장막극 〈벚나무 동산〉 완성. 마지막 단편소설 〈약혼자〉 발표.	1903	
1월 17일 모스크바 예술극장에서 〈벚나무 동산〉 초연. 병세가 악화되어 독일의 휴양지 바덴바일러로 요양을 떠남. 7월 3일 바덴바일러의 호텔에서 독일어로 "Ich sterbe(나는 죽는다)"라는 말을 남기고 사망. 모스크바의 노보제비치 수도원 묘지에 안장.	1904	〈벚나무 동산〉

옮긴이 **김규종**

고려대학교 노어노문학과를 졸업하고 같은 대학교 대학원에서 석사와 박사학위를 받았으며, 베를린 자유대학 동유럽연구소에서 수학했다. 경북대학교 인문대학 노어노문학과 교수로 재직 중이며, 대경민교협 의장 및 민교협 공동의장직(2012~2014)과 인문대학장직(2012~2014)을 수행하고 있다. 지은 책으로는《극작가 체호프의 희곡을 어떻게 읽을 것인가》《문학교수, 영화 속으로 들어가다》, 2, 3, 4》《기생충이 없었다면 섹스도 없었다?!》,《소련 초기 보드빌 연구》《노자의 눈에 비친 공자》등이 있으며, 옮긴 책으로는《체호프 희곡전집》《강철은 어떻게 단련되었는가》《광장의 왕》《마야코프스키 희곡전집》등이 있다.

세계문학의 숲 035

귀여운 여인

2013년 10월 22일 초판 1쇄 인쇄
2013년 10월 30일 초판 1쇄 발행

지은이 | 안톤 체호프
옮긴이 | 김규종
발행인 | 전재국

발행처 | (주)시공사
출판등록 | 1989년 5월 10일(제3-248호)

주소 | 서울 서초구 사임당로 82(우편번호 137-879)
전화 | 편집 (02)2046-2851 · 마케팅 (02)2046-2800
팩스 | 편집 (02)585-1755 · 마케팅 (02)588-0835
홈페이지 | www.sigongsa.com
세계문학의 숲 홈페이지 | www.sigongclassic.com

ISBN 978-89-527-7046-2(04890)
      978-89-527-5961-0(set)

본서의 내용을 무단 복제하는 것은 저작권법에 의해 금지되어 있습니다.
파본이나 잘못된 책은 구입하신 서점에서 교환하여 드립니다.